傅雲龍集

〔第五册〕
籑喜廬文二集（二）

〔清〕傅雲龍 著 傅訓成 點校

浙江文叢

浙江出版聯合集團
浙江古籍出版社

養喜廬文二集卷三

美利加兵事

戰者，子所慎也。好謀而成，必曰臨事。譬之醫者，胸羅古方靡有遺，而臨證尠，得名時醫歟？時之不識，得爲救時俊傑歟？就雲龍所游言，日本兵事偏古，巴西罕有聞，秘魯證則時矣，如無時醫何？無已，盍觀美利加乎？闢畺在火器既興後，自立僅一百餘載，當華盛頓應時起，善將知兵，馭下無私。咸豐十一年南北兵觸，同室之戈無趨避路，南軍失在精鋭力散，初恃磚石之臺堡，遜泥沙遠甚。雖然，化腐爲奇，輒智從窮出，衝艦之鋒、阻路之策，有足觀者。北軍屢北，然首扼要，論者謂探驪珠。兵輪所至，礮艦護之，陸師援之，艱險不少卻者，將令因時也。令者事之體，時者事之用也。如曰於古法乎何與，是猶責時醫用藥，非神農所嘗也，於時證乎何與！述兵事。

明弘治間西千四百九十餘年，日斯巴尼亞人馬爾慕亞探太平洋岸，率甲士二百尾鄉導得地，土人要擊，賴火器敗之。此爲新地戰事權輿。

嘉靖三十一年後千五百卅四年後，日斯巴尼亞國遣古巴長德曾的率甲士六百備器探鑛，驅牛豕數百頭於軍前，繇佛勒里答達阿拉巴麻、若耳治亞，如入無人境。糧罄，掠且焚，土人拒之，德曾的揮獵犬前，火器繼之，所向摧朽，而酷虐不減哥爾德斯。密士昔比河側一部落被襲，土人自火厥家遁，一變焦土，德曾的無所得食，事罔效，怏怏死，從者深夜裹厥屍，沈之密士昔比河。

泰昌元年千六百廿，英吉利人至馬沙朱色士之葛布剛突，土人挾弓拒，矢無虛發，然不識礮，聞轟若霆，驚潰，遂略定玭理謀。先航此者法郎西人也，被殺。

非剛土者，土人一種也，獷狉甚，居僧斯河東西，其牧地浸被英吉利人蠶食，蓄怨久。一商航海，遇土人駛舟，其標則英吉利人阿爾的巴也，詰之，土人躍水逸，的巴屍猶伏敝網下，創血漬，於是新英地民相率擊非剛土。土人匿，輒火居與儲，逼而嘯聚劫英吉利人，不問婦孺縛竈上咼之，約納爾臘人爲助。波士登人大恐，惟鄉所逐教士維廉，固納爾臘所素信者，請游説。乘孤舸往，適非剛土之使在坐，維廉立破厥説，定議援英吉利，而波士登人遂夜襲非剛土人，鹿挺焰中，亂矢蹙之，斬俘六百，詰朝別堡土人歸而戰，英吉利人殲之，種靡有遺。

崇禎七年千六百卅四，英吉利人巴里底莫拓瑪理蘭地，未竟，子須塞爾繼成之。有西列慕爾者，糾黨與之鬨，以兵滅之。

國朝順治元年千六百四十四，英吉利人徙勿爾治尼亞，土酋克巴以土著不堪其擾，鳩衆襲之弗勝，英吉利人擊之斃。

十二年千六百五十五，和蘭人令須占佛産多討新瑞典。先是和蘭人拓特納窪，土人畔之遂去，瑞典人闢爲新瑞典，和蘭人怏怏以有此役。産多勇敢，大小數百戰，傷脛跛而驍不少減，遂復新瑞典爲特納窪，置官若都督，即産多也。厥後英吉利起大軍伐之，至紐安特隄，欲降之，産多怒裂眥，手毁厥書，注彈礮膛曰：『敵至斃之！』然短撫綏，人尠鬭志，曰憊甚，産多遂降，和蘭屬部望夙披靡，曾不血刃得紐安特隄及新和蘭，名曰紐約。

非剛土既殲，新英地無番乳者數十年。土人烏亞者，族居羅波阿低島，馬沙朱色士之子布亞伊黎福，其酋也，英吉利人徙納爾臘，所墾半土人牧地，且驅以獵，又患噬，謀襲之。土人或與英吉利人善，洩厥謀，酋覺，按漏機罪。英吉利人聞之怒，絞殺土人三。土人説黎福起兵，黎福度力難敵，依違其詞，衆憤罔遏，遂兵馬沙朱色士。先火郫落誘英吉利軍至，伏莽四出夾擊，大敗之。英吉利將哥羅斯率卒三十據巖石銃戰，敵彈飛鳴頸側無算。夜半土人藥罄，退。土人歸黎福者三千，軍威振甚，然酷寒膚裂，軍納爾臘負險營壘，既而冰雪少融，英吉利兵千餘圍柵浚溝，架獨木栽通往來，然土人善拒，逼溺無慮數百。英吉利人潛入厥堡火之，焰既熾，空營出擊，土人潰，掩殺不遺力，黎福僅以身免，行風雪中不食累日。越數日，納爾臘酋嘉諾占德被禽且辱，而無怖狀，英吉利人奇之，就問戰略，答曰：『汝輩何知！』復語如使番悉降，庶貰一死。占德曰：『戀生忘義，非夫也！』就戮不少屈。黎福收拾餘燼，時匿時出，尋鑣絶，然得士卒心，無去者。乃入海漁蛤食從。哥羅斯廉得厥狀，乘無備，禽黎福妻孥。時左右餘一三耳，飢伏陂澤，哥羅斯蹤跡之，黎福自出立樹下，英吉利兵銃擊之，藥溼不得發，有降卒注丸一發，洞厥胸死，烏亞一族戰死殆無遺種，英吉利兵亦死傷六百云。

康熙十五年千六百七十六，英吉利人巴剛擊占士土人。先是，勿爾治尼亞土人被英吉利人驅略，饋獸博歡，將弛厥備襲之，懷異志者夜走占士吐厥謀。至期有備，土人不勝，怖且憤，所在豨突，互損田舍。

順治元年千六百四十四，克巴弟某代兄爲酋，有機智，歲百有奇，志力如壯，襲勿爾治尼亞，殺英吉利人數百而被禽，檻致占士，射殺之。英吉利王以藐爾克列守勿爾治尼亞，克列飾情沽譽，物論多之。既而暴斂，人不聊生。克巴弟既斃，㴑弱無以寇，至是復蠢。士卒欲平之，克列貪互市税，陽戒開釁，陰慫養癰。巴剛適至，衆擁爲將，募兵制土人。克列誣畔，自將攻之，輒北，遂去占士。占士之僑民不欲克列復任，自火占士，而巴剛死，克列歸英吉利，死獄中，聞者稱快。

二十八年千六百八十九，英吉利王名維廉，與法郎西搆兵於新地，時稱維廉之戰。初法郎西拓加納大爲一大部，而英吉利闢地約華里千餘英里數百，威權素不相下，争釁隙日滋。麻如爾氏名阿爾土倫，英吉利人，爲聽訟官，駐紐罕布西耳之道藐爾，與土人交易，苛責券償，土人怒，一夕令婦敲阿爾土倫門，曰旅行夜憊，乞宿簷下，許之，尋啟户納土人，縛阿爾土倫，詈曰：『汝法官而如是！』剸刃腹中，劃十字形而逸。其衆焚且掠。法郎西人嗾土人襲須占牛克達度，距阿拉巴麻約華里一百八十英里六十，大邑也。壘有戍卒寢熟，土人銜枚排柵入，居者失措，斬無算。英吉利人憤主謀者，短髮衝冠，驟馳二隊攻法郎西人，曰滅此朝食。一向玭理謀，一向貴壁，皆不利。英吉利人某婦疾抱子卧，土人劫婦並奴婢去，夫方課農，弛救靡及，匿稺，以銃自護。婦與奴謀遁，奴問土人警夜者曰：『我亦好武，未聞殺人法。』教之乃寢，奴若婢擁婦殺警夜者，一如所教，走歸。

四十二年千七百二，法郎西與日斯巴尼亞人僑新地者惡英吉利權出己上，嗾土人兵而戰，時評安紐之戰。安紐，英吉利女王名也。叟司喀爾勒那之畺吏伐日斯巴尼亞人於佛勒里答，比至，敵艦已環海岸，狼狽棄钀旋，怒土人之助二國也，起大軍火聚落，斬俘無算。法郎西人攻查爾士頓，失兵艦一，英吉利人雖屢捷，苦土人侵不得耕作。越二年千七百四，法郎西人率土人攻度野波爾，其地居馬沙朱色士北，夜警嚴，法郎西人伺其曉倦，冒雪入，火廬舍，礮彈雨注，英吉利人不能支，四出觸刃死，被俘累累。維廉守度野波爾，與婦及子女五皆被虜，行數里婦死。越數月，英吉利人贖維廉，維廉妻厥女於土人，與諸子歸度野波爾。厥後女至度野波爾，或勸留居，而曰背夫棄子不忍也，遂歸加納大。

五十八年千七百十八法郎西人拓紐阿林，又侵那多占聚落，土人襲之，婦孺而外罔弗刃。法郎西兵至自紐阿林，憤軍也，遂殲土人。

乾隆間，英吉利法郎西競拓新地，數數搆兵。法郎西辟倪密士昔比、倭海約兩河岸，徙國人實之，與土人和，同襲英吉利人，毀市廛，掠商賈，歸加納大。既而土人與有隙，怒詰之，釋憾於英吉利，同攻法郎西人。英吉利之守勿爾治尼亞者憤侵界，使華盛頓詰法郎西人，至賓夕佛尼亞見法郎西將，乃曰：『明年春即率水師駛倭海約河問厥罪。』華盛頓歸，曰：『急築堡於邊丁次甫留具，據險待之。』衆以爲然。邊丁在費納的費牙，遂伐木築堡成。方歸具糧，法郎西將大具紐襲取之，華盛頓攻復其堡，法郎西大軍圍擊之，華盛頓乞降懈敵而急收軍，不損一卒。

二十年千七百五十五，英吉利將武羅土津具以大軍略定新地，人人皆意靖敵旬日。土人聞之魄褫，謂邁華盛頓數倍。土津具趨叢莽，襲大具紐堡。華盛頓從軍，説勿輕進，遇伏必敗，斥曰：『汝何知！』遂行。距九里餘英三里餘，亂木翳巖，無一人，蹤跡之，有柵有壘，方欲退，伏兵三起，彈霆鳴，全軍崩若山，輜重器具罔弗貢敵，漁獵人至自勿爾治尼亞，素狎土著諳蹊徑，援之，潰兵之不殲賴此。土津具被重創，衆以華盛頓言中，推其代領軍事。於是殿軍斂隊，敵目注之，礟彈貫衣四，馬斃，易馬又斃，體不一傷，人評天助，法郎西之守大具紐者聞警欲遁，部將某止之，尋聞土津具敗，曰：『戰之罪也。』時英吉利將某兵尠，然敗法郎西人於若耳治湖、略馬沙朱色土東地，所謂紐武羅須宇井具者是。

二十一年千七百五十六，法郎西將瞞鑒[至]自加納大，軍若耳治湖南岸，勵士結土人攻英吉利壘，英吉利將威武擁兵別堡，相去三十里有奇英里十餘。壘人求援書星馳，而憚瞞鑒威不出，壘食罄，降，法郎西放還。英吉利人大喜過望，傾壘出，土人俘且斬，免者十餘，英吉利將若罔聞也。法郎西略地二十倍之。越二年千七百五十八，英吉利王擒易厥帥，攻呂伊須甫留區，其地在新蘇格蘭東北，法郎西人守之，不克拔，獲大礮歸。時瞞鑒軍丁根尼呂我，英吉利出精兵伐其軍，誓必勝，瞞鑒拒之，斬首數百。

華盛頓欲攻大具紐堡，偵十餘輒被捕無脱，於是嚴隊以銃攻，瞞鑒焚火藥倉，率衆逸。華盛頓樹幟堡上，名厥地曰邊丁甫留具。

四十年千七百七十五，新地民始與英吉利搆兵，謂之『改革之戰』，畔志蓄已久。英吉利紳首於馬沙朱色士覺之，遣兵築礮臺於波士登，而民藏礮銃火藥於穢箱，運之近邑剛哥的。英吉利將計儒夜發兵八百，曉至勒克新敦，其地居波士登[與]剛哥的間，民覺，鳴鐘發礮，分兵頓集分兵詳《兵制》，攻勒克新敦，火器不敵，多死者，遂潰。英吉利軍進剛哥的，括器與糧，儲糧者曰『賣麥麫糊口也』，無辭以詰，奪大礮二歸。未至剛哥的，留兵扼橋，防襲也，果襲。英吉利合前後軍拒之，分兵四散，然或攀木，或登垣，銃斃敵人無慮數百，敵兵轉增乃竄。是役也，有嫗授長子銃一，又授次子刀一，而刀刃缺，泣曰：『欲汝同力死戰，如無利刃何！』次子曰：『奪怯夫刀代進，可乎？』人人憤激多類此。雖曰未勝，新地兵會者二萬，勿爾治尼亞民疾吏，吏逸，叟司格爾勒那、諾司格爾勒那民劫吏，吏亦逸，於是十三邦盟約自立。

產部連湖側一堡曰德剛達魯俄，英吉利軍戍之。衆舉亞連襲堡，然鑲匱。亞連勵兵曰：『厥堡糧與器非爲我儲耶？』以偵先，以精兵夜渡湖。未明至戍，礮發，拒者敗走入堡，亞連從之閧而入，短兵相接。堡將寢衣未脱，攜孥走，蹙之降。亞連乘勝進軍加納大，襲玭理謀而敗，被虜，求死不得，檻致之英吉利，船將獨爲免侮，其下俘囚謀殺船將而逸，亞連不可。囚二年放歸亞連嘗負百五十圓被訴，聽訟者憐貧，欲焚券，亞連曰『但求緩期』，如期償。其云爲類此。

華盛頓爲帥，將兵二萬向波士登。雖兵倍敵，然未慣行伍，器又敝，裨將布列士格憂之。知木基山可瞰波士登、敵人將臺於此列礮，遂率人千，夜攀山就厥土石立壘。詰朝，英吉利軍見之驚，遂列港中艦礮猛擊之。漸擊漸逼，士格戒銃兵曰：『勿仰發，勿虛發，待辨敵人面目乃可。』發銃如令，斃敵數百。敵怒轉戰，士格軍藥彈兩罄，躍銃投石，所向辟易，然火器不敵，將守亞蘭死之，遂失木基山。英吉利軍相賀曰：『殺一蘭，勝百千卒。』厥後新地民立碑戰死處。

有布多那者，年六十，幼居干捏底嘎奪。一狼悍甚，獵者輒避，多那畜羊被噉，以硫入藁火厥窟，不出。驅熬被噬，遂自解衣繫絙於脛，令人握絙端手銃入擊，中狼，捕之出。嘗忤土人，被縛於樹，積薪火之，遇雨，復火，救自法郎西人，得不死。闢地搆兵，百戰有聲。改革戰起，英吉利將計儒曰：『得五千人横行新地。』多那在側，曰：『令嚴明其庶乎？否恐婦孺皆勁敵也。』計儒悚然。多那退畊，聞剛哥的兵起，投鉏策馬，數日至廣玭理若從軍。木基之役從衡突陣，敵人憚之。後守互德堡，硝藥室火，多那馳焰中，爛額弗少怯，堡得免燬。

四十一年春千七百七十六華盛頓伐波士登。初新地兵起，英吉利王視皆烏合而屢北，乃乞兵德意志，許之，兵輪蔽海。於是國會以華盛頓率兵萬餘軍廣玭爾若，攻波士登三晝夜起西三月二日，不克。側有一岡曰多爾地須低爾，高十仞有奇，左右負險，天然塞也，而無戍。華盛頓復戰，夜半以兵二十操板鍤，立成堡壘。日出敵見，大驚曰：『神速乃爾！』仰攻，雪而退。華盛頓列巨礮逕轟波士登，敵遁，北航泊斯達天島，有襲紐約意。華盛頓分兵戍波士登，自馳紐約。

叟司喀爾勒那民聞英吉利兵艦向查爾士，遂築堡。束蒲葵爲壁，以裨將茂爾多理率精鋭戍之。敵至，礮彈滯蒲葵間，弗克激射，堡中人賴以免。礮門正對敵艦，發輒中，敵舍艦豨突，不利而退。方戰，堡幟中彈落，軍吏敘須布爾曰：『旗何可辱！』趨彈叢，拾樹如初。一軍鼓掌，多里脱佩刀奬之。前數日，布爾巡營外，適遇敵卒俘而旋，尾之里餘，敵卒弗覺，卧銃飲泉。布爾藉銃掊殺數人，餘卒棄俘逸。

英吉利既得德意志援兵，將繇長島攻紐約，於是新地兵九千築壘長島。英吉利將法宇分軍隊爲三，以其一薄壘，數交綏不利，以其二出軍後發礮劫之，新地軍亂，隊將有降敵者，遂潰，死傷無算。華盛頓至自紐約，見肝腦蔽野，慘然泣下，生平喜怒未嘗形色，至是憂之，曰：『姑避其鋒。』會海霧咫尺莫辨，促糧航紐約，敵弗覺也。見者使黑奴告，誤入援軍德意志營，厥語不通，艬軍獲免。搆兵後，新地聽約之民睎成敗輒搆兩端，敗耗一聞，屬敵過半。初法宇與華盛頓書，勸休兵屬如前，至是勸和者再。遣使與議，衆言非我負王，不諧而罷。紐約民某，謀毒華盛頓，授策庖人。或屬耳户外，告之，方羞豌豆，食犬，斃，[知]擒信石也，[乃]捕厥黨。英吉利方造兵艦於麻留古島，欲伐巨木，一婦錐樹納硝火之，一夕灰燼。然新地兵負日日聞。疫起，華盛頓留兵三千戍弗低理，棄紐約退，法宇入之，趣勁旅躡華盛頓，而［華盛頓］整軍徐退，敵逼輒戰，卻行六十里英里廿軍白原，追者復至而戰，殺敵過當。敵易生力軍，華盛頓分兵三千餘戍華盛頓堡，以裨將理率兵五千五百守北加斯德，自率所部渡赫遜河至紐折爾西，與弗低理首尾互援。然華盛頓堡被圍，厥將戰殺千餘，圍且數匝，死多遂降，華盛頓隔水目之，尋失弗低理，遂棄紐折爾西走。敵將閣倫華理斯晝夜尾追，華盛頓兵膚凍裂，無得食，靴穿輒跣行，指踦皸瘃，所過血紅沙礫，死者枕籍，餘生三千耳。欲渡特納窪河，向賓夕佛尼亞之華理斯比而冰難可舟，遂築壘河干，與突連登、波林斯頓二堡相持，聲嗔動驚，華盛頓勵士無異平昔。聞者挾纊，募鄉勇得一千五百，將襲二堡，苦無隙，其俗西紀冬十二月二十五是中國明年春謂爲教祖生日，輒拜而縱飲，華盛頓乘之。兵分隊三，夜半銜枚渡一隊矣，冰稜碎舟，阻後濟者，遂孤隊薄突，連登襲德意志營，營卒醉弗勝戰，華盛頓身先士卒，摧枯拉朽，殺無算，俘千有奇，華盛頓兵死三四耳。復渡河合軍而濟，軍突連登，法宇聞之驚，令華理斯收殘退守波林斯頓。華理斯留一隊戍之，自以大軍進，交鋒數十，夾山對壘，夜半華盛頓令數卒增炬，自將全軍襲波林斯頓。天明適遇敵軍，是援華理斯而至自波林斯頓者，火器既便且捷，戰不能勝，華盛頓首衝敵陣，立彈火林，衆争身翳，無不一當百，遂破之，追北禽三百人，拔波林斯頓。華理斯見列炬處無人，愧入術中不悟云。厥饟儲波林斯威奇，華盛頓欲取之而軍憊，乃令布多那率偏師戍波林斯頓，而自軍莫爾斯敦。兵患痘，且糧絀，賴土人存卹。既布多那以少勝多，俘千，華盛頓爲聯聲勢，英吉利兵之在紐折爾西者少少逸。華斯理［華理斯］諜莫爾斯敦，華盛頓覺之，令吏作簿書，記兵若糧增虚數，諜歸，乃以爲實，弱克特彊賴此。

四十二年秋千七百七十七年九月，法宇一軍攻費納的費牙，華盛頓將八千兵戰於占德斯弗低而敗，車大小礮轉戰。大雨溼硝藥，遂失費納的費牙。初，法郎西人拉菲德倡助美利加自立，聞者尼之，獨携同志之新地，國會舉爲將，華盛頓與議輒效，然是役戰弗勝。

英吉利將費爾卧約翰以大軍發加納大，將攻紐約，誘土人應之，饗於産部連湖，遂拔德剛度落俄堡一、義都華堡二二堡，鋭難可當，美利加軍撤橋自守，糧儲藐任克敦，約翰令裨將法武取之，賴得麻利斯達克拒戰而勝，禽數百人，法武創重逸。時約翰軍阿耳别尼欲與桑里克爾一軍合，被扼不克進，遣土人諜。美利加將斯克連爾獲諜斬之。聞斯丹維克須堡戒嚴，以裨將阿爾納爾援。初約翰軍自加納大遣一將攻斯丹維克須堡，堡將守之堅。費克爾墨，民兵將也，率數百人援，遇伏創脛，血不止，據鞍不少卻，士皆死戰，方危迫，阿爾納爾兵言大軍會至，敵遂退。約翰襲藐任克頓，其將須達克以民兵禦，大呼紅軍無能爲，英吉利軍衣緋故云，大敗之，生禽六百。連爾先令厥婦火稼，徙畜它所，敵軍既挫，又罔獲食，遂大困。有加多者代連爾築礮臺於赫遜河岸，扼之。約翰戰於斯地耳奥低爾又不利，乞援紐約戍將克林頓，不應，美利加將莫耳幹發巨礮，敵軍震，裨將亞爾諾耳突乘之，隊鼓噪繼，敵潰，追擊於佐羅多俄。自藐任克敦交戰，凡死與逸一萬四千有奇，險要四扼，若張鐵網，約翰兵多菜色，遂以六千人降，新地北部陷敵者復。

冬西十月三日，華盛頓襲日耳曼敦，去費納的費牙十八里英里六，要衝也，英吉利兵戍之。華盛頓兵不滿萬，飢且病，然善撫循，夜半襲之勝，追北斬俘過百。敵軍轉戰，黎明至晡，銃丸斃敵無算。華盛頓憐兵腹枵，以大纛引退，移軍布亞耳理，去費納的費牙西北三十三里英里十一。英吉利人棄日耳曼敦，軍費納的費牙。方戰，美利加將克利連與軍吏並轡馳，敵彈汰落軍吏髮，連曰『勿令敵得』，軍吏下馬拾，尋汰連髮如之，怖甚，不顧而馳，人傳笑之。華理甫爾治民，與英吉利貿輒富，不以自立爲然，眎軍糧匱，尠助者。時嬰癘多，鈔又尼不行，一良家婦獨日饋軍食，冒雪揭來，服市婦服，敵不之疑，惟聞其有弟也，察不一得。婦先匿之酒榼，鎚榼側孔納食云。

四十三年千七百七十八法宇歸，克林敦代之西五月。華盛頓欲攻費納的費牙，餉絀不果。越月，克林敦棄費納的費牙，繇紐折爾西走紐約。華盛頓追至瑞某地，將戰，裨將理內應，軍亂，然華盛頓止潰鏖戰，見星未已。夜半交綏，華盛頓不解戎衣，坐樹下，兵皆露卧，敵拔陣逸。時熱，兩軍病暍［渴］，方戰，一礮隊卒攜婦從軍，婦汲歸，卒中彈矣，婦代力戰，所當辟易，華盛頓擢爲軍吏，遷船將，屢有功。惜姓氏佚。

土人數侵新地民，大抵嗾自英吉利人。一日土人數百寇宇嗳明郁，爲賓夕佛尼亞孔道，民婦守堡，男競出戰，不利，紿土人曰將遁，有入堡者乃殺之。土人攻堡不克，更生力㲋民數百。民曰：『使吾儕獲全首領，當讓地。』土人諾，民出，土人殺之，獲免蓋無幾云。

冬，英吉利軍取佐巴紐斯軍於若爾治亞東部，四出焚掠，居者苦之。法郎西艦既至，美利加將林古倫欲合攻佐巴紐斯，未至，裨將敘斯布爾進軍不勝，邦旗淪於敵，布爾以爲恥，復戰，死之。明年，英吉利兵數千圍查爾士敦，林古倫力拒之，敵發巨礮，壁無一完，林古倫以五千人降。銃礮與糧悉以資敵。英吉利軍之戍若爾治亞者以艦五兵四十守一港，美利加將回低以四人奪艦受降歸，方至，銃齊發，大呼指揮，若勒大兵，艦將倉皇降，尋悔，乃誑之曰：『以寡誘、以衆繼也。』降者猶豫，回低急歸，召民兵，須臾麕至，卒降如初。

美利加將布多那以偏師守干捏底嘎奪。一日方沐髮，鏡角斜影紅衣軍，遂佩刀蹤跡之。英吉利人見多那即退，多那曰誘也，自走山寺，敵騎轉逼，多那僞與人慢言者，敵方注目，即躍馬遁，但聞飛彈鳴耳側。

四十四年千七百七十九年十二月，布亞爾如翁與英吉利人海戰，艦摧欲沈，如翁一躍上敵船，衆從之。敵船火，如翁撲滅，而蹙敵人於水，遂奪厥船，船將某水逸。英吉利論宿績，擢船將爲奈伊低，是爲武職貴者。如翁曰：『渠而爲此，再逢之我當生致供役。』初，美利加畫策者曰：『英吉利巧於商，盍募壯士駛數十艘竭來潮汐，取厥利。』國會以如翁充船將。如翁，須忽德斯人也，精航海術。改革戰起，蹶然至費里地費，於國會議攻守略，衆大奇之，擢軍吏。嘗裂黃絹制旗，畫松與響尾蛇而書字，其意謂天下孰能敵我者。自提以進，八面受敵，從衡自若，驍名大噪。逮爲船將，會英吉利艦載所掠入新蘇格蘭港，與之戰，奪之。其戰雖它皆如是，躍船一役最著。

英吉利人既略佐巴紐斯與查爾士頓，遣兵拔叟司喀爾勒那，民無以抗，然弗能堪，群擁産多爾爲將，麻利音副之。有硝藥箱三而無火器，二將遂揀悍卒時時襲敵兵，掊持銃者，輒奪之，它器類然。出没靡常，敵軍苦之，遂棄叟司喀爾勒那去，繇是二將有聲。初以軍隸林古倫戍查爾士頓，音偶步酒樓，英吉利兵猝至，躍而下，傷足遇救。據險設堡，敵環而攻，音廢眠食拒之，糧絀，意氣自若。一日敵將易俘，音煨芋餉之。［敵將］歸謂其下曰：『音罔以死生爲意，非所克制也。』致劍去。其爲敵將畏服如此。時雖婦女，謀國如家，或獲稼，或輸食，或增戎服，或候敵情，争助，丁男如不及。一女名莫阿爾，年十五，聞議事輒潛觵與議，過敵地弗怯也。其以誠感人又如此。音偶偵敵被困，面壁矣，高七尺，躍馬捷如飛，敵相眂愕眙不敢尾。音裨將法里亦以勇聞。嘗戰酣，軍吏馬其斯多爾被創欲逸，法里不可，復創至四，徐以兵退。

國會以加多將大軍略南部，民投鉏揭竿會恐後，豪富争助硝藥，遂敗英吉利軍於繁克連具落計。方進軍，一户畜硝藥厚，而敵圍之。户中男一耳，自禦户外，其婦與姑納藥於銃背授之，敏捷不少滯，敵以爲數十人助也，疑有備而去。乾隆四十五年間千七百八十年八月，加多選敢死士數百夜襲計牟殿堡，而敵軍適襲加多，遇諸塗，交綏而加多敗，僅以身免，糧輸之敵，國會削厥官，以克利連代。

募兵靡餉，戰北四聞，國會未如之何。華盛頓督北軍未敢輕進。新地西一堡守難其人，國會以亞爾諾爾突有驍名，遣戍，而敵人方以銀五千圓餌之，許授上將印，令連德爾微服至軍徵誓書，歸途被捕發書，殺之，而諾爾突遁，授上將如約。屢來寇，華盛頓授策勿爾治尼亞人某僞畔事諾爾突，將於赫遜河岸捕之，會移陣不果，然敵軍亦以其畔將薄之。

英吉利將閣倫華理斯既克計牟殿堡，至諾司喀爾勒那，貴族某舉義兵，鑿山采硝製藥。華理斯攻之，貴族敗之公具山，生禽數百，而兵無一傷。自加多督南軍，擇衝置戍，令莫爾幹以一隊守公邊斯，英吉利將達爾禮頓攻之，而列礮拒。將不支，華盛頓來援，立矢石中，斬無算，禮頓受創。華盛頓進攻某堡無礮，斬巨松木列臺，大呼曰：『不降，轟壘粉碎矣！』堡人遂降。華理斯聞禮頓敗，將大軍攻莫爾幹，幹濟計太馬河，華理斯追至河干，夜雨阻之，時克利連援莫爾幹，遇雨而宿，旅舍婦出金曰：『縮衣節食，得飽將士幸矣。』連感厥義，泣受之，尋濟和德加伊河，是役也，連夜不交睫、日不再餐，然尾之諾司喀爾勒那，抗之哥爾布爾士，敵軍逡巡，聞者壯之。

四十六年千七百八十一，英吉利將亞爾諾爾突大爾連頓九字一人名氏閣倫華理斯等屢侵勿爾治尼亞，自春徂夏，所掠無慮金數百萬。美利加將麻利音與黎士同軍格阿利納拔其一堡，將拔，一女子室被敵焚，遂從軍戰，而敵豎白旗降矣，麻利音、黎士又攻若耳治敦寨，克之，英吉利軍猝至，見美利加兵手不持銃，遂逼，而美利加軍吏阿爾士拔刀大呼曰：『一擊輒斃，何火器爲！』立斬數十，敵卻。

英吉利將華理斯遣兵戍叟司喀爾勒那，克里連進攻之，遇敵於甫武計爾克，兵敗而竄，遂失數邑。麻利音、産多爾非堅斯二將援之，連轉戰卻敵，復所侵地，大戰於韋底宇而勝。敵退入壁，倉皇鎖門，首將不可入，追兵縛立陣前，英吉利軍懼傷首將，不敢施銃。連身先薄寨，獲輜重。敵乃分兵潛截軍後，連自殿軍，得不敗。明日，敵棄軍實退保查爾士頓。時敵將克林敦守紐約，華盛頓謀襲不果，法郎西將拉菲德以兵艦援，至勿爾治尼亞，華盛頓遂南與之合，令援兵塞河口絕紐約援路，自將猛攻紐約。發巨礮，輒碎壁堡。敵將華理斯麾兵衝堅不之動，而欲與克林敦合軍，夜發厥兵濟河。風雨驟至，後隊阻不得濟，進退失據，乞降，許之，受降七千。華盛頓戒士卒勿辱降兵，繇是悦服，莫敢貳者西十月十九日。克林敦援兵海陸並進，至則降六日矣。費納的費牙國會一老門卒聞捷，喜極死。

四十八年千七百八十七，法郎西議繇英吉利、美利加兩使立約，『認美利加自立、英吉利王下令徹［撤］兵西十一月，無復軍新地者』。約成，英吉利使促國債，無償，譌傳問罪兵起。國會加税既虞拂衆，解兵空槖意輒怏怏，於是馬沙朱色士人遮伊嗾民作亂，應者蠭起。國會兵討之，遮伊力窮，降。初勿爾治尼亞、諾司喀爾勒那、叟司喀爾勒那三邦土人居根得基成一聚落，有達紐爾斯慕音者營立數堡，工兵戍之。其一堡曰藐爾約翰須德諸，土人嘯聚而攻，設伏里許，以贏薄堡，諜曰『誘也』，堡兵守不一出，泉涸，婦女出汲，土人礮擊而無傷。尋圍解，國會買地於土人，居倭海約河北者不售，而屢寇。國會以巴爾米爾爲將，分兵進。一隊陷敵死，桑克羅爾代之。土酋列多爾達爾多爾黠且勇，耳懸銀環，標異也，偵知羅爾將襲厥營，先出擊而勝。羅爾收潰無以制，華盛頓曰：『非和連不克平。』和連奮然曰：『直搗虎穴！』於是戰罔弗勝，所向披靡。土人勢蹙，乞降曰：『自今世世誓不負德。』和連曰：『儻背斯言，能令汝族無噍類！』土人曰：『不敢！』

五十六年千七百九十一華盛頓再任。國用絀，加酒税，不服者結黨逐吏，曰：『安用此掊克吏爲！』推多謀是顛計爾爲謀主，國會兵平之。

南北兵未起時，美利加水師攻墨西哥之非臘克羅斯城，以田雞礮列岸，彈雨注而露臺守兵如故，易八寸口徑礮八，放開花子，子落，守者輒離礮所，勝實心彈十倍。水師將波爾特曰：『船礮齊發可勝。』聞者多泥古陸礮一抵船礮三十六之説，不謂其然。大德奴拉獨駛斯必帶非耳船攻珊專抵烏羅瓦礮臺，人皆笑之，放開花子七十有奇，皆中厥臺，彈罄而止。厥後波爾特代司厥船，攻答巴斯里河礮臺之一臺，礮孔直對河干者七，然船發開花子二礮，兵四散，遂泊臺後猛擊之，發兵五十登岸撲臺，以刀弗以鎗，而敵兵注目船礮也，竟以少勝。

咸豐十一年千八百六十一南北兵起。其黨一南一北，以人判，不盡以地判，争舉伯理璽天德。南黨遂於查爾士頓港内色末搭堡發弟一聲礮爲起兵日西四月十二，然南多農，凡兵器工半出北黨，屬南之港北軍輒斷厥援路，軍製靡出，於是南黨搜括故物自造鎗礮之屬，船廠二，一設邊撒果拉，一設那爾佛克，而初無一艦，惟汲汲於鳩民兵踞險要。其舊礮臺非里巴堡、查克森堡臨密士昔比河，沛克堡臨熱可蘭的河，磨爾干堡、給尼斯堡臨磨比耳海灣口，布拉斯給堡臨撒法那河，色末搭堡、磨特里堡、占斯敦堡、丙克尼堡皆臨查爾士頓港，礮以口徑八寸爲最，皆舊式也，臺亦遜新式遠甚，未可當鐵甲船之巨礮。而增堡與臺不厭其密，亦既備軍械戍兵馬矣。然兵分則力薄，製速則工減。明年失過半，又明年失波里末德堡、非克斯波嘎堡、波特黑德森，於是密士昔比河皆委之北，雖曰南通鐵道，調兵多易，而扼要在北，亦未遑讓。即如同治二年千八百六十三，南將本巴登在非克斯波嘎爲北將固蘭德所困，占斯敦雖援之無及，其他皆如是。三年千八百六十四，南存查爾士頓、爲明屯、撒法那、磨比耳、嘎佛斯登五海口而已。四年千八百六十五，惟墨西哥灣之磨比耳一堡屬南，餘皆北矣。初兵一萬二千，尋損厥半，未嘗不深以弗聚精鋭於數處爲悔。此大略也。

起兵之年，北將安德森守色末搭堡，南軍以礮猛攻，毁火藥倉，拔之，獲礮七十有九。

同治元年千八百六十二，南軍戍弟十號海島，宅密士昔比河口，北軍難驟拔之，軍吏籌斷氏波敦比拉地名以下路，築礮臺五，然南軍礮船夜輒過一，如是者三十一日，恒泊比羅堡下十數里英數里。船以常船改爲，初非礮艦也，堅弗如北船，其輪明，其滊機置之艙面，其柁房、火藥倉無遮護新法，其礮臺麓河寬裁三里有奇英一里，然無大損。礮臺可持而不可恃，此其證歟？

春，北軍攻弟十號海島，鐵甲艦六，木艦一，田雞礮十六。將富德督放開花彈，以十分時爲率，攻二十有三日起西三月十七，而兩岸礮臺無毁，僅毁礮一。繇於礮臺並泥沙爲之，遠勝磚石，此一證也。北軍礮艦增二，曰丙倫氏累，曰比次孛革，夜過礮臺，泝密士昔比河之上流，斷厥援路，陸軍將波泊攻厥後，遂降。當未降時，北軍波巴將攻新馬德里，假道密士昔比河口，弟十號海島即其衝也。法拉嘎德水師以丙倫氏累礮船護之，逕田捏西河西，距弟十號海島礮臺裁三百碼，無霧，欲進不可，波巴憂之，適雷雨西四月四日，遂倚礮船行，啞礮盲燈，臺上電瞀，礮四十七出無一著者，復燒卷筒群子礮，未發。越四日，比次孛革船乘雷雨過此，發礮五十有四，未着亦如之。

南將敦根守非里巴、查克森二堡，希根斯副之，司查克森事，與紐阿林斯堡輔車相倚。北軍以法拉嘎德爲水師將，以領田雞礮船波爾特爲副，攻之，先引田雞礮船過淺。而入密士昔比河者輪艦凡四：一哈理額德累那，二額瓦斯果，三韋斯德非勒德，四固里夫登。兵船過者三：一布魯嘎林，二哈德佛德，三里止門德。其密士昔比、邊撒果拉二船阻淺，以哈理額德累那艦引之，八日而至巴勒德桃那。波爾勒令各氏斯乘珊幾末船測量密士昔比河，攜善圖者二：一峩德門斯，一哈里斯，駛額瓦斯果船護之者，給斯德也。起韋里斯真比，訖二堡，凡二十一里有奇英里七，閱三日，測如三角法，二堡礮擊之無傷。或曰田雞礮十出，則船底震且脱，以三船試於距堡三千碼處，破兵疑也。田雞礮船測定方位，在叢林後，距查克森堡二千八百五十碼至三千六百八十碼，距非里巴少遠，船桅從衡密懸木枝與岸林混，亂敵目也。田雞礮船分隊三：斯米德領弟一隊，一奴爾佛巴給，德自管之，二俄里法里，屬各德佛里，三巴拉，屬佛爾迫爾，四韋里安斯，屬琅安妥那，五阿里搭，屬斯美德，六倍根，屬羅只斯，七索佛羅尼阿，屬巴度羅苗以上一隊。布里斯領弟二隊，一珍固里非德，屬波老那，二拉波羅斯，屬固里斯珍，三累撒，屬非尼所，四惜浮馬，屬偉連斯，五恒里遮米斯，屬卑迎敦，六旦斯米佛德，屬固老那，七額非塔，屬布闌查德以上三隊。固伊那領弟三隊，一卧爾，德自管之，二丐爾敦，屬查克，三馬提俄法雖，屬拉法知，四卓知慢嘎麻，屬戈連斯，五俄非搭，屬波闌查德，六惜德尼查尼斯，屬固累哈末。隊自一行，下錨揚旗。給斯德以額瓦斯果船蹙岸林伏兵，使之竄無遺，如期攻堡西三月十八日，堡中回礮連且夥，然非其所。波爾特請别駛舟招其彈，卧爾德艦尋受南軍一百二十磅開花子，斷桅毁火藥倉，卓知慢嘎麻艦亦受十寸徑礮子，中近水面，而查克森堡被開花子裂毁，衣物半成灰燼，火藥庫賴溼氈護之，風起北礮頓停。二三兩隊礮彈凡發一千四百，然半塗輒裂，咎在藥引，遂戒鑽引管之孔，雖亦有弊，不逮則尠。明日礮復發，北軍丐爾敦艦火藥倉中一螺絲彈穿底出，厥艦來自紐約，遇風桅折而無恙，今被擊遂沈，它艘飃索非毁則斷，隊艦礮兵三晝夜不少停，於是三隊遞擊，各司二時，一日十二時，約一百六十八次，凡一千五百開花子，息手即睡，時九十里外英里三十巴里斯之玻璃窗悉碎自礮震，而睡者不覺，勞可知已。兵艦過堡前四日西三月廿日，法拉嘎德令所部各策護船法，摩爾以鐵鏈回環懸瀛機鍋鑪側，它艦或護被褥與煤袋沙囊，或鐵欄外結繩網，或船面塗泥與水同色，或粉艙以便夜作。是夜，令固樂斯比帶貝拉乘比奴拉船置水雷以除攔河物，而電線引不發，令丏勒突威拉帶伊打斯嘎船斷敵鐵鏈，初南軍自邊撒果拉造巨鏈，釘於三丈木置河上流，拋七錨定之，相去數尺。錨之浮標製於沛勒討那，閱數月逐流凡百，遇鏈日積，抵水力日大，錨忽起，入海無遺物。更以八舊舟浮輕鏈。至是丏勒突威拉鬆浮鏈使沈，火箭報之，敵筏遂逼，岸燎兩行，一船擱淺，比奴拉艦救之乃旋。當是時，堡距艦八百碼至三百碼有差，賴田雞礮子八九同飛，使回礮暫歇。越四日，法拉嘎德令雙紅燈爲號，列艦作雙魚貫，邊撒果拉船起錨少滯。右行爲弟一隊，哈理森管之，貝理管丏由嘎礮艦屬其隊攻非里巴堡。左行爲弟二隊，韋納累德管哈德佛德艦，貝拉之惜何搭艦多那勒德管之，攻查克森堡，銜尾行，河路之辨正借敵火，過沈鏈處無阻。兩隊分擊如令，久之火煙難判彼此，波爾特之田雞礮艦、斯瓦德或德之波子末德艦並攻查克森堡，群筒子發，一筏突衝，哈德佛德艦避之，自即於淺，南船末那色斯衝筏而逼，船尾火熾，進自礮門，燼桅之半，借噴水器滅之，礮發如初。堡礮漸稀，而船突出十有三，中有鐵甲二，一名羅以惜安那，一即末那色斯也，衝船先之，北擊南船，毀其十一，希根斯謂讓北船行近猛擊之，不沈不止，而船已過初擬三刻，而費一點鐘十分時，查克生船已引波爾次冒德船至田雞礮船前，浪激而下，復引之泝流，堡礮擊之中，柁繩絕，遂順流去。布魯嘎林艦最後，其管船者戈累文也，黑夜煙濃西三月廿四，船自鈎連浮鏈舊船，橫於排木間。非里巴堡礮猛甚，震船自離，泝波上，遇南軍末那色斯船衝中梯上船梯也，離丈許，礮子貫護瀛機之沙袋，復衝，賴懸鏈抵力，遂竭速率而遁。又遇一南船，礮通行打頭尾貫子曰通行打，回擊之，其船火。布魯嘎林船勇退，不覺駛近非里巴堡，水裁三尺，以捲筒群子礮擊堡中露礮，人避入房，遂過堡，與敵船遇，互擊而行。惟法羅那船最捷，波嘎斯督之過堡，遇南船輒擊，擊一礮船，藥轟而裂，南將根能見之怒，以船向法羅那艦衝腰與尾，八寸徑開花彈三出，洞厥後無鐵處，法羅那艦避之，轉遇一南鐵甲船，水面之下鐵吐如椎，衝法羅那艦左腰成孔，回擊，彈弗入甲，少卻，復衝成孔，衝力猛甚，震法羅那艦尾，厥首偏前，受南礮五，火揚，自觸岸沈。當未沈，波嘎斯令纜之巨樹，且盡礮力，水没礮車，人乃躍。距衝破時一刻許，北軍俄那大艦援之靡及。瞥南船名嘎夫那目兒者方泊補其罅漏，遂擊而服之。法拉嘎德既率兵船過堡，令波爾特豎白旗，欲招之議降，此議事旗也，與降旗異，而回礮示無降。堡將善守，兵半北人，然罔疑忌，德意志人自成一隊，堡中礮兵六百有奇，鎗兵半紐阿林亡賴子，被額瓦斯果艦之群子礮傷如鱗，散歸過半。而北軍所受礮傷則出非里巴堡居多。螺絲礮最巨者一耳，然猛，北船僅向此堡發田雞礮，開花子中者二，一截厥礮爲二，一震雙礮並毁。所以專擊查克森堡者，攻一服二，勢則然也。

查克森堡被礮，若掘若犁，藉非紐阿連以沙袋濟，礮房靡有遺矣。堡麓河隄，孔穿一百有奇，水灌之三尺，溝橋寸碎，橋側艇免毁者一而已。堡外受彈三千，堡中護袋礮毁十有一，壁眼一步一見，面河之壁嵌彈八十有六，護堆三十毁三之二，水礮臺藥倉毁，其臺受彈一百七十，開花子不裂者二耳。或墜溝裂，愈有力，能令通堡地震，偶擊一人入地，俄而彈着原處，骨肉出飛高數十丈，然堡中死不過十有四，傷不過三十有九，非發礮時輒伏，亦恃泥壘溼且輭，開花子入土，深或二丈，子開而上，逮其復墮，沙飛填孔如故，勝磚石遠甚。礮房厚土蓋之，耐擊以此。

水礮臺之礮六，其最［者］鑄自德里氏嘎礮廠，擊北多倚厥力，然北船過堡時，彈雨落，遂停擊。於是北軍密士昔比河之船路通，南軍紐阿林堡之後路斷，查克森、非里巴二堡方舉白旗，讓堡如議原議隨身刀不必繳回，未贖不戰，而堡中兵器、糧食、河船皆讓出。

魯西阿納鐵甲浮礮臺忽火，厥臺艤自紐阿林者二日，載四千頓，四輪舟坩，時無救者。錨鏈既斷，順流下，泊非里巴堡對岸，礮彈自發，板鐵四飛。南軍米知里水師輪艦三距北船里餘英半里，一船已沈，波爾特駛艦過其前，發礮一，船旗自去，遂受之。紐阿連堡將羅韋勒聞之，棄堡逸。

北將很大攻波拉斯給堡起西四月十日，礮初游移，越日，發皆中且猛，螺絲礮彈鑽壁若錐，科侖布亞礮繼之。厥堡礮臺距波拉斯給千六百碼，礮非新式，弗克逮也。洞堡容二人出入，彈復穿孔達硝藥倉垣，不可支，南軍遂降。是役十三寸徑之田雞礮彈雖及礮房而無功，砂袋抵力多也。

北軍既踞比羅堡與夫戈倫柏斯弟十號海島兩礮臺，南軍門户即以波特黑德森礮臺爲最，於是就壘增營，眎非克斯波嘎壘且倍。密士昔比河流至此一束，裁寬里許。北將法拉嘎德謂非兵艦過此末繇斷紅河濟敵之路，令於軍中，大恉有六：一曰兵艦左各麗礮船一，勿近腰，恐過臺角於左礮有礙。二曰後船偏向前船尾右，即捲筒開花子間一早裂，無傷後船。三曰過礮臺宜護船首。四曰過臺隨機以應非克波嘎及巴敦羅知之陸軍而扼紅河口，紅河與波特里德森之間遇敵船則取。五曰兵艦傷則礮船援，兩傷借力風颿，或拋小錨引之行。六曰距礮臺四五百碼擊彼即護己也，此策之要。偏將班革斯贊一詞曰：利在速。即日西四月十三趣船泝流上，泊波羅非次島，偵知南船五，二爲衝船，昔毀北艦者即此，外護棉包，餘三運物輪耳。詰朝，北船速率眎船配之，如里止門德船率小，則配力巨行捷之正尼西礮船，它船類此。丏德威拉領額惜各斯諸船，隨法拉嘎德之哈德佛德船以進。哈德佛德船有引水人一，立後桅弟二盤，借喇叭通話筒與管柁者呼吸相關，是水霧礮煙未易至處，班革斯以兵屯十字道。日夕，惟密士昔比[及]末奴嘎希拉二船未至，兵艦成列，礮將發，法拉嘎德止之曰：『勿先敵。』時交子，南臺礮起，北船報之，焰聚，暫停復擊。哈德佛德船開花子二百有六出，礮之克及南軍者二：一爲九寸口徑礮，一爲三十磅彈巴羅德礮。丏德威拉領額惜各斯船繼之，開花子九十出。然哈德佛德過灣流激，幾觸岸，轉駛阿孛德落斯船後，久之始過。當末奴嘎希拉船逕下礮臺時，敵鎗發自對岸，擊其附左之給尼俄船，船將俄勒忒斯發二秒引藥開花子捲筒群子退之，而礮臺彈折給尼俄船斜桅，裂柁柱如劈，彈塞柁柱尾間不得出，用副滑車連於柁鏈大力牽之，弗動，末奴嘎希拉船亦傷，入水較深，飄觸妥末森角而擱於淺，於是停給尼俄船之漩機，一纜而外，鏈鐵罔弗震斷，頭錨躍入艙面。遇淺，倒行瀛機，輪爲之轉，乃以未斷之纜牽末奴嘎希拉船使之浮而退。時一船火順流下，睎之密士昔比也，彈自發，躍避西岸者六十有奇，額惜各斯船救之。北軍過此，雖損而喜。

夏西六月廿八日，北將法拉嘎德率兵船過非克斯波嘎堡。初南軍踞堡而高，乃引田雞礮船擊之。引之之船六：一俄克斯朵拉累，二韋斯德非勒德，三固里夫登，四查克生，五哈理額德累那，六額瓦斯果。其兵船七：曰伊勒固瓦斯，帶者巴麻爾，曰峨乃大，帶者李累，曰里止門德，帶者阿勒登，曰韋撒希前，帶者迭甘孛，曰惜俄搭，帶者多那德森，曰哈德佛德，帶者韋納累德，曰韋奴那，帶者固魯斯比。其田雞礮弗克逮二百餘尺之高，而哈德佛德船礮獨及之，互擊移時，堡礮漸稀。帶固里夫登船者波德韋納也，發礮曰螺絲，曰船首九寸口徑，曰三十二磅彈，其引皆用十五秒。復擊南軍水礮臺，相去千二百碼，捲筒群子繼之。瞥查克生船柁房受螺絲開花子，柁兵腰折，將援之，而五十磅螺絲彈已貫固里夫登船，從左穿右，鍋水瀛溢，死者六，而一人躍梯免，躍水八人，查克生船以小艇救其七。它船傷者，一伊勒固瓦斯，二韋奴那，三非奴拉。方過埃里斯布勒佛時，南軍以大車輪礮截擊，賴查克生、額瓦斯果二船禦之。田雞礮船至者四：曰卓知慢嘎麻，曰阿里搭，曰何拉斯北勒斯，曰賽拉波羅文。然賽拉波羅文船一人受十二磅彈，手斷如截，於是斯米德領田雞礮船九列右，距敵礮臺二千五百碼、水礮臺二千二百碼，固伊那領田雞礮船八列左，距敵堡七百碼，較近而叢林翳。明日西六月廿七礮發，南軍回擊，彈入韋連斯船首未裂，遂猛擊之，堡礮頓停。又明日，即北船過堡期也，田雞礮擊水礮臺，南軍難可回礮，兵船密排，受傷轉少，礮臺去旗，北軍意其已服，依軍禮歡呼者三，方過，南軍礮擊厥後，桅折。越三日西七月一日依泥淖列艦，南軍伏莽時薄之，北軍礮轟而竄陷澤者三，遂築小壘懸鐘，以五十兵戍，南軍輒發紅彈，北船多傷者，然未退。

北將法拉嘎德領哈德佛德艦逕磨爾干堡，堡發空心實心礮彈二十，空心者，開花子也，船爲之毀。雖然，此船出水最多，故受擊易，或曰堡中人弗避其船，群子開花子回擊不少紊，奏效以此。之二説皆非無見，不然，如磨爾干堡布丏那與北水師戰，起辰訖巳，倍此十有五，獨氏固未惜鐵甲船受水雷沈，餘尠重損，何歟？

秋西八月六日，北軍艤額斯革斯鐵甲諸船凡七至巴敦露，始攻南軍阿堪孛船，毀厥柁與瀛機，然回礮猛，額斯革斯船危，乃發縱火之開花子，中無鐵處而火，火藥倉轟，厥船遂裂。初造自牙素城邊廠，瀛機與柁皆尠護法，然下水即敗北船，斃人五，傷十有六，法拉嘎德追之，過非克斯波嘎等礮臺，莫遑回擊而免。今竟毀，南軍惜之。

二年千八百六十三，北軍以色末搭堡被奪詳前，將復之。春西四月七日，於華爲春，水師將多本德領末尼妥耳鐵甲兵船與諸艦薄堡，堡側船礮起，閱時四十分，即沈北船一而退。

秋西八月十七北軍築礮臺三，與末尼妥耳鐵甲船礮齊發，攻堡七晝夜，發彈五千有九，壁無完，礮剩一耳。南壘輒新，易礮效死弗去。北軍復攻三日起西八月三十，水師將打拉嘎林以兵三隊進，爲南軍所敗，然末里斯島瓦嘎那礮臺、固累嘎礮臺時皆淪北，而攻是堡益急西九月廿六巴搭頗斯科鐵甲船與里希輪船於色末搭堡左發螺絲礮彈，守者以沙袋補壁，以碎磚石補沙袋，彈之所逮，沙石調和，不易深入。凡發開花彈四百五十有五，堡中裂三百十五，其十五寸徑田雞礮用十五秒、二十秒之慢引，彈裂之，堡輒木石四飛，或飛空擲地，然其將波勒嘎、其副哈里斯令嚴且明，故耐守如初。

北將波爾特攻非克斯波嘎堡猛甚，然南礮叵測，或出泥堆，或穿濠水，或響輪車鐵道，或攢矮樹密箐，或飛自二百餘尺山巔，北軍擊其礮之所在，輒移它所，環而擊之，暫停回擊而已，土壘無大損。臺礮巨者二十，北軍吏曰：『舍陸師攻後無長策，萬人足矣。』於是陸軍將固蘭德圍攻月餘，拔之。

波爾特率八鐵甲船攻南軍之固闌果夫礮臺。其臺有礮十三而散列之，北礮轟二時有半，回擊僅恃一礮，餘皆揚泥塞孔。於是北軍從四十五里外英里十五登岸突臺，唾手而得。

北將馬各末玆乘額德惜固船攻連波布勒夫地名，從羅奴克溯流而下，至哲米斯比勒以下河灣，見陸軍已駐於此，遂泊近韋耶羅新。方下錨，水雷雙發，礮爲之翻，遂沈。越日拖船名巴土里者，將往布里末德巡隊，且於沙馬落刻船撥鑛也，行距沈船處數碼，水雷復發，死者二，厥船沈額德惜固船側。

冬西十一月廿五日北將羅施克蘭將兵五萬五千，約與南將穆立沂立知、穆拉克等戰。戰時南兵七萬，既踞密生那里勒治山、鹿克澳奪山、加他奴俄溪，於形勢爲得，北軍幕平野耳。屆期日未出，號礮發，兩軍對擊至晡，勝負未分，各出生力軍鏖戰。有伏有疑，有刃接，有火攻，南勝而北軍不少卻。日夕，南軍少少辟易，北軍振臂大呼，所向披靡，遂陷二山一溪之壁壘，拔南幟樹北幟矣。獲巨礮四十，南軍潰走，凡死三千六百七十三，傷萬六千二百七十四，俘若逸者二千有三，然北軍亦死一千六百八十七，傷九千三百九十四，陣逸五千二百五十五。

三年千八百六十四，北將法拉嘎德率兵船攻包額勒堡。十五寸徑田雞礮開花子中厥火藥倉之太平蓋，罔弗裂，裂輒孔逾三尺，而徑倍之，補者沙袋也。擊十一日起西二月廿三，堡無大損，以土築故，人死傷各一，雖然，守者自萌遁計，謂東無壁，儻從此入，勢且束手，於是通一慢藥火引發於火藥倉，逸而毆者燃厥引，逾四刻時堡毁。

北軍攻磨爾干堡，發百磅彈之巴羅德礮，磚石之壁不克支。彈自三千碼外度水溝穿垣成孔，徑二尺許。其將法拉嘎德以兵船入磨比耳灣逼之，磨爾干堡彌危。時北將固連乍拔給尼斯堡矣，陸軍移屯磨比耳角作平行壘，巨風又卷沙作堆於磨比耳角，北軍倚築礮臺猛擊之，兵房再熾，濃煙四塞，礮卒目迷，藥糧藏無處，讓出之。堡礮凡一百三十有六，然摧過半。

北將多本德將攻查爾士頓港之色末搭堡，令累訥德帶几俄固革船、波代勒與波拉德帶比迫船探查爾士頓港淺處，識以浮標。一得旗令即魚貫行，船距一纜，勿擊末里斯島礮臺，近色末搭堡則攻厥西南，從八百碼內發礮，勿過昂，勿忘旗記暗號。鐵甲船有序：一韋何根，帶者羅只斯，二巴雖倚刻，帶者多里敦，三滿拓克，帶者卧爾敦，四巴搭頗斯科，帶者阿萌，五牛艾恩帥子，帶者妥爾那，六恰斯丐勒，帶者羅遮斯，七難多丐德，帶者非爾法克斯，八那罕德，帶者禱尼斯，九几俄固革，帶者訥德布。定期西四月二日繇布度落油向北伊氏斯度開行，水師一旗懸之只米斯阿遮船。過淺矣，恐韋何根鐵甲諸船或被南軍阿德蘭衝船從撒法那忽截擊之，爲預防策，以斯對德帶波勒古尼斯船往布度落油，以科爾平帶卧巴士船、累奴士帶佛爾門德船，往希立敦黑德，以希巴果船守布羅德河，而波拉左尼斯船入水最淺，以之巡布羅德河、布佛德河。越二日，鐵甲均過淺矣，詰朝復行，而水雷發韋何根船側，未傷，然磨特里堡色末搭堡水面木桶無算，分列數行，哲末斯島河路有樁，而磨特里堡、色里丸［灣］、烏色末搭堡礮相繼發，北船辟易，隊行輒亂，兵輪與鐵甲横桅絞，尋離而卻，鐵甲船已傷厥五：那罕德船軸斷釘飛，巴雖倚刻船之十一寸口徑一礮被毁，巴搭斯科船礮架損，難多丐德船礮門亦傷，几俄固革船受彈三而甲薄難支，越一日沈。然鐵甲船無一穿者，南礮着船之彈大氐平頭，力遜圓頭遠甚。先是工程官斯氏末勸水師以末尼妥耳鐵甲船二於船首帶兵船部所造之水雷連於木排，排下多鈎，遇敵置水雷即發，木排當之，船可無恙，弗聽，僅以木排置韋何根船首帶撈水雷鈎而已。

春西四月八日，於華猶春汐退，北軍梅尼所達船卒見一暗色物距船二百碼，詰之，曰羅奴客小艇，船官阿布納令拖船察之，水雷已發其左，水雷船退向抵士摩衣司河急行，追之弗及。梅尼所達船水未漏入，然受傷三十有奇。

越十日西四月十八，北軍管瓦巴士船之固理文見船尾右一百五十碼外有水雷船，其形與動皆與攻毀忽撒多尼克船者同，逆潮而上，速甚，遂鳴鐘發鎗起錨動機而行。水雷船落後四十碼，礮猛擊之，遂不見。

北將巴德森帶每末非斯兵輪船。一夕，見一船長二丈五尺，其色鉛，其狀如覆小舢板，漸逼尾右，約五十碼，鳴警鐘，動滊機，且行且擊，礮不克捷，鎗子雨飛。其船已近復卻，每末非斯船追之，螺輪較速，其船艱於泝流，而一燈露影，北軍以光爲的，發十二磅螺絲礮彈。厥燈暗，發小艇蹤跡之，無見。

北陸師將班給斯攻南軍於魯西阿納東南，水師將波爾特率礮船十二、運船三十，泝紅河應之。軍退至阿里克珊里耶，淺不得行，工官倍里曰：『非作橫壩無以蓄水。』班給斯以兵三千伐木爲之，沈煤船於其間，成壩三里英一里。弟八日浮三船逮壩：一海雪納，二俄撒止，三尼俄助。明日西五月九日煤船自開，果克新敦船逐流急下，竭滊機力而過壩缺，尼俄助船隨之，近口機頓停，没水，尋浮而行，船底觸石成孔，然可補苴。二船過壩無恙，倍里恐阻後船，復於上流築壩六百尺，留口五丈五尺，縱壩數道輔之。越三日，諸船皆行。

秋西八月五日北將法拉嘎德以兵船逕磨爾干堡。初，南軍於磨比耳下海灣築礮臺增堡壘矣，給尼斯堡東淺間，水既不深，排樁阻之，惟磨比耳灣角與東淺間量水有差，深或六丈五尺，水底沙流，潮面風逼，倉猝未遑它計，於是置水雷三行於磨比耳角東浮標間，留五百碼爲己船路，法拉嘎德將往令曰：『凡戰時無需物悉斂，可火物桅上横木、風颿、繩索悉除，置收碎木網受彈擊碎木也於船左，以舊褥護柁房，以沙袋鐵鏈護瀛機。小舟移左，探水引水者立此，船行必雙，縛以纜。』始行沙島偏東，至磨爾干堡對面向西偏北，至中地向北偏西，銜尾而行，少偏尾左，過堡則少偏尾右，免礙前船尾礮也。礮勿先敵，回礮欲速，引藥秒數欲小，距堡三四百碼即放捲筒群子，或言前擊失之高，然宜略向上，否則群子出必少下矣。一船傷，連船助之，船礮重在首尾，若敵發捲筒群子，可暫避也，輕礮之群子開花子勿停。過堡勿近西，其木樁處螺輪船且須停機，隨潮飄過，明輪機不必停，伏水之繩不易被明輪捲起而繞軸也。定期攻堡西八月五日，法拉嘎德如衆議，以布魯嘎林船有巧機可提水雷，令阿拉敦駛船先之，以固林帶俄克多拉拉船，以朱倚德帶彌他戈米德船，以正經斯帶里止門德船，以戈拉提帶布德羅由船，以馬爾占德帶拉嘎瓦那船，以多那德森帶惜彌奴里船，以斯忒理帶末奴嘎希拉船，以末丏那帶給尼孛給船，以里累帶俄惜比船，以波老那帶伊打斯果丏船，以末拉尼帶烏奈大船，以韋里森帶丏里那船，合之法拉嘎德所乘船凡十有四，此尋常兵輪也。末尼妥耳鐵甲船四：曰氏固未惜，帶者固里文，曰曼哈旦，帶者尼固森，曰韋尼孛固，帶者司氏分，曰几嘎索，帶者柏爾根。皆泊木船與磨爾干堡間，使南軍水礮臺及堡中礮無所措手。礮起，氏固未惜船被水雷轟散而沈，死者一百二十，落水遇救者官二、水手六。列船過堡，南軍田捏西鐵甲船飛衝，北艦擊之少卻，而三礮船逼：一磨爾根，一惜勒麻，一苟尼斯。彈注北軍，至無以報。彌他戈米德船轉擊而勝，追惜勒麻，死傷各八人，取其船，其餘二者傷而遁。北船下錨，而田捏西船又至，北軍縱二船衝之，末奴嘎希拉船鐵甲也，首折，拉嘎瓦那船堅木質也，首碎五尺，而田捏西船無大損。哈德佛德船復衝，未及敵艦，轉爲拉嘎瓦那船誤撞厥尾成孔，几嘎索船俄惜比船方環攻之，田捏西船懸白旗矣，死者三耳，傷倍，水師將波嘎那驍勇有聲，然腰左傷重，船弁占斯登代獻其劍。厥船尾甲鬆，礮車毁，柁鏈斷，船左鐵甲被一尺五寸實心彈穿入，外此凹痕六十有奇，煙筒既落，漏水漸多，礮門毁三，而北船死傷多於過磨爾干堡時，凡死一百七十二，傷一百七十。兵船除惜彌奴里而外，餘罔勿傷，然未阻其過堡。越日西八月六日，北軍非里比輪船運糧於田捏西船而旋，以淺滯，南軍自磨爾干堡擊毁之，死傷並二，遂取厥船。

北將法拉嘎德帶兵輪船二，曰彌他戈米德，曰惜勒麻，將倚礮艦逕磨比耳上灣西八月十五日行，相去三里有奇英里一餘，見南軍已將那始非勒船横沈河路，附椿一行。軍吏曰：『礮臺且無論已，如阻路何！』鄉者佛其尼阿船欲開一道寬四十尺，用輪船二以衆起椿，無懈無警，然費一日十時有奇方闢一船之路，今磨比耳與查爾士頓、撒法那、爲明屯四處水道之阻不除，無策議攻也。

北軍攻瓦嘎那堡西九月五日，水陸夾擊。陸師巨礮十三，攻城礮十七。水師苟何那船田雞礮與牛艾恩帥子各鐵甲船之巨礮擊一日有九時，其及堡中火藥倉太平蓋者，獨牛艾恩帥子船之十一寸徑滑膛礮開花子耳。陸礮螺絲彈雖開花而力遜，壁沙飛揚，群彈旋落，然堡中人無著脚處，避之太平蓋。北軍乘時築平行壘，浸逼溝外，斜面以木若沙填厥溝。陸軍衝堡有期矣，南軍逸。是役北軍發彈二千八百六十四，中太平蓋者千二百，其餘皆壁與隔堆受之，面海居多。堡中礮毁其三，它無大損。

南軍衝船名阿布麻勒者泊羅訥俄革河，水寬約六百尺，布里末德以下三里許英里一有孛德爾非船沈於河，數小艇戍之。灣有礮臺，北將固性夜以十三人駕小輪艦往，後拖撒麻勒革，備敵覺而逸。近衝船，南人始覺，方離拖船盡漉機力，警鐘起，礮即隨之。岸出一燈，固性借見衝船外三丈有護栅，所謂浮壩者是，斜行圓徑。南礮猛擊，北船傷者多，固性發捲筒群子直壓浮壩，竿伸水雷，轟阿布麻勒船左成一巨孔，水湧入，而北船水聲與之埒，受彈重也，舟人遂服於南，固性逸自水，一人從之脱。南人收得小輪，其鐵甲衝船已沈，煙筒猶出水面，遂沈三舊船於河路。是役也，南有陸軍屯岸，然未及援。

北軍奪堡之易莫若波爾特攻紅河岸之多羅惜堡：兵輪一出，陸師助之，南風不競，堡幕烏集矣，費開花彈三。

冬千八百六十五年正月，於華猶冬，北軍取非刷堡。先是千八百六十四年十月二十四日北將波爾特率兵輪三十六，大半爲牛艾恩帥子，其餘常船也。布德拉獨出新法，謂以小艇載火藥數頓積近堡二百碼處，震破無疑，然如説而無一損。於是發田雞礮，以一分時出彈百十有五爲率，半時而後回礮暫停，開花子裂，人無立處故也。明日復攻，回礮少遲，然聲不紊。堡礮十七，並有隔堆護之，正對海邊者十五，海岸容千人。北撥鎗兵一隊登岸排擊，左面船礮亦注直邊，守者以捲筒群子礮乘北船停礮讓岸兵撲堡時，群子四飛，岸兵遂卻。而北船至彌多，四十四船復攻堡西正月十三日。其爲牛艾恩帥子鐵甲者，有孛固斯丐那、尼固斯馬、何布克、麻那德那刻諸船，均距三千尺，夜礮不止。明日西十四日復擊，回擊如之。越二日西十六日水陸合攻，登岸者水手六百，船兵四百，皆攻對海一面。南軍大半禦此，且出堡擊之，未意韋特里率陸軍突出其後，急遁入壘，力支數時，而二千三百人勢蹙，遂降。此三日中，北船放開花子五萬，然堡傷尠。或曰北軍之攻阿爾刊索礮臺，堡中礮十有一，北鐵甲船礮數與之埒，八九寸口徑者九耳。時閱三分，已毀南堡新製鐵條礮房，死傷無算。等火器也，中亦有倖歟？

四年千八百六十五年四月，北軍攻磨比耳礮臺。時南軍堡壘淪北殆盡，存者獨此，以死力守者數千。以磨發水雷置磨比耳灣之波累革里口，北軍礮船環擊，中水雷，沈二鐵甲船，一曰米勒俄給，一曰俄撒止，然礮臺終淪於北。越二日，羅多挪鐵甲船往視所沈之船，水雷復發而毀，死者三，傷者十有九。

美利加水雷

國朝前無水雷法，然攷明萬曆十三年西千五百八十五和蘭被俺脱活圍攻，搭橋欲渡駭兒江，遂請義大利人蘭索造機器小艇盛火藥發機轟橋，殆水雷濫觴歟？嗣是二百年間無於水置藥炸敵者，有之，自美利加人始。述水雷。

原製弟一

乾隆四十一年千七百七十五，干捏底嘎奪人博寫納剏試水下轟藥，此水雷定法權輿，剏於水下行舟載藥炸敵船底，此又水雷行法權輿也。又剏浮水藥器，一繩兩端繫機器各一浮之，乘潮往，繩中值敵船首，其兩端隨水環抱船腹，藥器以溜急沈底，其機齒輪如鐘表，用鑰開之，應時敲火而發，今之空心水雷浮繩一種脱胎於此。然初製未精，欲轟英吉利兵艦之在美利加境者，閲二載，屢試不如指。廿年而後，美利加人福爾吞進求厥術。嘉慶二年千七百九十七至法郎西賽五江濱，無信者。閲數年，求助費於法郎西、和蘭，願圖自效，皆不許。七年千八百一，拏破侖弟一許於掌留斯脱試水下自行之藥船，名撓剔埒司。其礮轟小舟粉碎，剏名叨披毒斯，譯言水雷也，用藥僅二十磅。後令轟英吉利兵船，罔效，遂不助費。越二年，英吉利人引至倫敦，其大吏眎之，曰：『此法行，水師殆將掃盡。』不令它往，然信用尠。一再轟法郎西船之在蒲朗者，並因潮力未克逕送船下。十年千八百五，在滑兒莫開斯爾以浮水雷轟毁孛黎格船名陶禄梯耶，被讒不行。福爾吞鬱鬱歸美利加，請費於議政院試造浮沈水雷。厥法有六：一曰浮水雷，分維繩端，令繩中當敵舟首作正交線，兩端隨潮抱舟如博寫納法。二曰哈坡武水雷，以小舟潛插一篙於敵船，篙有細鏈，引水雷至其船底。三曰司拍水雷，著之桿端，置之艇首，横桅有鏈可轉向也，旋捩即發。四曰孛洛克水雷，以五十頓至百頓之船，囫圇堅厚，首尾四隅皆矗桿置水雷衝之。五曰麥恩，譯言藥囤也，是爲護守之浮水雷，繫之岸，以繩動機。六曰割繩具，爲水下小礮，帶鐵片如初月形，可斷繩纜，時水九莫瀆官名勞極斯知厥法，議政院令以斯羅船名阿搿斯者演之。勞極斯以木牌護舟側，以鐵鈎輔鐵網，以重鐵懸橫桅，過舢板船即墜使沈，以鐮刀轟桿巔割取人首，福爾吞無所施枝［技］，或且毀之，而勞極斯詡甚。議政院費不果助，嗟嗟！水雷猶地道也，豈有敵人知掘地道克奏效者。福爾吞恚，然寡費，末繇專精。道光二十二年千八百四十二，水師克納埒官名科耳脱創製水中電線，試之紐約泊舟處，置藥箱於水電，發自岸而轟，越二年炸行船如法。其電線以鐵絲合束爲一，棉線纏之，浸於阿斯發爾騰與蠟合成流質之内，阿斯發爾騰，譯言硬石油也，即從煤鑛滋漬而出，亦曰黑油，浸後銅裹其外。放之之法：司水雷者即司電線，背海面鏡而坐，鏡下襯以放大形之凸鏡，光攝海舟，影射紙上，有圖繪水雷通電之直線，視舟影一交直線，發其時矣。水雷陰電之線通電氣箱，與簧椎所連陽電線相去不能以寸，一拍即發，不失毫釐。水雷之用電線莫前於此。

分類弟二

水雷之類二：一曰定，利守，與陸軍地雷同，或樁或牌，或繩或桿，其定以之。二曰行，利攻，或流激或機捩，或桿轟或繩抱，或電氣觸發，或魚雷潛駛。而發水雷之類亦二：一曰引發，有繩有電。二曰自發，有磨有觸有壓。而置水雷之類亦二：一曰浮，二曰沈。

引發之屬弟三

藥線引火法至今可廢，然一種水雷名德彌占，火藥既實，綰之浮標，以錨定於水面下數尺，用尋常曳而克然之礮引通長繩發之。美利加南軍用之牙素河口四十八里英十六，北軍礮船至，水雷雙發，中船左首尾，礮躍艙面，歷十二分時而沈。電引之法南軍不多用，其故何歟？電學弗精，一也。購料無路，二也。厥費不貲，三也。而亦用之爲明屯、撒法那、磨比耳、查爾士頓諸處，北艦未逮，南軍逸矣。色末搭堡有北軍牛艾恩帥子鐵甲船，停於鍋鑪鐵板所作五千磅藥電水雷上歷半時許，堡中人盡法引之而不克發，咎在傳電銅絲，或云咎在拍拉麥，譯言引藥也。其後有巴搭頗斯果鐵甲船於此港被電引水雷轟毁，又於哲末斯河轟沈可末多爾卓米斯礮船。其電引法：白鉛杯九，置一板爲一幅，疊幅多層，每杯置一泥杯於中非磁杯，泥杯盛硝强水浸生鐵塊，而盛淡磺强水於白鉛杯，杯之白鉛通泥杯之生鐵，以螺絲銜緊之，是爲負電之線，水雷各通正電，是爲通電之線。通電線順河岸至一附電氣之器，有兩大木塞，厥孔半寸徑，滿納水銀，通正電也。繇此而至水雷之線，附於三寸徑之繩歷三寸許，輒線纏之，橡皮管厚四分寸之一，包之，每一丈五尺以長五六尺、大四分寸之三之鐵鏈沈繩水底，岸藏木篋於地，方四尺，發機人蹲於其内，將通過木塞之線與發電之線接則轟。美利加人謂舍扣脱克陸實，譯言電線兩端接也，分譯之，舍扣脱爲電線回環誼，克陸實爲正負兩端相續而通誼。有連電線於磨而發電之器者，南軍用之磨比耳以下卓克都峽司班尼司水道，電自礮臺傳過細白金絲，而至白熱之度則引藥發。

自發之屬弟四

不用藥電兩引之法，所謂自發者是。大略有四：一曰强水發火。美利加南軍曾於查爾士頓港、撒法那兩用之，北軍韋何根船觸發，賴船首木排抵之無恙《水雷秘要》謂滿拓克船被轟毀，非也，在同治二年千八百六十三。其法以薄玻璃小瓶二，一盛鉀，一盛磺强水，棉裹置於鉛筒，筒長六寸，上半無縫，下半筒底與側有透火之孔，容引藥管，亦鉛爲之，又容一黃銅管，外有螺絲與水雷口承接，彌縫不使水入。遇船觸壓，其鉛管必彎，其玻璃瓶必碎，其鉀和强水必生火，引藥一然，鋼殼内藥轟矣。架以三巨木，相去數尺，横木連之，下端墜錨，架自斜立，上端即置水雷，凡磨發水雷之架視此。又一法：水雷底有竿，直兩瓶間，瓶上薄銅片多孔，壓竿則破瓶，或言加以機輪，歷時自轟，然南軍用於查爾士頓港，而北船出入無損。二曰用簧發機，造始南人性爾，故名性爾水雷。其法不簡，而哲米斯河、查爾士頓港、磨比耳灣皆用之。殼用鍋鑪薄鐵，外通一機，下端入藥，中有一竿，兩端銅冒，一接水雷之頂，一承螺絲之末，又一竿貫孔，可進可退，一硬螺絲簧挺之，側孔有小鍵，連發機竿作三木形，承以小盒，船觸竿首則盒開鍵拔，銅冒受貫孔一竿擊力而火發。惟置鹹水，則海蟲蝕竿與銅冒，擊力既柔，與未置等。如同治三年千八百六十四北將法拉嘎德攻包額勒堡，南軍置之戈蘭德，而田雞礮船未受一轟者職此。或言包鐵避蟲，然簧力久必失挺，虚設其能免乎！性爾又創一種空膛水雷，容藥百磅。三曰化學磨火。法以簡稱，創自南黨累尼斯，是若耳治亞邦俄固斯大鎮司造礮料化學官也。法用鉀養緑養五十分、銻硫三十分、玻璃粉二十八分，和銅冒中，磨銅冒背即然，以醇酒入火藥，乾之作引此最易火，小椎或木擊之即然，以橡木桶作水雷殼，内抹油漆，外捻黑松香膠，一如捻舟，以極輕木用鐵箍、螺絲附麗桶之兩端，作圓錐形，亦近棗核形。木輕則浮力增，桶護則衝力耐，形尖圓則順水性又少浪紋，阻力因之以減。其火自木桶横腰，其鐵箍或銅爲之，有螺旋紋，一寸十絲，居中受一空心陽螺絲之銅塞，中有一杵，下端少大，免脱也，火門在銅塞下，加輭墊螺蓋，免漏水也，杵柄近蓋有小孔一，暫鍵以釘，免杵壓也，置定去鍵，其杵下以一螺絲挺簧承之，免杵自下也。敵船一壓，繇杵而簧而火門而引藥，其發無間，南軍於查爾士頓港諸處用之。四曰木管發火，厥法益便，南軍用之轟沈北軍氏固末惜鐵甲船在同治三年，明年又沈北船六、小舟一。其法於桶腰竪板作黄銅管，承空心銅塞，中受木管，置發藥於木管中，有薄銅冒，加以薄蓋，障溼也，上有螺絲厚蓋，置妥則去。一受壓力而磨銅冒，尠不發者。或變爲空氣膛，南軍用之羅斯活沽河而效詳下。發火如前，而受磨者五，置皆向上可增，火藥五十磅宅桶四周，空中而方，以馬口鐵或白鉛片爲之，下有活環連錨，以五熟鐵箍固桶，厚半寸，寬倍，磨力視浮力而大，浮力繇空氣而增，即用之衡拒木亦宜。或借法作擲彈，其發火處較重，必先著地而發。五曰電氣觸發，轟自電射火星，非繇銅絲紅熱也。其法有二：一創澳地里發火器，始於埃孛那，非船觸則引火之藥與電線不通。有九活釘，各抵輪齒軸端以引電，有通有斷。電學家以能斷者爲要，否則雷電時有誤發者，巧而不簡，一創羅末科作銅十字形，四枝作杯形，又以金類作四小杯形，以細而曲之銅絲作圓圍，中肖十字通電，以四木釘在四方受壓力，以抵銅絲而至十字形之杯，則電射火星，美利加人有仿製者，而南軍未之用。其故有五：一怯海蟲，二費繁，三力遜磨發，四不耐久，五非其人無以置，若雲霧與夜資之，則有阻路物也。是以南軍自同治元年於律耑忙設水雷總局，用前四法居多。其擊北船可約略數：曰卡洛兵船，毁在是年冬西十二月。曰巴輪德丏孛兵船，在羊蘇河觸水雷轟沈，水深二丈；厥路水雷置自南軍十有七，金類絲貫之，它船先經，水漲三尺無發可見發否亦關漲落，此船適直水落，乃觸之，其在同治三年。曰額德惜固兵船，駛羅斯活沽河，將泊韋耶羅新，水雷雙起洞底沈。明日巴士里拖船復轟沈於側。曰卓知固倚勒兵船，於詹士河被水雷未沈詳後。曰巴搭波斯科鐵甲船，從色末答堡下至裏海浮標北三十碼，水雷發，煙出船底，艙左兵爲之飛，其將固瓦肯迫士方呼水筒，其副珊布珊未及傳語已自及水，時裁五十秒。船首插流，尾頓上，船中人遇救者四十有九，溺六十有二。曰瓊施兵船，在律耑忙被轟。曰阿非斯德摩納兵船，北將打拉嘎林駛往查爾士頓港，至卓治挑那，距韋德臺十里英三里餘泊之，曉行水雷發，遂沈，死者一。曰每希里夫船，是北軍運兵者，行距查克森三十三里英里十一水雷毁之。曰查得船，北軍以探正森河，水雷轟截船首，其在四年。曰米勒俄給鐵甲船，曰俄撒止鐵甲船，在磨比耳灣之波累革里口，均受水雷沈。越二日，馬口鐵甲船名羅多挪往視，亦被水雷沈之。曰俄惜搭礮船，蓋將油尼恩斯運船之煤運之伊打斯嘎船、惜巴固船、哲米斯船［及］埃勒刻船，之工所，觸水雷，洞底折桅而沈，死者四，傷六，然船首斜架，可使之浮。曰埃大船，新惜那德拖船也，往哲米斯船，觸水雷斷桅掀鍋而沈之船路，不異爲南軍增阻路物也。曰新惜那德鐵甲船之頭艇，水雷沈之詳《除水雷》。曰阿勒替亞船，在庇里灣觸水雷，毁柁房右而沈，死傷並三。北軍之用水雷較少，當進懷爾頓時兵船有九，欲轟洛拏克江鐵橋，用船首桿轟水雷法，誤觸其機，自損船七而橋無恙。

浮行水雷弟五

借風力水力助自行機，或以磺强水定時而發，然遇物則停，遇岸則觸，遇潮則回，遇網則收，《水雷秘要》言其穩萬倍，謬也。美利加南軍數數用之而奏功尠，所損獨北軍俄西歐拉一船耳。時波爾特繇爲明屯攻斯忒堡南軍於上流，夜放浮行水雷二百，僅損是船柁房，衡板身無巨創。或曰乞臣河毁北軍數運船者此種水雷也。然其種有三：一曰羅意斯，可擊泊舟，二曰麥扣復合，擊船若橋，當趁潮也，三曰急就，此則創自美利加人，南軍時置，法用銅箱扁而方，入藥七十磅，馬口鐵縱圍其中而横一硬銅絲，内端接馬口鐵，外端出箱，其口在箱側三分之一，有橡皮塞，銅絲内端置汞震藥，外端有鐵繩繫之連於浮木，遇船牽動鐵繩立拔銅絲，而汞震藥在馬口鐵孔，摩之即轟，其法少勝，而罕自主權則一也。

拖行水雷弟六

小輪艦拖水雷以近敵舟，既斷拖繩，急回艦柁。其水雷有三：一曰哈阜水雷，仿英吉利堪曼特哈阜所造而變易之。水雷領下之上翹木柱名斯推姆，與舟首龍骨上翹之木柱同名。發或機捩，或電線，或電引撞擊，美利加人謂之舍扣克陸實。其巨水雷閘鍼一脱沈六十夫特英六尺小者減半，一撞藥杵即轟。用雙浮標及孛留克約束疾馳之具能趣之速，能令之浮，繩則司自手輪，盤軸如鼓，曰鼓軸，放一增一，其閘鍼亦藉孛留克小盤軸拔之。孛留克置船頂夾層，以曳繩轆轤置於其前。二曰盟延水雷，與哈阜略異。三曰法拖水雷，木質鋼甲。後二南北戰時罕用。

魚形自行水雷船弟七

美利加南軍議攻船莫水雷若，遂創小艦，首矗一竿，戴水雷衝敵船轟之，謂之凹得律潑『潑』一作『搿』。初用尋常舢板，易炸，遂創新式，於咸豐十一年西千八百六十一成弟一船，長二丈，藉鍋鑪鐵板爲之，行水面下而不適用。十三年千八百六十三在磨比耳造船一，長五丈，徑五尺，露水高二尺，長一丈，厥形尖圓，有瀛機。火輪車載送查爾士頓試之，噴煙濃甚，鍋鑪遇鹹熱力發泡而氣勘。方出港漏水，溺斃三人，起船再試，復沈，復出修之。固拉惜里，北將而南者也，以襲北將勞安所帶牛艾恩帥子鐵甲船，北礮不得發，禦以鎗而水雷轟，水躍鐵甲船頂，然水雷船入水不得動，固拉惜里水逸被獲，管機引水二人未出。

又於磨比耳灣造船一，攻珊突島港，過磨庇里之奈非灣，鍋裂，斃一人，船損。

同治三年千八百六十四，南軍水雷船襲北將希肯生所帶愬薩多尼克兵船於查爾士頓，其水雷船外用鍋鑪鐵，長三十尺，寬三尺，中頂高五尺，暗輪以八人輪流轉之，行平水，每半時四繩結西名撓脱。船內蓄空氣，足敷水下九人一時之用，船側兩翅隨意升沈，有洞二，用厚玻璃爲罩。拖一水雷經過北船底，擊之，先於船首轟司拍水雷擊北船一巨洞，水驟入，船尾先沈，船身側左，人上繩梯如蟻，發小舠至加難兑固瓦船求援，而水雷船内水手未繇瞭望，逐流入兵船孔同沈，兵船人十四、水雷船人九，皆斃。

是年又於惜勒麻造水雷船曰森巴德里克。

南軍怕脱造阿拉姆水雷船連撞頭三十二尺，通長一百七十二尺，寬二十七尺六寸，喫水十一尺，鐵爲之，有夾層，船底亦分不通水之艙房，即有礮損不沈也。行輪轉柁，有副瀛機一、柁輪名法和勒輪，戴於直柱，其輪偏出，旋轉翅水，前後藉其推挽，此轉半周形也，再轉半周，輪翅側行，但令偏出輪罔有或滯，則翅轉較柁倍穩，船如磨心，上轉不離其處，或前或卻，如臂使指，勿俟更張，此上乘也。戰時首尾之轉宜活，其轉船法：船後平頂及尾艙上下各有手輪，一轉輪柄則瀛入小機器，其偏出輪繇此機也，手輪眎表鍼定其所向，藉通話電達之船首兵工。

司拍水雷用法：以一長鐵筒於中層艙置之架上，其筒内以繩與機器束水雷，其船側水雷桿長十八尺，其船首水雷桿長三十二尺，遇礙輒覺，不令誤炸。阿拉姆水雷船之機器爲康胖機器，有攢管鍋四，約計水熱面積有四千六百平方尺，速率每半時行十六繩結，船頂露水三尺，中有電燈，側有格林礮，此極猛水雷船也，南軍所用，一轟梅尼所達船成傷急退，一攻每末非斯船，一攻瓦巴士船，均未及發。

北將固性攻破南軍阿布麻勒船，其發水雷，以小輪船轟竿，非魚水雷船也，然船亦爲南軍所獲。水雷可恃而未可盡恃也。

南軍續造多船，大氐身長四十尺或六十尺，徑七尺，兩端尖且圓，首出水雷竿長十尺、或十五尺，欲對準方向美利加人有自造請試者，届時未離原處，或非欲行而行，不浮不沈，恰行水面之下，速率無差而未能也。

凡瀛鑪非藉空氣，厥火難旺，噴煙如貢敵目，南水雷船正坐此病。或用人力轉其螺輪，屢試屢滯，遂用壓緊之空氣遠甚壓緊空氣出法郎西，然空氣不如炭氣也：炭氣受空氣壓力二十倍即顯漲力，至四十倍始變定質。據知動機之物體積莫少於炭氣。水雷竿以克軒輊爲宜。與其用電線之水雷，曷若用觸發之水雷？最後南軍在磨比耳又造數船，用槳，厥底平，厥首尾尖，有護人艙一，以抵鎗子足矣。人凡六：槳四，柁一，司水雷一，未用而戰止。或曰非易輭墊槳難無聲，然此種船攻巡均便。

海澆夫水雷船，以人名也，美利加已造多次，且爲英吉利代造。其一長五十九尺六寸，寬七尺六寸，深五尺六寸，入水一尺三寸有奇，有不通水之隔艙五，水線下之船體用鋼爲龍骨、脅骨，釘以木板，上用鋼厚十六分寸之一，船頂如覆瓦，有護水手機器之具，螺輪置之船底，機器置之前艙。兩瀛筒，一徑十寸半，一徑六寸，挺桿出筒十寸，抵馬力百。又有添水抽氣機器緊閉煤間。又有斯妥脱文脱風箱，凡二馬力有半。瀛行之暗輪兩翼輪轉徑三十八寸，螺距五尺，輪軸長二十三尺，柁置船底近梢，略高於船頂。船身機器重六頓，人與煤與水雷與它物凡七頓有半。鍋鑪亦海澆夫自造，焰洞有二寸徑螺管，長三百尺，盤於其中，鍋側有分瀛具，先經此具後達瀛機。添水恒用升車，令水由螺管上口入曲行管中，大半變瀛，瀛與水經過螺管至分瀛具，水爲所分，自流而下，瀛即上分瀛具頂，逕焰門短螺管則瀛增熱，分入機器諸管。據美利加人言，此種鍋鑪水之變瀛較速，即或炸裂，不至傷人，無積水也，水分行螺管裂處略噴熱瀛耳。管内鹹質不及留滯，未成瀛之水又爲上水衝去，火不多時，水瀛即有壓力，其煤可數秒時熄之。是船每半時速率十六繩結，進退均捷，猝閉瀛門，其餘力行不過五六十尺而止。

尋常水雷船以小輪船爲之，置司拍水雷，半時速率六繩結，或九繩結。其疵二：一機響，二驟轟或亦自傾。

美利加工程官議水雷船法有四：入水速率半時至少須一海里，一也。機行忌聲、忌煙，煤即煙淡而漸近漸顯，不若用壓緊炭氣，二也。船隨柁轉，宜寬不宜長，螺輪宜雙亦宜大，三也。護艙不受鎗礮，艙面出水一尺八寸，鐵甲厚二寸，船側如之，四也。此其議略。然鐵甲既厚，則非長八十尺、寬十八尺難可大其浮力。北鐵甲船攻色末搭堡時，柁房望孔過小，此亦當議。水雷竿宜曲宜活，一發自斷。水雷宜觸發，殼厚三分有三，其尖有磨發物藥五十磅。船用鐵木，有瀛機風扇。柁易漏水，必於尾柱增輭塾一，齒輪二，司柁人六七。

火箭水雷弟八

南北軍未用火箭水雷，然美利加英吉利亦有今已製之。譬如兩鐵甲船相去近甚，彼此鎗礮相持，宜用此攻厥船底。又如木船速率勝於鐵甲，鐵甲衝力既遜，亦宜勝之以此。

水雷爆藥弟九

光緒元年，美利加水師部化學士歇耳有爆藥説，蓋輯自前一年局論也，擷其大要，證以它説。爆藥之質二：曰定，曰流，非變無以用也。力以瀛而漲，漲以熱而倍，亦有力激變質者，總名曰爆。爆力與燒力、瀛漲力宜稱，外形若無與於炸性，然實相關。棉藥不畏水溼，用之水雷爲宜。其體鬆，其轟捷，壓積而溼之則燒力緩，溼棉藥非燥棉藥無以引之，燥棉藥非汞震藥無以炸之，所謂奈脱陸格里置色令者，一名淡養四各里司里尼，以十五釐汞震藥，約法倫海表熱度四十，爆藥發罔或遺，四十度以下則否。奈脱陸里格里色令及棉藥在空氣内爆發，鐵路木石齊飛，蓋空氣足以助之。其發火有曲有直，銅帽拉麥電火，直也，若磨若激則曲。凡炸棉藥奈脱陸格里色令千釐爲率，汞震藥十五釐足矣，然烈遜，如欲體積微者亦炸，則磨之激之爲愈也。齊爆者，美利加人謂之提通内聽，汞震等藥皆是。棉藥之緩急，視空氣之燥溼，空氣之溼居百分之二，則汞震藥二釐可齊爆也，居百之五，雖十五釐齊爆亦難。齊爆之理，繇激力非繇本質，譬之玻璃，或耐擊力不碎，而碎於噤聲，其發端微，其激力巨。

炸物二：一炸化合物質，以化學合之分之。一炸併合物質，以勉强合，亦以勉强分。其合成者曰奈脱陸格里色令，以硝强酸於低熱度法倫度四十度以下淋於格里色令而成。格里色令與硝强酸在低熱度内緩和，以清水漂去其酸。先是硝强酸以濃硫强酸調和之，硝强酸水消納於硫强酸而濃，奈脱陸里格里色令之質，炭、輕氣、硝氣、養氣，化學家名爲炭輕硝養奈脱陸里格里色令，性在尋常熱度爲膩，質較重於水，爲一零六，新製色如蜂蜜，不透光，天熱則清，泠則濁，不與水和，不受水累，味香，置舌間覺辣而頭疼。新製不透光者在寒暑表零度下負三度至五度，然後冰結若透光而清，三十九度至四十度間結白粒，置不及百度之熱水即融，緩燃不炸，其化分力極烈，激之炸，平散亦炸，然合用宜凈，雖磨不炸，而擊僅燃如其分，餘仍飛散也。熱度至三百五十六度，奈脱陸里格里色令之火發矣，然熱度再低，亦自化分。凡炸奈脱陸格里色令用汞震藥爲引，冰結時多亦不炸，昔有一奈脱陸格里色令流質一千六百磅，内有冰結六百磅，不燃而散。但捺抹脱之爆以内有奈脱陸格里色令，其餘化合物減輕其力，用奈脱陸格里色令七十五分拌以砂養泥二十五分，無則輭煤代之煤半成而堅實者，調以鉛具，成以模印，色暗黄，在三十九熱度至四十度冰時不炸，欲融則置熱水中，熱至三百五十六度，以汞震藥引則炸，炸力大於火藥七倍，以造但捺抹脱，可爲礫石開山之用厥十五。

所謂棉藥者，以棉花浸於濃硝强酸成之，名炭輕硝養三養，既成棉紗，洗凈置箱，烘至一百六十度之熱，移涼，以濃磺强酸一分、硫强酸三分，攪和置生鐵箱浸數時，箱外著冰水，既浸，取置於架，去酸水，置玻璃器，澆新酸水，移於清水十二時，置擠水具去酸，而又分之，入水再擠再洗，乃入攪具，爲一長桶，内有轉輪，輪之邊底各有鋼條由下而上，輪轉則棉藥上浮水面，沿桶旋入上下鋼條間，其桶底可升降，棉紗不滯而自成糊，傾之漂桶，桶扁處有木輪，其軸由邊貫心，軸居桶之半，輪有板翼，轉則棉藥於水中旋轉漂之，既如泥，則滌之、乾之、模印之。又有壓具二，每具有三十六空筩置於水面，其筩之上口有鐵帽，有挺桿，既壓則棉藥成團，其溼居百之六，凡乾鬆棉藥，一發無聲，壓緊者亦如之，而溼則緩。取溼者二十擔置木箱，再取如數分裝小箱，各置藥囤。囤以泥沙所作之石築成，四周生火，微開厥門，燃盡而無爆者上也。以乾棉藥少許加汞震藥飛乎士，即炸無遺。

所謂汞震藥者，成自汞養淡養硝强酸與醇者也。法用水銀一分，化於十二分之硝强酸，傾之十二分醇內，以所盛器置沸水，則濁而暗而白而氣質化合，提出仍沸滾，發濃白氣，倘變紅，亟以冷醇澆入，欲其阻猛烈性也，離火，借風散氣則清，入冷水則不沸，於是汞震藥沈器底，色灰。或去瀝，以清水洗之，如電氣激熱度三百六十七則猛炸，宜溼藏之，用一分即乾一分。

凡此皆出化學，它如杜厄林，即奈脱［陸］格里色令加木屑硝爲之。又有名立托福拉端者，用奈脱陸格里色令與砂養泥出布國，西人名豈式爾觭、煤、鈉、養硝、硫磺合成。二者皆次於但捺抹脱。也好司來之散藥以鉀養、綠養没石子爲之，哈阜初造拖水雷用此，今用壓棉矣。但捺抹脱與棉藥爆力在散不在升，上下四旁皆不克阻。

凡用棉藥，沈水雷七百磅至千磅，浮者用五百磅至七百磅，撞發者用二百磅至三百磅，司拍水雷、拖行水雷、自行水雷用三十磅至五十磅，婁魚雷則無定數。美利加所用之地那每德謂之借洋脱末。此大略也。

水雷藥引弟十

美利加南軍水雷銅帽引藥多用律能提通内聽，譯言最烈爆藥也。法始律能知，亦謂之奈缺陸格里式令，一云淡養各里司里尼，同玻璃粉用之。

亞古皮新式引，玻璃管盛硫强水置之鉛管，而玻璃管外有鉀養、緑養，和白糖令不動拍拉麥，譯言引藥管也，實以細粒火藥，與火藥接，一撞即發。

藥引，美利加人謂之飛乎士，少入銻硫，或加鉀衰鐵，否則性緩，此化學也。

司替滑特創防引藥一法：旋閘。閘中之空作丁字形，誤撞火從旁洩，用時旋倒丁字，與水雷管通。

電引二：曰鉑絲，白金絲也，中有金鉑絲一段，以兩端接電之通銅絲者，所謂橋也。曰哈愛吞興，譯言火星生火，電氣爆也，不如銅絲穩且易。

一種藥引曰麥扣復合白金絲，南軍用之。法以包橡皮之銅絲二條置模中，用玻璃粉調硫磺，或以帕得蘭西門脱代玻璃粉，乘熱化時澆之，勿黏爲一，候冷，削下端，用銲藥連白金上端銲接白銅套，其隙鬆受棉花火藥，裹白金絲，以有底紫銅管入汞震藥，銲連白銅套，與棉藥近。緩性者法如前而不變輭，銅絲長倍，不畏溼，不洩電。急性者初因溼電未精而作，白金絲燒白熱度至五百，用極大力溼電具一葛羅咈一盆勝，然不足恃。

電氣引曰司塔灘姆，曰皮合支利，曰方愛孛納，曰愛孛爾，曰受格吞帕即急就法，司塔灘姆爲電接引藥之銅絲二條，環插橡皮管，管有一層考泊色爾非特，譯言薄銅硫也，橡皮管有硫，久之與銅絲合化成此質，以汞震藥爲引，以含膠水調成，無銅硫之捷。皮合支利飛乎士形如圓柱，以輭木銅釘爲之，內鉛外蠟，加紙與桼［漆］。方愛孛納飛乎士以玻璃粉硫磺調成，愛孛爾飛乎士爲前二種所自出。

亦有新法：以皮鼠木爲頭節，初創引藥，名考泊色孛福斯非特，譯言銅燐，用十分，又名考泊色孛色爾非特，譯言銅硫，四十五分，鉀養、緑養十五分，細研而和，少加酒醇，緩火烘乾，入瓶備需。

今造愛孛爾急性飛乎士最捷，以黑鉛粉與汞震藥和，令納電氣至足。

測力弟十一

美利加弟一次試水雷力，用木一尺方寸，從衡成格，居中懸生鐵殼水雷，其殼厚半寸，受礮藥一百五十磅，置水面下一丈五尺。木架下每距四尺輒懸鐵條一，徑四分寸之一，長三丈，架邊計各八丈，凡鐵條四百，每條繩引至架連一小木，書鐵條離水雷之遠近。電線既發，離水雷二丈平圓以內鐵條或斷或曲，而外則否，是一百五十磅藥，入水一丈五尺，不克轟破二丈七尺半外之船底。弟二次試架如初，以橡皮裹火藥置之馬口鐵殼，轟力僅重十尺以內。弟三次置藥於橡木桶，木厚一寸，鐵箍厚六分，轟力與生鐵殼埒。弟四次試火藥力，凡水雷容藥五十磅至八十磅，不可在水七尺以上，深一丈二尺，厥力乃大，如用藥一百五十磅，宜下一丈五尺，水雷船尺寸眎此。弟五次試轟度可遠幾何，以礮藥擊沈水舊船，如藥四十五磅，下水面二尺，轟近船側輒成巨孔，相去二尺所傷已尠。改試容藥百磅之堅殼，雖離二尺亦成巨孔。再用四百磅五分厚之生鐵者，下水面一丈二尺，但離二尺則無損。以容五百磅藥者，下水面一丈八尺，雖離二尺亦毀過半。然以容藥千磅之堅木桶，木厚一寸，鐵箍固之，下水面一丈八尺，而離四尺則難損船，必殼内藥盡然乃裂，否則未然之藥裂付東流，雖多奚裨！

又於船底試之，用藥四十五磅，貼底轟爲巨孔，數分時即沈。藥五十磅，離底尺許亦如之，藥數可抵離數也，然距二尺則無傷，離二尺而藥一百五十磅則沈如前，離四尺，雖藥至四百磅亦無傷澳地里國試三百三十六磅藥水雷不能傷三丈外船。據此，貼船發之水雷藥不必多，四十五磅至五十磅，入空氣膛足矣。如水雷尺寸大於長五尺、徑一尺五寸，當增藥實之，不然桶摇則揉藥成粉而力減。水雷離船之減力與相距之立方比則觸發勝，發自水底者，所顯平力較直力大。其殼鐵爲最，生鐵以五分厚爲率，可增不可減也，橡木桶次之，厚一寸，鐵箍四分寸之一，火藥勿過六十磅，勿不及四十五磅，棉花藥速率勝而積體大，不若仍用礮藥，或用輭殼如橡皮之類，雖不浸水而轟力無定。

置水雷法弟十二

置水雷法：曰行列，以此行當彼行間，或列如品字，南軍阿失河諸處排列如此。據美利加人言，澳地里舊法用棉藥者，相去以三十尺爲率，電線通之，否則有此轟彼損之虞，然觸發水雷，距廿五尺可也。

曰繩梯，凡電線兩端，所謂舍扣脱克陸實者，有二繩牽連至錨。其繩有木長一尺至三尺，横撑如梯，免絆也，然忌海草環繞。

曰單繩，鐵絲爲繩，綰水雷舍扣[脱]克陸實，連之鐵錨，南軍用之。

曰活環，南軍初繫錨輒以麻索，雖絞極堅，而浪繞之非緊即鬆、非漂即斷。二年後概施鐵鏈或鐵絲繩，兩端並綴活環，水無以紐，鏈長則增環數。

曰雙錨，凡流急處，水雷首尾皆繫以錨，一上流一下流也。凡角板沙漏之繩，每四十五尺爲一結，每半時潮流五結。

曰重錨，錨重水雷七倍，亦澳地里法也，美利加仿之，或言四倍可矣，然失輕弊多，過重弊少，而水力泥性宜審。

曰圓椎，水面浪紋獨圓椎形水雷較少，大率愈淺愈見，觸輒發火，而機近水面者勿用。

曰隨水，凡無甚軒輊之水僅二三尺，則水雷下水面六尺，儻下丈餘，則水長[漲]無着矣，潮退太淺，轟力又少，敵且易見，當依隨水長[漲]落恒離水面若干尺法希理哈就澳地里滑車法加空木桶，旁有兩鐵耳，下通桶，上連浮標，其水面管上端有塞，用吸水筒吸出桶水，則桶輕而浮，水雷即上；從管添水入桶，則桶沈而下，然須人專司之。澳大利舊法，水雷各一錨，錨尾活節連鏈，以水雷入水若干爲度：如水六丈，水雷丈五，則鏈四丈五尺，上端滑車電線先穿錨，而後連於水雷。然南軍海口長[漲]落無多，故弗覺不克隨水之難。

曰護殼，海中水雷宜生鐵，以遇鹹不變之物護之。

曰審力，水雷浮力不可少於藥物重力，浮力宜加潮力三倍，與其不及而水滲，曷若過之爲愈也。

曰因時，或同錨並置，或先錨鏈與架，而水雷則臨用再置，而後法勝。

曰利器，置水雷之小輪船，首置鐵桿，低而曲，懸鏈有鈎勾錨，桿首有轆轤，船尾立桿亦有之，理電纜也。有輪爲繞電繩成團之用，輪前有轉繩輪，船前有空心鐵起水雷之架。其架脚倚鐵桅，而首斜前置鐵桿上齊船首，以三寸徑鐵管爲之，厚八分寸之三，長一丈六寸，桅長一丈二寸，有鐵鏈長六尺六寸，一綰桅首，一綰架首，適平。

曰設疑。凡識留路之標有明有暗，有實有虛，南軍之水雷與電纜置多未精，然真僞雜出，北軍時以難測爲憂。

曰慎置。發機之鍵、外護之蓋，置定乃去。南軍於同治三年千八百六十四年八月六日以驢車載磨發水雷十二繇磨比耳往狗河口，武弁巴宜德騎，有黑奴二，一隨車，一乘車，乘車者竊視機巧；其發藥處有螺蓋護之，方旋蓋，震聲頓作，騎者回顧，而身已與馬離，飛墜叢棘，皮肉漬血，衣袴條分，車不知所之，尋塗歸。碎木四出，三驢狼藉，行奴死之，不數武乘車奴傷亦垂斃，而驚馳未已與塵俱遠者，一馬一驢也。置水雷者恒述以爲戒。或謂美利加水雷用藥較少，故置法易於澳大利云。

防水雷法弟十三

同治三年千八百六十四，北軍額德惜固兵船受水雷沈，船首木架之網本以網取水雷，中縮水雷二，並空氣膛，新法也，牽岸而轟。是年，北將漢森帶卓知固倚勒輪船與河馬船之二小船入阿失河探其水雷，探得一物，小船無如之何，卓知固倚勒船尾用三寸圍之麻繩，上端縮五十磅之鐵鈎溯流索之不動，乃入繩於船首起錨轆轤。挽力漸緊，其物斷半而出，則松木方架也。每邊三丈，各一水雷，爲圓錐形，下有四處折邊，以螺釘旋牢架上，容藥三四十磅，中有礦强水之玻璃瓶，即觸而發火者也。架以石壓，潮退下水面二尺，潮長[漲]下水面八尺。越日於上流百碼稍偏處鈎弟二架，獲三水雷而架散，其弟四水雷附木，木先提起，水雷掽水淺而轟船腰，鍋鑪震抛，無物不碎，入水者九人，腦破者一人，猶幸水有一丈，否則船散。弟三日又鈎一架，與前二列品字形，水雷如數，殼皆生鐵。

新惜那德鐵甲船以頭號小船於磨比耳探得水雷，用繩牽至水面下二尺時，錨纜忽斷，牽水雷之繩受力觸船而轟，其小船遂沈西八百六十五年，其小船名未詳。

除水雷法：近水面者以網，置水底者以扒。其網用巨木二，長四五丈作叉，縛兩叉股於船首如⨯形，以粗網張叉首如⨯，下用重物墜之。北軍將打拉嘎林如法用之查爾士頓港，賴以免轟，然額德惜固船在羅奴克河已撈兩水雷入網而復轟沈，此以多置而中也，況遇重錨。或鏈連之，則網不能舉，其扒以小船，無論礮臺之彈、守河之艦，時出危機，而扒不勝扒，如北水師搭止爾事可鑒也。

攻船之浮飄［漂］水雷易取易防。北軍於爲明屯知南置此種水雷二百，即發小船撈之，收得數枚，遂張巨網二於船路中，或於水面置一輕浮壩，或以木塊浮繩三兩抵之，若寬闊處，則於船之四圍自設浮壩防之。然同治元年，南軍阿布麻勒船非無浮壩，而北小輪船發水雷沈之。

舊様舢板可用以襲取敵人水雷。

防有水雷，不妨緩行以擠開之，或可不撞。南北之戰，嘗有前船無恙而後忽被轟者。

美利加於曾撈水雷立浮標處，或罹不測。

雜説弟十四

桶式水雷兩端尖如橄欖核，免浪翻也。柏油灌孔，將桶滚旋令勻，復塗殼外，免水浸也。容藥百磅，桶側銅管裝銅帽五，或用化學藥引螺旋向上。美利加南軍時用之，然漂炸己船者三。

此外有孛洛克水雷、鼈形水雷，即所謂脱脱兒麥恩也，南北軍未用。

美利加茅斯發火機捩用之電報局，試電氣也。此令發火毋須以人司之，且能振鈴報信。馬蹏鐵端相磨銅片，謂之阿麥俏。

美利加南軍不多用電線者，轟力不以電線而增也，制簡則價廉，强水發火爲最，次磨發電氣，次觸而自發電綫。

地雷弟十五

磨比耳礮臺陸地路口皆藏地雷，擊斃北軍人畜無算。

一種火藥名奈忒羅固李撒令，其性烈，一動即然，水雷怯用，而美利加人已於地道用之。剥德拉帶兵攻里止門德以下之大令堡。北軍已踞高岸及河洲，南軍力不克敵，伏數地雷，北軍踐轟四五，驚而退。

北軍攻大令堡時慴地雷而卻，遂疑無處無之。一日將戰，南兵有戰無守，其將比給德於要隘掘鬆其土，旗標四露，如免己兵誤蹈狀，實則無一地雷，而北軍多且勁，無敢入者。

北軍攻瓦嘎那礮臺，南人亦用地雷。

南軍守瓦嘎那礮臺時，仿南黨累尼斯所創磨發水雷而制地雷詳水雷，以板蓋杵，杵上一踏即發。

美利加學派

形而下者謂之藝。美利加人好學深思，不離乎此者近是。雖然，理非虚搆，而事皆實踐，見智見仁，儻亦形而上者相觀之資乎？其學派大較有五：

曰文學之派，分之爲古文，爲今文，爲東文，爲詩，爲史，爲辨。

曰格致學之派：分之爲天文，爲質，爲地，爲金石即鑛學，爲電，爲化，爲氣，爲重亦曰力，爲流質重，爲氣質重，爲身體，爲身理，爲幾何原本，爲算，爲代數，爲曆，爲植物，爲動物，爲較動物體，爲稽古，爲風俗，爲武，爲農，爲商，爲工。

曰醫學之派，曰法學之派，曰教士學之派。

此所謂五科也。又以醫學、法學、教士學爲三大科，而自雲龍視之，則以格致學爲最。述學派。

文學派弟一

曰古文學：美利加立國雖晚，然非解古文，難通古史也。其古文孰謂？謂希臘、羅馬二國文也，繇是可通埃及文。

曰今文學：謂英、法、德、與、日、義諸國文也。美利加以英文爲來脈，以別國文爲兼習，以法文爲通尚，而以干捏底嘎奪邦紐哈文之雅禮學校、馬沙朱色士邦波士登之哈法學校爲文學之最。

曰東文學：輪會於紐約之哥倫學校及紐哈文、波士登三處，習猶太、印度文居多，解華文者蓋寡。

曰詩學：昉於希臘瞽者和美耳，當中國周初，而美利加則嘖嘖稱郎斐羅一、斐安德二、惠弟爾三、頗義嘉四、哈爾德五。

曰史學：亦昉於希臘，而美利加若艾爾雲，若斐斯格德，若莫德立，若班克福，皆有聲。曰辨學，創是學者希臘人阿利多低利，當中國戰國時，豈游説之風遂溢海外歟？有界語，有專重語，有申明語，有斷定語，有次弟論斷語，有設譬語，有同語、總語、專語，美利加未設專門之學，而教士學中有練口才一課《西學述略》列之文學。

格致學派弟二

美利加格致學莫先於費納的費牙之楊湖金學校，蓋建自素封楊湖金者也，而以華盛頓都城斯美美學校爲最。

曰天文學，即合星學天學天視學而言之也。地橢圓，爲行星之一，繞日東行一周爲三百六十五日有四分日之一，又地自東轉一周爲一晝夜。地小於日而大於月，當日月間，地月皆借日光，凡地隔日則月食，日輪周天而向地平。一日十有二辰，向日爲午，背日爲子，東三十度爲未，西三十度爲巳，其説與《周髀》諸書往往而合。天視學云者，即視象之合點。同治十三年十一月一日，美利加天文家華德絲在我京都同時在京有法、俄天文家測金星過日，入巳初三十三分，出未正十七分，凡影九十餘圖。先是九月一日，華德孫測得新星，向不列於天文圖，其星繞日一千八百五十日一周，其軌道與黄道斜交成角爲九度二分四十六秒，其上交點在黄、赤二道相交迤東二十八分五十秒，其星距日二百八十八兆英里，名瑞華星視爲弟十一等之星。

曰質學，析言之，有格致質學，究萬物之質，或引或合，或本定質，遇熱而變爲流質、氣質也。有天文質學，是物力攝引之天文，以別乎測日月星之天文也。有光質學，是合論雜質之光學，以別乎光差、回光之光學也。有地理質學，是論潮汐漲落、泉石剥風、氣冷熱之地學，以別乎單言地學地理學也。

曰地學，辨地中層次。

曰地理學，測形勢圖水陸也。

曰金石學，即鑛學也，其類有七：氣也，水也，炭也，硫磺也，金也，土也，石也，宜依化學別之。美利加人代那著《金石識別》一書，以闡其形與色與光與性。

曰電學，學立專門，自美利加人弗蘭克令始電學別詳。

曰化學，美利加人言化學昉於煉丹，而雲龍不謂其然。《神農本草》不云乎：『丹硃能化爲汞，樸硝能化七十二種石髮髮，仍自還神化。』若此之類，皆爲化學權輿此誼發自雲龍，即謂『易含萬物而化光』，爲光學、化學之所本，亦未爲不可也。其學先辨物質，如金銀木炭皆一質也，水含二質，糖含三質，礬含四質，雞子白含六質，若光若熱若電無質，謂之三輕。次辨氣，若輕乾隆間英吉利人始知輕氣，若淡，若養，若硝，若炭强，若鹽鹽氣亦名緑氣，皆有氣。化學之功二，分合而已矣。如水分淡、養二氣，復合二氣爲水也。化學之力二，吸驅而已矣，力學之力自外入，化學之力自内出也。

曰氣學，分言之有天氣學，有蒸氣學。其天氣學亦天學之一，推測包地之天氣隨地東旋，而兩極之氣不及赤道之速，先後推移，熱漲寒縮，有密有疏，其厚者無慮二百里，積氣可以鑿山，然愈高亦愈輕，升高十尺，每方寸壓力十一斤有六兩，至四十里已減四之三。日光透亦有差，晨夕出入，光綫彌曲，不能直入人目，是以光斂而體大，日午則光綫之曲稍減，可以直入人目，是以光明而體轉小。天氣動而爲風，結水氣而爲云，推之雨露霜雪雹虹皆天氣爲之。其蒸氣學，與《集韵》瀛水氣之誼合。使氣至一千四百度，其力五倍於天氣。美利加瀛車多於瀛舟，河輪多於海輪，而機器借瀛居多。

曰光學，光有熱有冷，燐螢，冷光之屬也。其類有自光，有借光，有透光，有不透光，一秒時光行十九萬二千英里，約華里五萬七千六百，速於聲九十萬倍。光學家言光亦有質，作層波狀。

曰火學，亦謂之熱氣學，其類三：引也，射也，返照也。其形三：堅也，水也，氣也。

曰水學，静水之吸力、壓力、托力愈深愈大，於水磨蓄水見之。流水之推力、抵力愈急愈大，於當衝隄閘見之。

曰重學，亦曰力學，分言之有静重學，有動重學。其静孰謂？譬如以五金爲長條，厚不逮分，而力有差：鉛懸二十七斤，黄金懸一百五十斤，白銀懸一百八十七斤，白金懸二百七十四斤，紅銅片懸三百斤，鐵懸五百五十斤。而動重學難可枚舉。其力有吸，毗中之力也，有驅，離中之力也，有中心，歸重之力也。

曰流質重學，水或沿管上行，壓力爲之，類此可推。

曰氣質重學，氣熱則漲，物質燒火藥中，輒增大三百倍，美利加滊機抵馬力無算。

曰身體學，其類二：一云阿那多米，譯言剖察肢體内外也，一云非西由羅機，譯言生理，即氣血飲食之屬也。

曰身理學，謂其理一有知覺、一能伸縮也，以補醫學所未明。

曰幾何原本學，曰算學，曰代數學，曰曆學，可補中法之所失，然互爲源流，不獨借根方出立天元法也。

曰植物學，辨枝幹之經絡、質性之異同，又謂花之須瓣皆託胎於葉云。

曰動物學，分類四：一有脊骨，一支節聯屬如鼇蝦之類，一體柔，一無知識如海燕之類。

曰較動物體學，如人身有難解處，即物比較以明其理，亦與醫學相表裏也。

曰稽古學，略似中國金石家，而美利加金石無古。

曰風俗學，以游而學。咸豐十一年，美利加人航探北極，謂晝夜常暗，有地無人，其他異俗多著游紀云。

曰武學，有陸軍，有水師。

曰農學，美利加初不尚農，近則務農滋多，如馬沙朱色士邦有農學，歲立農會較其優劣，有辨土宜精農事者，酬銀獎之。

曰商學，貿易者專致而欲精之，聯邦往往而有。

曰工學，置機器，備圖書，而以測算繪圖始。

曰師範學，其學不外乎格致與文學，而又須習授受之方，課滿得憑，可以爲師。

醫學派弟三

曰醫學，與化學、身體學、身理學、動植諸學，相爲表裏，亦有專醫之一科，如牙醫之類。課程既滿，隨診無差乃領文憑。科分内外，外之耳目喉牙，内之心肝胃肺腦髓，亦自有專科。

法學派弟四

學分四類，曰刑名，曰通商，曰紀綱，曰公法，學期三四年有差。若惠頓、思多利、干德、吴爾壐、威布斯德、華爾敦，是美利加公法家之著者。

教士學弟五

美利加列爲三大科之一，亦教其所教而已。

美利加電學

電學者，格致學之一也，以磨而生謂之乾電，微獨人髮、貓毛、玻璃、松香有之。其引有類，其蓄有瓶，其放有叉。以强水化金屬謂之溼電，有堆有池有路，其用，信線爲最。格致家近言光、熱、電三者，皆出於一最精之氣，總之，人電天電，其氣一也。

美利加未立國以前言電久矣，當中國黄帝時，希臘人大利司以擦琥珀引輕物，爲磨電之棉蕞。後三百年有人名地弗拉司土司，驗一物如水晶，亦引輕物，或謂即地學家所言土馬令也。當漢平帝時，羅馬人不里尼始知電魚。明萬曆二十八年苛白得著書言驗電二十餘種，内有竇石、玻璃、火漆、松香、琉磺，所引較重，且知磁石亦引亦推，電氣引而不推。我大清順治以來，各國人若拜蠟，若格里格，若步思，若費，若波士没，若路多夫，若固來司得，若固尼阿司，若阿臘曼得，皆知其然而未知其所以然。其顯電學自美利加之弗蘭克令始。電學自有專書，此則不離美利加者近是，就見證聞録要云爾。述美利加電學雲龍按：弗蘭克令一譯弗蘭革林，而爲電學在美利加未自立國時。然英吉利人著書，亦言乾隆年間美國人名弗蘭革林者始創立此一學，是學始美利加無疑。

弗蘭克令試電氣力，其法用大瓶二，盛電氣過半以六人試之：第一人首接傳電之桿，手着第二人之首，弟二人手着弟三人之首，而四而五而六如之，弟六人手執鐵鏈通於瓶外，將傳電桿彼端連於瓶口，六人同時蹶，而無聲無光，但未覺何等力也。復試傳腦亦蹶，而均未傷，復以療疾，覺微痛耳，蓋受電則足輭，非蹩而仆也，儻受電氣大力，其傷必速。雲龍按：雷擊即電擊也，傳響爲雷，掣光爲電，二而一也。弗蘭克令所用大力電氣器能使鋼鐵有吸鐵力。

來頓瓶之理：人弟知瓶外與内之電氣不同類也，瓶盛電氣，兩面有入即有出，必以一面與地面相通，否則不出。依弗蘭克令之理，瓶内盛以磨玻璃之電氣，則瓶外亦滿異性之電氣，設内、外二面相通，則二氣亦相合，其瓶仍如未蓄電時。所以然者，電氣之力在玻璃，不在内外之金類，金類僅傳電而聚之也。不然，何以瓶滿電時，即將瓶内外金類之皮異以他皮，其力同也。弗蘭克令又謂，如磨玻璃等物不能發電，僅能改各物蓄電之數，使此有餘彼不足也，所以設正負二字，以記電氣之狀。其理由於電氣同類，一有餘一不足，而顯二種之力，故一爲正，一爲負，則彼此相引，或二正或二負，則彼此相推，其相引之理，在使電氣平均耳。是説也，與費説玻璃、松香有二種電氣之理異，然美利加人韙之。

初未有引天空之電，而碻知與人造之電同者，美利加人好不金生，將以鐵球蓄電氣，球外插鍼，其尖向外，欲電氣力聚於其尖也，而轉爲鍼尖散盡。弗蘭克令聞之，立究其理。拔鍼蓄電，以他物通地，復以鍼尖近球，則電入地散矣。於是悟如有金類鋭出雲端，必能引雷電至地。適教士堂塔垂成，待之以試，而説已喧傳。查爾士頓人里甯詢之，復書意謂人電與天電同，已驗一十有二，發光一也，光色無異二也，光線曲三也，光速四也，發具如硫五也，金類可傳可引六也，同時發聲七也，能藏於水八也，傳入物體即裂九也，能斃動物十也，能化金類十一也，能火易燒物十二也，尚未試天雷能爲尖物相引否，此乾隆十四年十一月七日事也。法郎西有二人依説試之，一名打里巴得，造鐵桿四十尺，一名得路，造鐵條九十九尺，皆驗，而弗蘭克令未之知也。塔不速成，試以風筝。法用二薄木相交，以綢一方就四角釘之，上有尖鐵絲以引電氣，尋常麻線下連銅節，綴以絲帶爲着手處，於欲電時放之。雷轟風轉緊，而電氣未引，意謂異矣，而線毛驟立，將指近銅，火星遂發，再試發如初，然引電難，以線乾故，雨至，火星彌大，以來頓瓶收之，無以異也他國人聞而試之，不慎或被擊而斃。弗蘭克令乃置鐵條，上鋭出屋，下入屋内，條綴小鈴，電氣時來，鈴舌有聲。又創避雷之桿，紅銅爲之，徑寸許，頂高於屋數尺，底低於基，宜溼地，宜垣外，欲其引電入地不入屋也。凡通地金類宜與之連，否則電分其半，附過而不全傳，非通者不連無害，其用紅銅，取易傳也。於是船桅亦仿其法，以鐵條引電入水。

其吹瀛發電之器，美利加格致院所造，瀛孔一百四十有九，所發火星速於英吉利人安末司脱浪之器三倍，而大小略同，一分時能容滿三十六來頓瓶，每瓶有銀箔面三十三方尺。

其試化電氣器，美利加人孛里差特於道光二十四年千八百四十四以筩試之。法用玻璃瓶敷辣克漆於瓶頸，而以二紅銅絲貫玻璃筩與輭木塞於瓶腹，二面各一，蓋瓶左右有孔也。絲端各有鍍金之銅板，徑二寸許，而金箔條適居其間，不即不離。金箔條上連銅絲，貫玻璃小筩達於瓶口，其絲頂蓋以銅片，於是用硝强水發電氣器之鉑片連於紅銅絲以至鋅片，將發電器置辣克板上，一磨玻璃而金箔引至鋅片，一磨松香而金箔引至鉑片，二極未相切時已有濃電氣云。

其發附電氣以費納的費牙人顯理所作爲精。先是以紅銅片長百尺盤圜一寸，外包蠶絲，以其兩端爲二柄，又以細銅絲長四千餘尺迴環曲疊，亦以兩端爲二柄，其中玻璃片隔之，二人對立，各執二柄，於小發電器由傳而斷，每一傳斷，人必受附電力而大震，發電器大則難禁甚。顯理乃用紅銅片長三百尺、紅銅絲長五英里，約華里一十有五，盤旋如式，二者相距四尺能令人震，相距十二寸則震甚。又以數片數絲上下相迭，反正相傳，大數之附電氣可變大濃之附電氣，於結穴處安鍼可變吸鐵之性，於片絲間安鉛可變傳電之質。

其發附電氣器之力以波士登人利紀所造爲最：原電氣圈用弟九號銅絲繞三層，長一百五十尺，外包膠樹皮，厚十分寸之一，通過底板，連板底之一層樹皮，其外有玻璃管附電氣圈，分三段皆繞於玻璃管外，每段長五寸，兩端用弟三十三號之銅絲，每段内長二萬五千五百七十五尺，中段用弟三十二號之銅絲，［每段内］長二萬二千五百尺，凡長七萬三千六百五十尺。銅絲外裹蠶絲。而增電氣器有三，皆用有漆之紙三層與錫箔相間。其一錫箔五十平方尺，其二錫箔一百平方尺，其三錫箔一百五十平方尺，螺絲可分可合，皆傳斷電氣器也。手轉開輪，有簧壓於輪齒，齒於簧端各有箔，而簧以螺絲連於架，視其壓力輕重使開輪易轉。轉慢則銅絲傳電之時長，而鐵絲有大吸，鐵力忽斷之時，有大附電氣力，所發火星既長且濃而有聲，如轉漸速，則火星白，吸鐵力亦小。

美利加電報與英法同時爲之。道光十六年千八百三十六美利加人有賢禮者，創擊鐘爲號之法，一電一氣，顯力倍常。有莫爾斯者，亦美利加人也，用電氣吸鐵之力使筆成點畫以指字母，創於道光十五年千八百三十五，成於十七年千八百三十七。其法電氣吸鐵，着於底板，彎銅條着於立板，而側孔接鋼螺絲，二端鋭甚，有桿，中以横軸接於二螺絲之鋭端，極易轉動，其桿一端輭鐵，一端連鋼釘，釘上鋼條孔與釘相稱，紙在其間。輪機轉移，電氣一傳，即引輭鐵而鋼釘入於孔内，電氣一斷，輭鐵即離而釘亦離。其釘切孔之久暫一視電氣之久暫，久則成畫，暫則成點。立板之頂有横銅片，二端螺絲制桿之動，不少不多，其線宜長而狹。論者謂與英吉利人惠子敦磁鐵指字異曲同工，其理在一吸一發，猶之蒸氣一伸一縮也。運機之力借副磁鐵居多。其報枝懸線之器有摩司、耗司二法，而耗司稍勝，然視英則遜。美利加電報驗之鐵絲者，華家於一秒時行一萬八千七百八十英里，阿彌治里於一秒時行二萬八千五百二十英里。抑又聞之，胡客在美利加試銅絲傳電，於一秒時得一萬八千英里，費果與格那拉試紅銅絲傳電，於一秒時得十一萬二千六百八十英里。

凡電線受天空電氣輒有異。美利加費納的費牙人顯理箸書云，時由線桿而下，一一有聲如鎗，此因線外有電與磨器近，他物能發火星而有聲，雲内電氣齊來甚速，故電線收多而散於外。其意謂電動成浪，浪有回行。有無雷電時而線亦動者，蓋空氣中之電氣晴雨以地而異，濃淡以時而殊，原電之線，恒以附電之力而動也。而電線或被雷電擊之而損，如道光二十四年千八百四十四美利加莫爾斯弟一電線是也，於是設引電入地以護電線之法。美利加所用之器，以二黄銅板，徑二寸半，厚十六分寸之一，中夾膠樹皮隔之，上板連於報線，别有一線連於報器，下板通地，天空之電一傳報線，即由板入地，報器無恙也。

美利加通英吉利海電設於咸豐八年千八百五十八。先是道光二十年千八百四十，英法創造海電未克適用，咸豐元年千八百五十一乃成。是年美利加紐約人帖比脱與英吉利人苟思本欲造海電，自英屬地牛分蘭達於美利加諸埠，未果。六年千八百五十六立大西洋電報公司，明年造線長一千五百英里，而電氣以受暑熱不一律，入深而斷。八年千八百五十八三修乃成，尋損。同治四年千八百六十五復作電線，内用紅銅絲七，以查脱頓料裹之，再絞銅絲六而裹如初，外增硬膠樹皮以鎔而裹，如是相間凡四層，乃浸於七十五度熱之水一百有奇，後將麻紗浸樹膠繞之，而復以鐵線十條先浸䓣麻油之麻沙麻能保鐵絲，且輕鐵質絞於其外，成即盤之水中，近岸者外增鐵繩十，亦絞如前，每英里長其重約二十頓，與深海者連。其深海之線每英里重三十擔八十四磅，其受牽力七頓十五擔，其入海計里凡二千二百，而載於大東輪舟之線無慮二千九百四十海里之長，欲其有餘也。汐落風定，電線蠶吐，時同治四年七月二十三日夕也，十日而畢。然此十日中，繞者、斷者、截者、電氣散者，修續如法。六年千八百六十七取出驗之無恙，復置如初。每分時傳十四字，罔有或舛。

同治十一年千八百七十二美利加始與澳大利通電信。先是南北既隔，赤道東西，復間兩海，一葦郵馳，數月期遠，今則電行一晝夜，罔有或滯。

是年美利加兵船航太平洋測海電程，其水離岸漸深，至三千海里外深亦不過二千仞，繇是通電如法。

美利加用好司鉛字印信之電報宜陸不宜海。其法以電氣傳斷爲印鉛字母。其鉛字母附於一輪，而輪以電氣傳斷，逐字跳動而轉，又以壓力運韝，韝而抵印鉛字母。其制氣門連於銜鐵而借電氣傳斷以推引之，一時西兩點鐘印字三千，速於莫爾斯電報，然非大電力不克用也。

美利加學目

據學功之先後言，是之謂學程，據學校之巨細言，是之謂學制，據學者之異同言，是之謂學類。區以別焉，不學蓋寡。述學目。

曷言乎合衆國之學程也？曰初學，或云孺館即此。未入小學之先，教以字母、字音、記數、故實，而以謳謌暢其天機。

曰小學，非漢宋儒所謂小學也。或入自初學，或逕入於此，其齡以四五爲率，大氐學今文與字與圖與史與筆算，或獨延授學，謂之私學，官私以費分，不以學分也。

曰幼學，即《西學考略》所謂經館也。其生年十四五居多，其學習臘丁之文，課格致之理，或謂之實學館，亦附女學。

曰大學，幼學有成拔入大學，又有輔大學所未逮者，曰書院外學猶中國書院，或逕由幼學入大學，或歷書院習其課程而後入之。大學者，學之總匯區也。

外學數十，或歸統司。其學以法學、醫學、教學爲三大科，然文學、格致學皆課有程，而算、化諸學與三科埒。四年爲期，始學一年，試可得進二等，否則黜之使理舊藝，再試再進。四載既届，國學試列超等，予之文憑。

凡此皆以課程先後言也，其學制奈何？

曰鄉學，就邑所治之鄉，視産科銀，鄉各一校，貧富蒙求無異視。

曰邑學，其費支自邑官。此二者初學、小學之程多出於此。

曰邦學，多寡有差，日課有時，休息有日，有缺輒補。司事尚廉且能，由衆舉於邦會，曰可，然後司之。其費或捐自富，或致自徒，而邦會助其不足，幼學、外學半在其中。

曰國學，入學之生他多自籌資斧，惟水陸軍之武學生學於陸軍水師兩學校者，厥費支自國帑，是以謂之國學。大學爲學之最，亦謂之國學也。

曰義學，費不支官，如士覔學是也。先是英吉利人士覔氏多財，無子，與聯邦善，遂施銀於合衆國會爲之立學，以其餘爲歲費焉，類此不一而足。

曰公學，即中國來學意也。師門設教，以束脩入。曰私學，蓋自延師以教子弟也。其學類孰謂？曰男學，白人、黑人、雜人之校，有分有合。曰女學，有私立者，有官立者，有附男學者，有設專門者，增之女紅以盡其能，許入大學以勵其志，《周官》女史、婦學之遺意，殆有暗符者歟？女醫既有專科，文學、格致學亦未遑多讓，女師不下十四萬有奇。

曰聾瞶學，或亦謂之盲啞學。瞽者善誦，其辨書圖以手代目，蓋教者别創一格，既爲凸印之字，復造嵌線之圖也。未有啞而不聾者，以目代耳，示之手勢，欲其代語也，雖聽而不聞，而教之字母，欲其見脣之開合而通文也，甚且聾瞶兼之，而圖畫能之者矣。

曰罪人學，在監課工並課學，至少男弱女之獲咎，則有小島小學以教之。

加納大沿革

泰西諸國屬地之多莫英若矣。英屬地之忽得忽失、忽離忽合、忽戰忽和、忽危忽安，亦莫加納大若。美利加初與同屬於英，尋自立，而加納大雖受讓責，服英如初，雖墮術中，服英亦如初，論者謂於英最忠，不其然歟？抑亦英鑒於美利加十三邦之積憤生畔，而除苛法與之更始歟？於是原畺域之始，徵三變之由：一變於探地有人，宋咸平五年前未之聞也，再變於法英反復，明嘉靖十三年後有足徵者，三變於英有厥土，而倭海約、密士昔比畫入美利加。嗣是分黨之争、大同之約，又不變之變。後之游加納大者安在可以陳跡拘也？述沿革。

曷言乎一變也？加納大初皆印甸土人，至自歐羅巴洲者，相傳爲德意志人，或曰葡萄牙人，在宋咸平五年西一千。其航海登陸即今所謂紐反蘭島、那拔司果夏島，是其僑跡弟一也。明弘治九年千四百九十七，有英吉利人方沃馬者，自喜望峰至印甸新路。又有骨勃者，攜子受英君顯理弟七世令，繇大西洋探西北航路。信如是言，英吉利人之至阿美利加洲南北同歲，是時骨勃父子所歷不踰紐反蘭拉布拉奪。明年骨勃子孤游再進哈奪送峽，冰稜觸舟鋭甚，於是轉航而南，無陸不泊，歸報住足之土多沃，英屬之基在此。十二年千四百九十九葡萄牙國遣人名寫司拔葛低里路，艤二舟至拉布拉奪之海濱，不知其地何名，而名之曰拉拉布拉奪，久之評爲拉布拉奪，厥土宜農，進游而至先奪羅連司灣。後有法郎西二人踵之至，一曰低宜，在明正德元年千五百六，一曰阿拔路，在低宜游後二年千五百八，皆至先奪羅連司灣而旋。同時德意志人名布列東至紐反蘭海濱業漁，其魚富，不可勝漁也，遂名其峽曰布列東，至今猶沿名評之。雖然，若此之類殆無一植民者，有之，自法郎西人拔侖低列里始，在明正德十三年千五百十八，而民聚未果，僅遺馬於格布勃列屯島，至今馬群藩孳。

繼之植民者，法郎西人雖先他企也，攫利急而法郎西君欲與共利，揚言曰斯巴尼亞、葡萄牙二國欲分阿美利加，豈先民有言耶？明嘉靖三年千五百二十四法郎西君令佛勒里答人名佛勒沙宜話者至北緯五十度海濱，附之以骨勃所探之地，總名之曰紐法郎西，猶言新法郎西也。嗣是英法兵争，而明嘉靖九年前千五百三十年前加納大之大略如是。

曷言乎再變也？明嘉靖十三年千五百三十四法郎西兵少少息，復於新地經之營之，而所謂加納大者即自浙格沽穴氏基之。其人艤二舟約載六十頓許航珀理峽，騁目於拉布拉奪之荒濱、紐反蘭島之畺界，而轉西南，達差六灣登沃司布巖，樹法郎西幟，仰天誓曰：『法郎西君法郎西司弟一世所有土也！』於是溯先奪羅連司灣，分睨左右陸地而止。明年夏歸，法郎西君大喜。又明年浙格沽穴氏復往，其舟則三，大者載百二十頓，此行以植民互市爲重。先奪羅連司者，故西僧名也，浙格沽穴氏以祭僧日西八月十日泊灣，遂以名之，然初名灣隅耳，今則全灣與河並受厥目，泝流迄於拔可司島，今所謂阿林司島是也。土酋阿耳敦闌率舟十二徒五百見之，於是浙格沽穴泊以冬期，投錨於先奪羅連司河口。其地有印甸土人故城，謂之呼司達達葛納，上崎高岡，形肖甲蟲，今所謂貴壁故城是也。浙格沽穴艤一小艦容人五十，航於先奪比達，沙爲之滯，易乘短艇乃達印甸人之大邑，曰火治納沃，其上有岡，名曰門脱牙路，猶言君山也，亦謂之門脱里耳。土人喜，蟻聚河濱，餉印甸穀即玉米也，復餉魚骨。至者弟知西南水陸難可殫窮，居三日，旋司達達葛納。經冬短褐不禁酷寒，腹枵雷鳴相酬答，而疫乘之。明年春旋法郎西，虜酋東拉格納等凡九人與之俱。後年浙格沽穴又航於加納大，時法郎西君以羅勿拔耳爲其畺吏同舟往，土人遇如初，然聞東拉格納等不返，遂滋怨望。浙格沽穴從者重禁苛凍不能支，遂歸紐反蘭島，羅勿拔耳强留之不可。明嘉靖三十二年千五百四十三浙格沽穴復來約羅勿拔耳同歸，而羅勿拔耳已閱三冬，誓不再至。自是加納大新地之營中止，雖有人名瑪格司低拉羅西者僑於西布路島，所留僅法郎西園之目。

萬曆二十八年千六百，創業於加納大境者沙秒路低相布連也，論者輒首屈一指：能航能征，紐法郎奏功有聲。三十一年千六百三航向加納大同行者名波奪克列布，初載獸革居多，繼攜民往，當再航時，那拔司果夏之吏偕行於波脱羅牙路。三十三年千六百五，加納大僑黎之成一聚落始此，法郎西人之藝麥於加納大亦始此，麥之創植出積雪中，數年而後，麥亦有秋。英法交惡以此爲戰場歷一百五十載，英吉利人掠之者五：一曰阿沃耳，在明萬曆四十一年千六百十三，二曰骨古，在明天啟元年千六百二十一，三曰息知威葛，在我大清順治十一年千六百五十四，四曰博布，在康熙二十九年千六百九十，五曰宜格耳松，在四十九年千七百十。法郎西人復之者四：一復於阿沃耳，在明萬曆四十一年千六百十三，二立約於先奪日耳緬，在崇禎五年千六百三十二，三立約於勿拉達，在我大清康熙六年千六百六十七，四立約於里威司可，在三十六年千六百九十七。英吉利人襲之不克勝者三：一名察支，在康熙三十三年千六百九十四，二名瑪支，三名温來多，皆在四十六年。法郎西人又引印甸人侵之亦不克勝者二：曰阿布低羅達，二曰尤必拔，皆在乾隆九年千七百四十四。又一略於他族尋棄，在乾隆四十六年千七百八十一。

先是明萬曆三十六年千六百八，沙秒路低相布連再登先奪羅司灣岸，躬歷貴壁巖麓，創畫城邑之基，是爲加納大弟一城也。繦負至者營居闢土，月異日新，然險阻艱難往往而有。印甸人之掊擊，則法郎西人自招也，其始媒孽於浙格沽穴之虜東拉格納而西，其繼伏毒於沙秒路低相布連之助阿耳沃闞襲綺羅格司，夫綺羅格司，加納大印甸土酋之强者也，非困獸可同日語。畺吏遣自法郎西者曰布林司昆低，曰阿脱美拉耳夢多磨連希，曰尤古賓達，而沙秒路低相布連之勇而信，畺吏輒自愧弗如。其尋源流以先奪羅連司河、阿打窪河爲最。其航海堨來如初，其戰士人艱險不避，其築貴壁城而自成之爲全境扼要。明崇禎三年千六百三十，英吉利將沙達必多古圍之，危矣而安。五年千六百三十二先多日耳緬之和約成，法郎西遂有全境。越三年，沙秒路低相布連卒於先奪羅連司城，其地在貴壁高原，難乎其爲繼矣。

我大清康熙十二年千六百七十三有扶侖低納柯者，後來翹楚也。先是植民數年僅及百人，閲三十載裁及二千，夢奪里耳城置於夢奪瑪古宜，亦僅爲商業綿蕞，而未若扶侖低納柯之有進無退，而探密士昔比河著效，而植民於此則難，土酋綺羅格司既仇白人，康熙二十七年千六百八十八英法兵起，延毒於斯殆將十載。三十六年千六百九十七英法立約於里司威葛，各復故地。明年扶侖低納柯卒，低古理耳繼之。越四年，英法兵再熾。五十二年千七百十三印甸土人乘之，起東自阿骨治之濱，西至山莽之原，漂杵之血殆有過之。屋脱列葛之約成，紐反蘭島哈奪送灣屬英，而僑黎難可驟增。康熙六十年千七百二十一民籍之報謂加納大人二萬五千六百人，然怠於農而競於其商，獸革居多，與印甸人互爲嫁娶。乾隆九年千七百四十四英法交惡如初，布路東岬倚司勿耳葛堅壁難可仰襲，而英將北布列耳陷之。十三年千七百四十八英法約成於野倚格拉察北列，識者曰『權息計也』，非英法決一大戰，兵難終息。十四年千七百四十九，那拔司果夏之會城曰哈里法可司成，亖吏昆窪理監之，兵機已肇，越五年千七百五十四鏖戰事起，華盛頓軍將與法郎西將尤門必耳戰於佛奪低貴司宜，礮焰四塞，法軍不支，微獨加納大境。自時厥後，畔英之美利加既自立爲合衆國，而美利加北之加納大遂割屬於英，畫亖自戍，世稱英法七歲之戰，起乾隆二十年千七百五十五，訖二十八年千七百六十三，巴里之和約乃立。中間樹績，彼此軍不乏人，而英將吴爾富、法將門奪葛耳木，嘖嘖至今不置。

當乾隆二十四年千七百五十九吴爾富略貴壁，明年虜低勿奪列里於夢奪里耳，於是法郎西全軍氣墨，而加納大境驟屬於英，其未復者，先奪比路及美貴侖二小島耳。

曷言乎三變也？加納大屬英而後，印甸人漸與相安，然法郎西人曰新附，英吉利人曰舊屬，久將釀患，論者慮之。而畺吏邨拉耳磨列快察列東善彌厥隙，生聚乃如初願。同治十三年千七百七十四創立貴璧新章，自拉布拉奪至密士昔比河，又自倭海約至哈奪送灣，許法郎西人行止水濱，罔有苛税，民俗兼沿法郎西之習，刑章則用英吉利之法，於是英人僑此者謂其利益稍減，美利加人僑此者謂倭海約河北境與夫近西之地，何以必屬加納大，退有後言，而法郎西人視爲固然。是以令行其地十有七年兵又起，其時較暫而慘，即美利加合衆國自立之戰，繇産布璉湖侵加納大，初陷先奪緘堡，繼陷相布列堡，後陷夢奪里耳，時貴璧危甚，而美利加兵再攻再北。乾隆四十一年千七百七十七美利加既立，四十六年千七百八十一兵漸息，四十八年千七百八十三畫地約成，而加納大之倭海約、密士昔比割入美利加，凡矢志臣民於英者不僑居於美利加而轉徙於加納大，於是英吉利政府不得不撥銀三百萬鎊衣之食之，護持而羈縻之。時傳翁打里約民之至止已二萬五千，逋自美利加者居多。

先是乾隆四十九年千七百八十四，翁打里約猶荒蕪也，西人二千散聚於先奪羅連司灣，其西寖僑十二萬人。畺吏令曰：『凡居西境任開闢者助種與具，唯民所欲。』僑民大悦。五十一年千七百八十六，英之畺吏曰老德多知司達，前二年千七百八十四畺吏始得特權，至是權如之，且增立法議院公舉之權。五十六年千七百九十一英國政府重訂加納大章程，於是分東西爲二加納大，厥法有差。設自英國君者有畺吏，有議政官，有行政官，有裁判官，皆非僑民所樂有也，有議政會，紳選自民，以四年爲期，學校、道路、橋梁之經費實可否之，而朋黨時出。是年，又設議政院於貴壁。明年千七百九十二，又設議院於維尼別苦，即瑪宜脱拔之會城也，亦謂之高加納大議院。嘉慶二年千七百九十七移院於紐克，即今所謂奪侖脱也。明年民數日增，土地日闢，而政事日益苛，亹吏攬權亦因之日重。嘉慶十七年千八百十一至十九年千八百十四，美利加戎機倚伏，亦勢使然也，本同屬於英而一畔一服，相形既殊，相連又最近，美利加之視加納大不啻視英也。加納大實無鬥志，防守之險要無慮一千五百英里，而兵僅六千，是時美利加合衆國民不下八百萬有奇，而加納大民僅三十萬，然無退縮態，戰守二載。如闞司東並穴低貴之役，以大捷嘖嘖人口，論者謂與英人窪達羅法人奥司達里之捷並稱。

外患少平，内癰欲潰，又勢使然也。東、西兩加納大抗議政官行政官之重權，積門户之見，顯主奴之形，於是東西欲判爲二。道光二年千八百二十二東加納大即貴壁也，遣一法人名路倚司北比諾，西加納大即翁打里約也，遣一英人名威力木里昂瑪，更治議事，紛如聚訟，於是事權歸一之議起而亦莫之能決。二十年千八百四十，有人名老德達耳哈木創議由英國國會決之，明年千八百四十一年二月六日，東、西加納大盟約乃成，謂之合協之例。其略謂加納大置議政院一，東、西加納大各舉人四十有二，此八十四人皆其民所素服，凡税賦限制於此，又有議政官署一，其官二十有五，又有行政官署一，其官八。而亹吏則立法者也，皆任自英國之君。是年刱立合協集議院會於金克司東，越三年千八百四十四移於夢奪里耳。道光二十九年千八百四十九匪毁集議院，復於奪倫脱築之。三十年千八百五十東加納大民七十六萬八千三百三十有四，西加納大民七十六萬五千七百九十有七。咸豐九年千八百五十九變更畺吏首治之議沸然，未之或決，而決於英國之君：以翁打里約之阿打窪爲首治，至今從之。

先是官民黨歧，東西黨又歧，而以代議員比議之争爲最合協之例。東西員數無差，然西加納大之民寖多，東於是乎有民數多寡定議員增減之議。而東加納大僑黎之來自法郎西者堅執不聽，合協之例幾爲之破。幸大同之約成於道光三十年千八百五十，其約倡議於嘉慶十三年千八百八者。十九年千八百十四，貴壁裁判官西維耳説土德拔沙司脱曰：『非大同約無以解時事之分争。』道光二年千八百二十二，西加納大有人名絨必拔列羅品送，其官曰阿脱宜日力拉路，亟亟於大同約。有人名羅拔脱沃列，於英國倫敦倡論北阿美利加洲大同約。十九年千八百三十九，老德達耳哈木人名，詳上究大同約之利。咸豐四年千八百五十四有人名絨司東，於那拔司果夏議曰：『可速決大同約。』七年千八百五十七絨司東及阿知拔耳脱遣人至英都議之，若沃路脱，若古穴，若絨羅司，若拔耳窪李頓，皆以大同約爲然。咸豐十一年千八百六十一那拔司果夏集議院爲議大同約之卓卓者，議決於明年，報之英國政府。同治三年千八百六十四，有人名若治布拉恩，報大同約之利，若那拔司果夏，若紐勃郎司委骨，若布林司埃奪瓦脱島，皆遣人會於察羅脱達恩議之，加納大畺吏亦使與議，於是海陸大同之論生而大會於貴壁，時與議者那拔司果夏、紐勃郎司委骨、布林司埃奪瓦脱島、紐反蘭島所舉人也，然議決五六耳。四年千八百六十五貴壁又議其上，達治氏爲議倡其下，瑪葛多納耳脱氏爲議首，可者九十有一，否者三十有三，而大同約遂决。然紐拔郎司委骨議院猶有難者。五年千八百六十六那拔司果夏議政院察列司達拔氏議曰：『那拔司果夏宜選識時人赴英與議。』可者三十有一，否者一十有九，而議遂决。紐勃郎司委骨議亦如之，可者三十有一，否者八，而議亦决。英都既議之明年，於是大同之約乃行。大同約云者，不分東西而總名之曰加納大，或曰意謂皆加納大領地云，英國之君許之，加納大之民從之，時同治六年也千八百六十七。

其部落一曰翁打里約，明萬曆二十八年千六百法郎西人始至，於我大清［乾隆］二十八年詳上屬英，三十九年併貴壁爲一部落，五十六年千七百九十一分翁打里約爲上加納大，以貴壁爲下加納大。道光二十一年千八百四十一合之爲一，同治六年千八百六十七復分爲二，而阿打窪則加納大畺吏之治也。

二曰貴壁，明嘉靖十三年千五百三十四法郎西人略地後，萬曆三十六年千六百六植民，崇禎十五年千六百四十二立夢奪里耳爲一聚落。至我大清乾隆二十八年詳上屬英，分合已詳翁打里約。

三曰紐布朗司委骨，明崇禎十二年千六百三十九法郎西人在加略阿斯灣植民，與那拔司果夏爲一，我大清乾隆四十九年千七百八十四始自爲一部落。同治六年千八百六十七屬英。

四曰那拔司果夏，明萬曆三十二年千六百四法郎西人植民後，英吉利人略厥地，錫其國人沙踶良阿列多衫達，遂名其地云那拔司果夏，譯言新蘇格蘭也。我大清康熙六年千六百六十七屬法，五十二年千七百十三復屬英，乾隆二十八年千七百六十三，格布勃列屯島、布林司埃奪瓦脱島併此部落。三十五年千八百七十布林司埃奪瓦脱島又不隸此。

五曰布林司埃奪瓦脱。自乾隆三十五年詳上分自那拔司果夏，後同治十二年千八百七十三自爲一部落。

六曰瑪宜脱拔。先是英人營此爲哈奪送灣公司商地，同治八年千八百六十九屬英，明年立爲部落。

七曰勃里治西科侖布亞，咸豐八年千八百五十八寖成聚落，同治十年千八百七十一增爲加納大領地之一部落。

八曰紐反蘭，明弘治十年千四百九十日斯巴尼亞人、法人、英人至止，皆漁也。萬曆十一年千五百八十三屬英，四十二年千六百十四植民，我大清順治十一年法人亦植民，而英法争尋和列斯岬，法人約得漁。道光十二年千八百三十二置吏，然未爲加納大領地。光緒十四年千八百八十八島人願爲加納大之一部落，許之。

九曰諾司威士奪里土利，初爲哈奪送灣公司商地，同治九年千八百七十屬英。地廣人稀，聊以爲一部落。其南畺居瑪宜脱拔之西、勃里治西科侖布亞之東者擬爲部落四，曰沙司可治亞，曰愛司利哀亞，曰愛沙筏司，曰諾泊爾大。其在貴壁之北曰拉布拉奪，亦有寖成部落之勢。

加納大兵要

英吉利既得美利加新地，以兵争其北土，即加納大也，法郎西初闢之而未嘗不欲復之，其兵不可廢，一也。華盛頓畔英自立，加納大初與同屬，繼非同畔，則相形有相敵之勢，而犬牙又復相錯，其兵不可忽，二也。英屬地之非自主，戍卒輒來自國，而加納大雖曰屬地，有自主權，防守之兵集自僑黎，雖徵兵在君，而畺吏軍長得以兵應急，其兵不可輕量，三也。或曰加納大兵三萬七千耳，雲龍游時已至四萬五千，其海陸軍均分爲二：曰額兵，亦謂之現役兵；曰額外兵，又謂之後備兵。分加納大全境爲十二區，自一至四在翁打里約，自五至七在貴壁，其八在紐勃郎司委骨，其九在瑪宜脱拔，其十在那拔司果夏，其十一在科侖布亞，亦謂之勃理治西科侖布亞也，其十二在布林司埃奪瓦脱島，於是别其營地，曰軍區弟一。官禄之厚薄、軍餉之減增、礮兵步兵騎兵工兵之分合，雖維繫於英國之君，而因地時有損益，於是察其範圍，曰軍制弟二。兵之多寡，基於餉需措置獲宜知方有勇，於是考其設施，曰軍政弟三。亦以刑助禮，亦以威寓恩，於是稽其罰禁，曰軍律弟四。兵以火器爲先，藏器之庫以火藥爲重，於是徵其通氣之方、避溼之論，曰火藥庫弟五。此五者，加納大兵家之挈領，未始非歐羅巴兵學之舉隅也。述兵要。

軍區弟一

加納大軍區一十有二，弟一區在翁打里約，汛地之大邑曰葉西可司，曰更多，曰波司維，曰蘭屯，曰波奪阿路司，曰葉耳金，曰澳庫司法脱，曰黑倫，曰勃立司，曰巴司，曰沃達路，曰維林屯。弟二區亦在翁打里約，汛地之大邑曰那法可，曰奪倫脱，曰哈治滿，曰懋庫，曰維蘭，曰林昆，曰内柯拉，曰文脱沃司，曰哈密屯，曰比路，曰古維耳，曰各列，曰阿而可麻，曰新可，曰約克。弟三區亦在翁打里約，汛地之大邑曰達漢，曰維多里阿，曰比拉勃路，曰那散拔蘭，曰黑司金，曰布林司埃奪瓦脱，曰連納庫，曰金司屯，曰夫論低納庫。弟四區亦在翁打里約，汛地之大邑曰阿打窪，曰利托，曰各連維利，曰拉納庫，曰連扶留，曰加納屯，曰堂達司，曰拉西路，曰司多懋多，曰昆我路，曰布林司可多，曰各連可理。弟五區在貴壁，汛地之大邑曰朋夏柯，曰阿仁治耳，曰漢金屯，曰納比耳必理，曰先奪絨司以拔維里，曰密西司可倚，曰勃倫，曰息法多，曰理治猛，曰多納懋，曰斯塘司低多，曰夏勃路庫，曰渾布屯。弟六區亦在貴壁，汛地之大邑曰夢奪里耳，曰蘇蘭治司，曰比哈納以司，曰拉布列理，曰都曼天司，曰低理本，曰哈治拉柯，曰拉治司加耳，曰拉拔耳，曰拉送布生，曰夢奪可，曰熱理低，曰巴夏，曰麻司基濃治三合，曰先奪羅連司，曰宜可列奪，曰阿沙拔司柯，曰窪路費，曰牙麻司柯，曰拔可多，曰立治劉，曰先多黑金施，曰勃維理，曰維治理司，曰昌布列。弟七區亦在貴壁，汛地之大邑曰貴壁，曰羅多比宜理，曰美渾治可，曰比斯，曰德提司達，曰列維司，曰别利茶西，曰孟多馬可宜，曰以斯列多，曰可莫可司可，曰低密司可達，曰利莫司幾，曰波那文茶，曰可斯比，曰昌布連，曰孟多墨連西，曰加列勃以可斯，曰沙格宜。弟八區在紐勃郎司委骨。弟九區在那拔司果夏。弟十區在瑪宜脱拔，弟十一區在勃理治西科侖布亞，弟十二區在布林司埃奪瓦脱島。

軍制弟二

加納大海陸軍巨權遥繫於英吉利君，凡行軍未遑身率，則加納大一畺吏代之。

海陸軍有長有副，凡軍以堡壘扼防守之險，以礮艦準低昂之線，以藥彈求火器之捷，以武庫儲戎具之需，以佩服辨進退之儀。將有更張，則創議之而聽可否於其君其副，可久可暫。

正軍官有曰差條日宜拉路者，歲禄銀四千圓，副軍官有曰骨宜路者，歲禄二千六百圓。軍區一十有二，區置一官曰路低南脱骨宜路，歲禄一千二百圓，其任五年爲期，遣自畺吏。

凡年六十三歲以上者勿遣。

凡兵限十八歲以上六十歲以下，而當除軍籍者四：一曰十八歲以上三十歲以下未昏，或昏而鰥且無子。二曰三十歲以上四十五歲以下未昏，或昏而鰥且無子。三曰十八歲以上四十五歲，或有子無妻。四曰四十五歲[以上]六十歲以下，不問妻子有無。

凡海陸兵以英人爲之，謂之國民兵，有現役有後備。曷言乎現役也？陸軍之兵或出自選，或出它選，或自選、它選合隊，海軍則水兵水手與常從事於海航者爲之，自選、它選與陸軍同。凡非現役皆後備兵，海陸一也。

凡一大隊必有後備，曰路低南脱骨宜路者一，曰美條日者二，必選於入籍其地者。凡注籍軍民，皆路低南脱骨宜路司之，有它故則以美條日之年長者代之。

昆芒奪因知扶，猶中國提督也日本謂之大將，其次曰路低南脱日宜拉路，猶中國總兵也日本謂之中將，率一軍團，所謂阿美古布司是也，又次曰美條日宜拉路，猶中國參將也日本謂之少將，率一師團，所謂智鼻生是也，又次曰布里格智路日宜拉路，率一聯隊，所謂布理格奪是也，又盗骨宜路，率一大隊，所謂智面脱是也，又次曰路低南脱骨宜路，又次曰美條，又次曰骨布金，率一小隊，所謂康拜宜是也。一小隊兵四十有八，合十小隊成一大隊，以二若三大隊成一聯隊，以二若三聯隊成一師團，以二若三師團成一軍團，軍團云者，即全軍也，昆芒奪因知扶率之。

凡一小隊置官一，曰骨布金，而副者二，曰路低南脱，非居其地者不輕用也。隊兵注籍，骨布金司之，它出則路低南脱之年長者代之。

凡十八歲以上六十歲以下男子免入兵籍者，曰治獄官吏，曰學校師生，曰關税官吏，曰病院長屬，曰癃病，曰孤。

又有半出軍籍例：若引舶出入港口而航海未已者謂之引水人，若航海期中校師未滿者，雖曰注籍，而非攻守起兵且無從役。

凡體殘而自願入兵籍者勿拒。

凡陸軍有騎隊，有礮隊，有步兵，有工兵，有護壘兵，率數之增損，部武之進退，英國之君得以遥制，海軍亦如之。臨事之車道、輜重之征程、病院軍糧之盈虚，雖受命於英國君，而軍長因應之。

凡加納大海濱戒嚴，英國君宜起海軍援之。

凡民入兵籍，任軍吏必矢之曰：『盡忠於英國之君，始終不渝。』隊長以上如之。

凡陸軍之兵，視兵有令，習戰有期，皆得著戎服佩銃劍也，否則禁。

凡汰軍隊，悉聽英國君令。

凡小隊骨布金一，路低南脱一，二等路低南脱一，沙錢脱三，葛波拉路三，鳴號篇者一，兵四十有八，而時有增，亦不逾七十有五。

凡野戰一小礮隊，美條一，骨布金一，路低南脱一，二等路低南脱一十有一，軍醫一，獸醫一，古奥達瑪司他沙錢脱一，沙錢脱美條一，沙錢脱四，葛波拉路四，紅披智路四此發火箭者，多郎北達一鳴號篇者，華理牙一馬蹏醫，礮手及乘者五十有八。此中有鞍工、車輪工、靴工各一，其馬五十有一，而軍馬、騎馬不在其内，臨陣有豫備馬四。

凡海軍一小隊，骨布金一，次兵弁不逾七十有五。

凡英人充陸軍之令役兵，以三載爲期，未滿期而願自退者，報軍長於六月以前，已報欲退，留軍不逾一年矣。儻一年又不欲退，宜聽令於英國之君，此指自選兵言也。他選兵師出即不得退，凡兵期已滿，軍長授之以狀，釋之歸。

加納大軍隊以入伍之舊新定出隊之前後。其最前者，其最舊者也：第一英君所立陸軍大學卒業隊，弟二騎兵學校卒業隊，弟三壘吏所屬騎兵護衛隊，弟四加納大領地騎兵隊，弟五加納大領地礮兵隊，弟六野戰礮兵隊，弟七堡塞礮兵隊，弟八工兵隊，弟九步騎學校卒業隊時步時騎，從其便宜之兵，弟十步兵學校卒業隊，弟十一壘吏所屬步兵護衛隊，弟十二加納大領地步兵正隊，弟十三步兵補隊。

凡軍吏大較有二：曰士官，命自英國君，曰下士官，任自軍長，然非老癃不輕一退。隊長以下不必終其身繫之軍籍，而名册不改。

凡印號製自壘吏，於令軍吏之文黏於壘吏官名下，即與壘吏手書同。它人不容僞爲也。違則治死如軍律，罔或貸。

凡軍吏從役而退，無不躩者，謂之退隱士官，以路低南脱骨宜路以下官名授之。已退復出，其權操之英國之君，其編入退隱士官若路低南脱骨宜路，以六十三歲爲限。若美智約，以五十八歲爲限。若骨布金，以五十歲爲限。若路低南脱，以四十五歲爲限。年限未及而癃且弱者報翁打里約阿打窪軍部。

凡欲爲軍吏，非以加納大陸軍學校之證書與軍吏部入格之文據，則屏之，而曾任士官與下士官者不在此例。

凡軍吏當無事時，無論何人不得羼入國民軍，而任路低南脱骨宜路以上官，而有事則骨宜路以上唯英國之君命是聽，欲踰美智約日宜拉路而上無時或見其可也。正軍之士官命自英國君，位在國民軍之上，不以前後計，然以正軍之士官暫爲國民軍之士官，則視國民軍制。

臨陣傷者既免役之，復歲恤之，然視瘡［創］痍分等爲四：一則曰或傷兩手或損雙目，非扶則危，非相則迷，有一於此，如其爲沙錢脱，猶軍曹也，歲佽銀七十五圓，多則一百十圓；如其爲葛波拉路，猶伍長也，歲佽銀六十圓，多則九十圓，如其爲兵，歲佽銀四十五圓，多則六十圓。二則曰非殘非盲，而難自謀衣食，則沙錢脱歲銀六十圓或九十圓，葛波拉路歲銀四十五圓或六十圓，營兵歲銀三十圓或五十五圓。三則曰微傷而可自活，則沙錢脱歲銀四十五圓或六十圓，葛波拉路歲銀三十圓或四十五圓，營兵二十三圓或三十圓。四則曰爲兵雖非有餘，自謀非盡不足，則沙錢脱歲銀三十圓或四十五圓，葛波拉路二十三圓或三十圓，營兵十五圓或二十三圓。

凡軍吏臨戰身負重創，或失隻眼，或落單肢，其時得支禄一半，如初起受傷之日支歲恤之資，若路低南脱骨宜路則銀一千二百圓，若骨布金則銀四百圓，若路低南脱則銀二百八十圓，五年而後傷愈則止，傷無幾時而卒，其嫠受禄之半，加之弟一年受十二月之禄；其孤受禄十分之一，加之弟一年受四月之禄。凡軍吏卒於戰場在疾六閲月以内者，其嫠歲受夫禄八分之三，其孤歲受父禄十三分之一。然自上恤之，無能自下索之，或嫠貧而富，或改適而去，或男至十八歲，或女至二十一歲，則歲恤斷。無妻子而有母，則母受嫠之恤，無母與妻子昆季而有女兄弟者，受恤亦如之。

凡歲未十八不得爲兵，歲逾六十不得爲騎兵、礮兵與夫步兵正隊之長。

凡爲軍吏，必居其軍區境内，它往即任難如初。

凡軍吏用年長者。

凡礮兵、騎兵、工兵、步兵之軍吏任閲一十二月，試可乃用，否則除名。

凡長一隊，欲其隊律無紊，則必一言一動與對敵無異。

步兵隊長而外，惟士官二人得騎，美條掌軍隊軍律以佐其長。其長它往，以軍長之美條代之。凡習戰事，美條二人皆出，年長者指揮其右，其次則左。有官名阿酒堂者，掌隊中瑣務與行文事，而輔隊長之未逮。

骨布金以下爲國民軍之康拜宜小隊軍吏，欲其維持小隊也。路低南脱骨宜路及阿酒堂則司康拜宜而察骨布金之坐作，與夫戎衣兵器之成敗，其隊兵或入或除或除而復，是骨布金之責，檢其衣食，欲其潔也，審其筋力，欲其無恙也。

謂軍醫曰沙生，掌醫藥事。凡隊兵疾，輒日報之長而診視之。將有練習，則以醫、藥二吏從之。

陸軍學校立自英國之君，欲下士官兵士有所取裁也。授學一年三期：其弟一期以一月一日始，其弟二期以四月一日始，其弟三期以九月一日始。又立陸軍騎兵學校一，在貴壁。又立礮兵學校二，一在貴壁，一在翁打里約。又立步兵學校四，二在翁打里約，一在貴壁，一在紐勃蘭司委骨。又立步騎兵學校一，在瑪宜脱拔。校長皆選自久於軍隊熟於軍旅者。凡訓練事，以時報之阿打窪軍部。

學校授業有三：短期以三閲月爲率，其師士官十人，下士官二十人，其校即選於士官下士官三十人中。曰長期，騎兵、步兵三閲月，礮兵九閲月，其師即選於短期師中而拔其尤。其師俸，士官日銀一圓，下士官日銀五十仙，短期、長期無以異也。皆分二等：甲爲士官，乙爲下士官，又分爲一級、二級。曰特期，專爲士官而分一級、二級。是三期者，皆有卒業證書。

凡陸軍學校計日而學：於三閲月得七十五日，每七日以二十五小時即中國半時課戰事，以三小時課學理。曷言乎學理也？如騎兵校則曰軍律、曰軍訓、曰行列線法，而又俯察地利，謂之列葛内脱，夜候非常謂之拔脱羅林，探敵營之動静謂之司瓜脱，若礮騎之分合、羸馬之醫藥，其旁參也。如礮兵校，則曰軍律、曰藥引、曰礮線、曰礮術、曰礮身。如步兵校則曰軍律、曰軍訓、曰習藝、曰職分。

陸軍大學校立自英國之君，欲其毓全才也。年以西九月上旬開學，明年西六月下旬止學。凡居加納[大]之丈夫子已歷五年，起十五歲至十八歲，試可入學爲生，其體宜健。其學有七：一曰算學，合數學、代數學、幾何學而言。二曰文學，以英、法文爲宗。三曰地理學，既鈎致之，又辯論之。四曰史學，以英吉利之源流、加納大之因革爲重。五曰法郎西語學，譯文且會意也。六曰羅馬語學，通今且考古也。七曰圖學，與地理學相表裏。年於西六月一試，三試三黜即不與試。學以四年爲期，卒業則授證書，卒業而優則授優等證書。其生初納銀百圓，次納二百圓，又次納一百五十圓，束脩、日食、書圖、文具在其中。

凡騎兵一隊、礮兵三小隊、步兵五小隊，約一千人，爲恒久隊。其職以保壘司防守之要，以武庫儲兵器之精，以學校育後起之材，以三年爲進退之期。凡恒久隊者，非英裔臣民不得與焉。年在十八以上四十五以下。其身材，礮兵以五夫特六因制爲率，騎兵、步兵以五夫特五因制爲率，腰圍以三十四因制以上爲率。其俸若司達扶沙錢脱日銀一圓，若軍曹日銀八十仙，若葛波拉路日銀七十仙，若火箭［手］日銀五十仙，若拔骨拉嗚鼓者日銀四十仙，若礮手日銀四十仙，恒久隊之日支如此。其他火箭手、礮手、矛手及兵之優者，弟一年日支銀二仙，弟二年日支銀三仙，弟三年日支銀四仙，終一期而入恒久隊中。二期之弟一年日支銀五仙，弟二年日支銀六仙，弟三年日支銀七仙。

居美條之職已歷十年，率礮兵野戰隊有聲，得遷布列背路列南脱骨宜路之官。布列背云者，酬功之謂也。凡役十年，克盡骨布金之職，或勝阿酒堂之任，得遷布列背美條之官，凡役二十年爲其軍醫，即所謂沙生者，得遷沙生美條之官，而禄不增。

凡軍吏而非從事於實戰，謂之濃昆拔堂。克盡厥職，得受［授］阿納列理蘭克。所謂蘭克者，官名也，所謂阿納列理，官之名譽也，濃昆拔堂亦謂之北瑪司達，職司出納者也。又有古奥打瑪司達，職司衣食者也。又有司脱阿格拔，職司庫藏者也。又有來金瑪司達，職司戰馬者也。

北瑪司達有與路低相當官位者，在官五年而後得遷阿濃列理骨布金之官。在名譽骨布金十年得遷名譽美條之官。凡相同官，謂非實戰之軍吏，而爲比擬之略同也。與骨布金相同之北瑪司達在官十年，得遷美條相同之官，年同位同之古奥打瑪司達亦得美條相同之官，沙生亦如之，沙生美條得路低南脱骨宜路之相同官無異於路低南脱。相同軍醫補五年後得骨布金之相同官，年同位同之獸醫得遷骨布金，與夫來金瑪司達得遷路低南脱，皆相同官也。

凡奬牌寶星，受自戰功，著之胸左，得自排難扶危，著之胸右。

凡號礮，或視或祭或護衛，或逢節開會，或送往迎來，其軍隊以執銃表敬，其樂隊以奏國歌六律爲率。若英國之君生日、加納大畺吏紀念日、君族至止日，皆礮發二十有一；加納大領地議院之啟閉日，礮發一十有九，諸部落議會之起訖日礮發一十有五。

軍政弟三

加納大平時練兵出場者以四萬五千爲率，每年八日以上十六日以下，每日約三小時。其日支銀，路低南脱骨宜路爲四圓八十七仙，美條爲三圓九十仙，北瑪司達爲三圓五仙，一等阿酒堂爲二圓四十四仙，二等阿酒堂爲二圓十三仙，阿酒堂職與路低南脱均，蓋隊内司事吏也。沙生爲三圓六十五仙，副沙生爲二圓四十三仙，古奥打瑪司達爲一圓九十四仙，骨布金爲二圓八十二仙，一等路低南脱爲一圓五十八仙，二等路低南脱爲一圓二十八仙，此皆士官也。其下士官沙錢脱美條爲一圓，古奥打瑪司達沙錢脱爲九十仙，北瑪司達爲九十仙，書吏爲九十仙，病院軍曹爲九十仙，北沙錢脱爲八十仙，沙錢脱爲七十五仙，葛波拉路爲六十仙，拔骨拉爲五十仙，兵亦五十仙。

凡定期訓練則給訓練之銀於其隊：每年騎兵一隊銀四十圓，野戰之礮兵、礮臺之軍長，銀二百圓，堡壘之礮隊、步工之小隊，皆銀四十圓。

凡軍吏軍卒，日受軍食麵包一磅有半、又稍小而堅之麵包，謂之鼻司格一磅，肉一磅、薯一磅，熟麥一恩司、加非三分恩司之一、牛乳餅二恩司、茶四分恩司之一、蔗糖二恩司、鹽半恩司、胡椒三十六分恩司之一，如無鮮肉，以臘代，如乏麵包與鼻司格，以麥粉、米粉、玉米粉代，其正代異，其多寡同。

謂軍吏勤役曰司打扶，若副阿酒堂曰宜拉路，日支銀七圓三十仙，若古奥答瑪司達、若宜拉路，日支銀六圓九仙，若布理格奪美條，日支銀五圓十六仙，若司達扶骨布金，日支銀三圓七十七仙，若司達扶路低南脱，日支銀三圓五仙，若司達扶北瑪司達，日支銀五圓四十七仙。其布陣官若古奥答瑪司達，日支銀七十七仙。兵在一千以上，日支衣食吏銀五圓，兵在五百以上，日支衣食吏銀三圓九十仙，若沙生美條，日支銀四圓八十七仙。

軍區之官，北瑪司達，司出納而受令於軍部，畺事有難決則上狀決之，歲計郵告之阿打窪管庫長。

凡不足五小隊之軍，不置北瑪司達，其官以士官爲之。其軍曹曰沙錢脱，然食北瑪司達之禄，欲其退食無缺也。凡二小隊以上四小隊以下，則以一士官攝北瑪司達並古奧答瑪司達司衣食事，而食北瑪司達之禄，一小隊之長則兼司其事。

臨戰，士官之騎，六十日内每一馬日支一圓，六十日外則日支五十仙。

凡將戰，兵千人以爲一隊，則常支外日加銀二圓四十三仙，將五百人以爲一隊，則常支外日加銀一圓五十仙，古奧畣瑪司達並沙生常支外日增一圓，將騎兵一百或礮兵一百或步兵二百五十，日增一圓二十五仙。凡恒久隊，路低南脱骨宜路平日銀四圓，臨戰將騎兵、礮兵、步兵二百五十，則日銀四圓八十七仙，其隊兵一人一日銀二十仙，其軍行，一人一日銀二圓五十仙，合起訖計。

凡結營，地欲其乾，水欲其近，草欲其肥而積。

凡習武場，國帑助之，多寡有差。如容一小隊地助銀二百五十圓，地倍則助銀四百五十圓，如容一小隊一大隊地助銀六百圓，如容二小隊一大隊地助銀八百圓，如容三小隊一大隊助銀千圓。

謂執旗之軍曹曰骨拉沙錢脱，居一小隊下士官之首，宜敏宜捷宜公明。

凡騎兵二小隊謂之司葛奪倫，十小隊謂之列知面脱，自二至十小隊謂之拔打理恩，合二三列知面脱謂之布理格奪。

軍醫救之既病之後，古奥答瑪司達保之未病之前。將出隊，其物皆古奥答瑪司達司之。

凡置樂隊，欲其步伍不紊也，每一小隊樂兵三四。其樂有四：曰國歌，曰號符，曰急步，曰緩步。

凡國民軍旗與英國正軍旗同。步兵軍旗以帛爲之，從三夫特，衡三夫特有九因制，柄八夫特七因制有半，其纓金紫。大隊旗二：一曰一等旗，中繪君冕，下記隊之位數；二曰二等旗，上繪合符，下記隊之位數。凡執旗爲軍曹之冠，非其人不輕用也。

沙錢脱美條居下士官之首，古奥答瑪司達沙錢脱屬於古奥答瑪司達，掌糧物之事，一日二巡，糾營壘之不整而報之古奥答瑪司達。

火司比達沙錢脱，譯言醫藥軍曹也，屬於沙生，凡有疾自隊移之軍病院。

奪拉收美條，譯言鼓卒頭也，司大小鼓而鳴之以時。

布羅勃司沙錢脱，譯言警察軍曹也，凡有違律者押之監，倚酒造言則罪之。

沙錢脱屬於小隊，助隊長之訓練而以身先之。

凡稱良卒，罔有不韙之謂也，潔其衣履，整其器械，慎其辭氣，勿醉勿怠，勿私出。

五載一更衣。

國民軍衣與正軍同。騎兵之衣表褐，礮兵之衣表赤，步兵之紅衣表藍而緑衣則表紅也。

凡爲士官，自備戎衣，三閲而衣不具，不之任也。

凡陸軍大學校卒業者，有國民軍吏之職，而未入隊亦衣步兵隊衣。

凡士官衣戎衣而送葬，宜籠手肱，宜結墨巾。

凡騎隊士官著漢達絨，譯言撒脚袴，長形而稍鬆者也，以長靴配之。觀兵則士官著大禮衣。曷言乎大禮衣也？其衣深紅，其帶白，其劍長，其袴緑赤紅，而内勤之士官，其袴金線緣之。凡騎兵乘馬時用息波達西，譯言革囊自垂劍帶下也，礮兵士官用亦如之。工兵士官軍衣有二：曰進武式，曰復習式。

凡兵冠勿斜。將講武事，士官用布路牧，譯言加羽冠也，兵亦如之。

曰哈拔囊，譯言儲糧革囊也，懸之右肩。曰背約宜脱，譯言鎗尾刀也，懸之左臂。凡雨用油衣。

凡士官右手繫治布侖，譯言官等高下之標記也，以四線爲優，而左手繫拔治司，譯言勤且良之標記也。

武庫長司軍器之配合，其下有吏，並物之性質亦宜通之，否則出納難於適中。

工兵隊選自陸軍大學校工兵科之卒業生。

凡兵受器與衣，上武庫以單月一要之，而報厥數於阿打窪軍部。

軍律弟四

凡現役國民軍之律定自英國之君。

凡現役國民軍不告而出隊，七日以上目之爲私逃卒，交司軍律者鞫之，孰使孰誘，孰助資而逸，孰受逸而隱，監禁六閱月；或苦役或不苦役，則眡其情之重輕而怙惡與否。

凡軍儀與軍律相爲表裏。加納大軍吏於此三致意，欲懲其已然、勉其將至也。

凡懈事與濫行，長吏以時察而糾之。

凡軍士與農工商相接以禮，見長官則敬有加。

凡對長官脱帽爲禮，行伍聚首以手近鬢。

凡毁譽長官是軍律未嚴之證。濫受其下賄者禁。

凡軍事禁私偵。

凡臨習兵事冒名入伍者罰，然不得逾銀百圓，誤籍與遲偵亦不逾五十圓，注名之籍有誤必告而正之，否則罰銀十圓。

凡罪吏監禁有疏有密，其在密禁，不得私出半步，其在疏禁，出步以時而不得逾限地。如禁地有礙於罪吏之身則擴之。

凡罪吏禁著軍服外之衣，而去佩劍之帶，既釋，其長吏無以前過再禁。

凡禁非其罪則訴無阻。其例定於光緒七年千八百八十一。

監禁有二：一曰押室附近衛室，暫禁者居之；一曰獄室，亦附近衛室，隔别之罪卒居之，其鎖司自衛獄長。

凡監禁皆罪重者。其罪之輕，或誤鳴鼓，或舛呼名，或休息踰期，或行伍參差，皆懲留隊中，不之禁也。

凡抗三令五申之罪則禁之。

凡酗酒兵則囚之，去其兵器，脱其長靴，越十二時乃鞫，欲其全醒也。以醉致疾則軍醫視之。

凡軍卒不服長官聽訟例，許訴之監軍，揭之新聞紙。然一人訴之聽，而同盟訴之則禁。

凡軍吏軍卒勿得結黨議政如聚訟然。

凡軍中人受英國之君糾察無定時，釋亦如之。

凡陪鞫官若拒當誓之約、滯當出之文、緘當荅之辭，則致畺吏鞫獄官問之。

凡軍律死刑之罪：曰謀叛，曰私降，曰委敵以陣壘城堡，曰通敵以機密文書。然非英國之君允治如律不得遽決。

凡鎗礮之屬勿委之軍卒手，藏於武庫而官監之，用則以軍卒出其所需。誤損罰四圓，無庫之地則責之軍長。年給小隊四十圓、騎兵六十圓，欲其責專而免損也。

軍律官會議之起訖視訊獄之多寡。副阿酒堂日宜拉路及布理骨奪美條之文報皆有定式。

火藥庫弟五

加納大火藥庫禁人之輕出輕入。凡入，門衛檢厥身，無爆發物而後入之。吏入必更衣履，庫中自有衣履也。禁吸淡巴菰，禁手燈而外別攜燭夜物。

凡火藥庫，非空氣十分流通不可也。藏至百桶宜置寒暑表，將有烈風暴雨則閉户掩窗，平日門衛它往亦如之。庫内銅器而外一無雜物，無藥之桶拂拭之巾皆不可留，它無論已。其桶距壁以六寸爲率。

雲龍於游加納大時尋繹之，而知火藥庫忌溼，其溼生於大氣。凡大氣罔弗含有水氣，然氣清則水氣少，氣溼則水氣多。積溼生熱，積熱蒸瀛，積瀛成水。水氣之多寡又視溫度之高低：溫度高則含水多，溫度低則含水少，雖然，由低增高則溼下難，由高減低則溼下易。若溫度驟減，則大氣化爲滿氣，與室内冷物觸則成露點。其露點何由而成？蓋成於水氣以縮而滴也。夫如是似氣不足以消溼，轉足以生溼，非使新氣之流通，其奚可哉！外氣宜防亦宜容，如外氣之露點度高於屋内，是外氣溫於内氣，其氣入内，是生溼也，烏可以不防？反是則外氣冷於内氣，其氣入内，是收溼也，烏可以不容？凡壁厚屋背凹之庫，冬則外氣冷於内，夏則反是，於是冬宜通氣，四窗洞達無間日，夏則閉之溼生，開之溼更生。然則何策處之？曰大氣不可不通，而以石灰鋪之低處，可以收大氣中之水氣，可以露内氣中之大氣。

加納大軍區一十有二，時以官巡之。其官出自軍吏，不更增祿，若非在官則日支如額。

古巴沿革

明弘治五年以前無稽，蓋爲古巴土人部落也。科侖波尋獲後至今三百九十有七年屬日斯巴尼亞國，中間爲英吉利踞夏灣納者一年。財聚民散，直謂無人可也，其能長有土乎？美利加有購議，不果。述沿革。

明弘治五年西千四百九十二年十月廿八號，古里司多法科侖波名科侖波姓氏爲日斯巴尼亞國尋獲西印度群島之西者，即古巴也。先是土人部落書缺有間，酋屬無徵，然原名古巴，以地形類魚而名也。獲地時王子名往，遂名古巴曰往納，其後國王佛丁納特卒，後改往納曰佛得里納，尋易名山地亞戈，以日斯巴尼亞神名名島也，又易名阿非馬里牙，以女神名名島也，後復名古巴。迨得墨西哥、秘魯諸地，未遑理此，群盜踞之，而畔者踵起，幸存此島，乃加培護，倚爲外府。夏灣納經營於正德十四年千五百十九，至嘉靖十七年千五百三十八，法郎西人入之，尋復。三十三年千五百五十四法郎西人復入之，又復。自是種淡巴菰及蔗，而海賊輒掠貲去。我國朝乾隆二十七年千七百六十二，英吉利水軍奪夏灣納，明年割呼羅列達地予之，乃復。五十五年千七百九十，畺吏納斯喀沙士養民榷商有聲，踵者輒眎民苛。道光二十七年千八百四十七，畺吏瓦魯迭士禁買奴，其馬丹薩部建於康熙三十二年千六百九十三，有要埠曰嘎列迭納土，則立於道光八年也千八百二十八。二十八年千八百四十八美利加欲買古巴，論直銀百萬圓，不允。咸豐九年千八百五十九增直三十萬，不允如初。同治七年千八百六十八內亂，色斯比迭士自立爲伯理璽天德，日斯巴尼亞兵大至，擊之勝，乃靖。然餘孽時萌。

古巴險要

古巴之於阿美利加洲，一拳石耳，雖然，西鎮墨西哥灣之口，西北鎖密士昔比河之衝，輪艘所通，一紐約，一魯西阿納之紐呵［阿］連，一賓夕佛尼亞之費里地費法爾治末阿，一佛勒里答之灘灞，洵美利加一關鍵也。述險要。

島西二海口，爲墨西哥灣要津。西北一海口寬約華里四百七十一海里百二十四，起潘一格葛石島北，訖潘坦恰一名喀博舍波羅，是佛勒里畣之東南，西南一海口較狹，約華里三百六十九海里九十七，起喀博三安多宜約，訖喀多切在商喀登海口尖處。其東客慕藍一名三宜哥拉同之三多多茗葛有岬，約華里一百五十二海里四十，自古巴極東之邁希至逸拉括，約華里一百七十一海里四十五，是六嘎鴉島之最近古巴者。巴哈麻海濱東地名老白哈麻，有岬名六格理穴，爲三多多茗葛之要隘，相去約華里一百五十九海里三十四。其南理曳龍口接一小灣曰馬晚納，在夏灣納與八達拔挪島之間，袤約華里三百五十五海里七十五。其要埠在夏灣納，曰阿格沙，曰山宴多泥約，曰偉羅司，在兵納里屋，曰巴拉西我士，曰巴衣牙甕得，曰括納海，曰阿迭美沙，在馬丹薩，曰嘎列迭低納士，曰北美哈，曰詷郎，在山得容［客］拉納，曰施拉馬連納，曰沙華，曰嘎衣八臉，曰上汪羅美留司，曰星天委古一名星輝府，曰山地土卑力度，曰得林禰拉，在波都樸領希皮，曰山答沽六司，在山地亞戈低古巴，曰魯埃非得士，曰嘎約羅馬諾，曰希巴勒，曰呵耳梗、曰麻沙尼約，曰官丹納磨，曰把拉戈阿，曰山地亞戈低古巴，曰山打嘎答里約。其要港以夏灣納爲西印度弟一，此外岸北十、岸南七，皆良港也。

古巴攷工

中國之農工分，外國之農工合，微獨古巴然也。合中有分，紀國則然，區區一島，若蔗，若淡巴菰，其料出農，其製自工，推之牧畜養蜂，連類可及，而製器工絶少，一布帛，一箕帚，輒資外至，此大略也。述攷工。

田寮一譯糖寮義詳《秘魯圖經》，秘魯工罔或停，古巴則否。即如雲龍游當冬十一月西十二，工停，開遲兩月後也。其寮初一千三百六十五，至今光緒十四年千八百八十八僅八百所，大小有差。機器巨者一，直銀十萬圓有奇，次萬，又次數千，購自英吉利、法郎西、美利加居多。壓蔗機有鐵轆轤三，安置如品字形，圖如轉竹，蔗渣中出，汁貫渠筒，伏流達鑊，曲折注池，筒與池並鐵爲之，汁冷轉入水桶中，滲出即糖膠也，居糖十二之一糖十二桶出膠一桶。膠未滲淨則糖不成，滲以十二日爲率，製糖一斤以蔗十五斤爲率。其直銀以桶計：糖約三十五圓，冰糖、沙糖約六十圓，糖膠二十至二十二圓。其一桶爲六十阿羅巴，一阿羅巴爲二十五鎊。入蔗出糖並蹝鐵道火車，長者費銀二三萬圓，次數千，又次數百。華工昔受箠楚於其中者至十二萬六千有奇，今工自由。

淡巴菰工廠凡九千四百八十，然製輸出之品歲直一千三四百萬圓，惟其中大廠一百二十有五，在夏灣納、兵納里屋、馬丹薩三部，其它大廠十數，内地自供，弗外出也。其次或葉或碎或紙卷，無處無工，支廠居多，有華工，有女工，然停工時聞。其製法：大吕宋煙以其葉卷長二寸餘，小吕宋煙卷之以紙，而包數有差，或十，或十二，或十四。葉曰碎葉，食者自卷。僉謂香烈爲五大洲冠，雲龍則罔知其味。

加非工廠九百九十六，炒之磨之，與它國同。

確高工廠十三，以椰子製。

牧畜園九千有二十三，其豢與取牛乳皆以工。

製蜜工廠二千二百八十四。

酒工或附田寮，或自爲工，淋酒爲多。

造礮船工有廠在夏灣納。先是康熙六十一年西千七百廿二就地擇木造舟而良，修者踵接，於雍正十二年千七百三十四成船不少，其隝可入千頓之艦，機器馬力二十。

軍器工有鑄鐵廠，有造礮廠，在夏灣納西南隅。乾隆二十七年千七百六十二英吉利兵起毁之，越四年千七百六十六復，其造礮亦用銅，曰布攏司，譯言黄銅也。出古巴島。

古巴兵事

未屬日斯巴尼亞以前，古巴土人不知火器爲何物。平地一轟，聞聲四潰，得之既易，撫之無難，與民休息，伏莽其何滋乎？悖入者興戎之媒也。述兵事。

明弘治五年，日斯巴尼亞以礮攻古巴土人，勝之，遂獲其地，後獲墨西哥諸國，而此地未遑戍且治，盜以爲藪，焚掠時起，南北阿美利加洲屬地畔者踵相接，乃以兵靖其島。嘉靖十七年西千五百三十九法郎西海盜攻夏灣納，入之，尋復。二十一年，日斯巴尼亞國王遣古巴長德曾的率甲士略美利加之阿拉巴麻諸處，三十三年千五百五十四夏灣納不守一如十七年事，又復，海盜尋復掠之。

國朝康熙四年千六百六十五建夏灣納城，防侵伐也。乾隆二十七年千七百六十二，英吉利水軍隊長阿魯別馬陸毀城踞夏灣納一載，割羅列達地予之，兵退而城未葺。

前有美利加人名喀力括頓，聚黨五十，古巴人謂將爲亂，以兵禽之於格士低約得阿達堞司礮臺，殲之，以鎗兩行對擊，每行六人，美利加駐此領事若罔聞也。英吉利領事議禁，後戮勿復此慘，美利加僑黎酬以金。

古巴土人怨稅苛久，數數亂滋不果。同治五年千八百六十六，土人兵時起。七年千八百六十八有麻惹里那人名色斯比迭士，又火魯困人名阿魯比尼，又阿斯久那司人名格霞，又山地亞戈低古巴人名法郎迭士，蠭起爲亂。時日斯巴尼亞國戍古巴兵二萬，冬間增兵二萬有奇，而色斯比迭士勢張甚，自立爲伯理璽天德，分邦四以爲合衆國。十三年千八百七十四大戰，古巴人不勝，死一萬三千六百，被虜四萬三千五百入獄。是役也，日斯巴尼亞兵增至二十三萬。

光緒十年千八百八十四火藥局、火煤氣繼之，商逸民愒，賊蜂起，黑人晝攫，土人將爲亂，兵殆不支，尋定，然伏亂機。

秘魯沿革

《瀛環志略》載秘魯立國事，大率轉販它書，難可徵信。即如日斯巴尼亞國遣碧沙羅一譯比薩羅等以兵入秘魯土酋之境在明嘉靖十年，時西紀一千五百三十一年，而《瀛環志略》謂嘉靖三年，何也？若此之類，耳治不若目治，臆揣不若文徵，附會之獵奇不若輶問之紀實，獨沿革云爾哉！述沿革。

秘魯沿革初未之詳。宋大觀元年千一百有七，厥地爲土番建國，其著名部落曰音格斯、起基多，訖智利莫利河地，南至打喀滿，東至安地師山。土人族類恒拜太陽，性好戰。計至明嘉靖十二年千五百三十三，土酋歷世十有三，凡四百二十有七年，遂爲日斯巴尼亞所得。

先是明正德七年千五百十二，日斯巴尼亞國有打林地名撫民之吏名洼斯格藍土低八耳勃亞，聞音格斯爲金穴，欲拓之，鋭志遠征，足蹟未逮而旋。嘉靖元年千五百廿二，拔斯哥耳迭安達峨牙又探海岸之近地。三年千五百廿四，繼探者三：一法郎西葛碧沙羅，一哈南士低路基，一地峨低亞路馬峨魯，行達海岸而止，尋繇巴拉馬歸。十年千五百三十一碧沙羅等遂率兵一百七十七懸軍墜巖谷，迷蹊徑者再，闢榛深入。而音格斯土酋不識礮火爲何物，聞聲辟易，困獸莫遑或鬥。碧沙羅乃誘虜土人，與其蓋藏之金寶、未鎔之鑛質，約直銀一千七百五十萬圓，勒贖而歸厥虜。於是土人部落爲日斯巴尼亞所據。越年土酋不支，盡失厥土。十四年千八百三十五日斯巴尼亞以碧沙羅爲其地畺吏，土日以闢，國民亦日以徙，然治民虐。二十年千五百四十一爲其下所殺。繼任四十有四，銀甕四開，享其利者二百八十七年，蓋多於墨西哥云。日斯巴尼亞遭法郎西之變，藩屬輒畔。秘魯欲畔苦兵少，道光元年與智利合兵逐日斯巴尼亞之守吏，自立爲國，名秘魯爲上秘魯，名玻利非亞爲下秘魯。其時有人名杉馬晉，議分二國，或沮之，越二年內亂，又一年千八百廿四遂分下秘魯爲玻利非亞國，而上秘魯則曰秘魯，自爲一國。

光緒五年千八百七十九與智利搆兵，越二年議和，割地答拉八嘎入智利，又益之以達格納，十年爲期，民願屬秘魯，則秘魯給智利銀一千萬圓，如屬智利而秘魯仍給如數，豈公法亦有此例歟！

秘魯兵略

秘魯初屬日斯巴尼亞，道光元年與智利合兵逐守土吏，自立爲國，五年與玻利非亞分。論者謂秘魯爲有利權之國而弱，何也？雲龍游厥國都，首探兵制，次兵事，次礮臺，次兵船，次兵器，而不禁爲之歎惜。其弁以減禄爲干進，而知兵者退，其兵以半餉爲餬口，而老弱者留，其礮臺無固志，其兵船尠鐵甲，其兵器不克自爲，無怪乎智利一戰割地偷安。硝山之最已非其有，而猶曰有兵七千三百七十有一也。噫！述兵略。

兵制弟一

秘魯今無弟一等武官，其次猶之中國副將。以下者無定額，良繇伯理璽天德以弟一等武官自居，四載一更，武弁皆隨之以易。薪水支不逮半，常有自甘減數爲干禄捷徑者，於是薪水亦靡定額，其兵餉月支以銀十七圓爲率，然支及半者寥寥。

其兵數，陸軍步隊六、馬隊二、礮隊一、鎗隊二，凡兵四千，又有巡捕兵三千三百七十七，内有八百十三爲騎巡者也。綜而計之，凡七千三百七十有一，其兵官皆白人也，兵多工人，凡戰，驅土人負帳鍋之屬尾之，非偷安即退縮。

兵事弟二

初，土酋建部落好戰，獷狉甚，然不識火器。明嘉靖十年千五百三十一，日斯巴尼亞以孤軍深入，恃礮制勝，土兵竄伏，罔敢與鬥，遂據厥土。是役，或墜層崖，或桴士腹，已而搗其巢穴曰音格斯。初日斯巴尼亞兵僅百七十七，至是猶不滿百，非碧沙羅身先士卒未易臻此，然性暴難爲其下，尋被殺。

日斯巴尼亞既得秘魯，掠土人地，輒襲抗者。僑黎生聚日以衆，欲畔兵單，道光元年遂與智利合兵逐日斯巴尼亞守土吏，自立爲國詳《沿革》。

秘魯在南阿美利加洲，初亦有利權國也，無戰事而兵事弛。智利圖霸於南玻利非亞，「秘魯」起硝税而智利不允，與玻利非亞交惡而鬥。先是秘魯與玻利非亞有相助約，智利耳之熟矣，兵起，智利執政者詢之駐境秘魯使臣而曰無之，執政者出睬約草，驅之回國，此光緒七年事千八百八十一。交兵而秘魯伯理璽天德納波得遁，有名碧耳羅者自立爲伯理璽天德，與智利抗，屢戰輒北，餉絀兵輪毀，亦遁。智利兵入其都利馬，掠地於嘉里約諸處，戍之一年餘矣。有曾官秘魯陸軍長者，海格羅其名，意格里西亞士其姓氏也，議主和，陰倚智利爲外援，自立爲伯理璽天德，割答拉八嘎入智利，又議質達格納，期以十年。外難少息，而有嘎綏勒士者主戰，民之不服和議者睞之，謂意格里西亞士非出衆舉，於是邉擁入利馬，巷戰輒勝，每勝輒以石砌衖兩端，中留一人出入地，節節皆壁壘也，漸逼伯理璽天德居室，時光緒十一年也千八百八十五年十二月。意格里西亞願與議和，於是中國代辦使事徐壽朋偕別國駐利馬使臣議之而和議決，意格里西亞如議退位，以部臣阿列納權理國事，待公舉也。兵罷。

礮臺弟三

利馬礮臺一，在國都北衫晃山。

嘉里約礮臺一，在其西南。

阿列格礮臺在達格納部落，有礮四，然已暫屬智利。

兵船弟四

今有水師船二，彼人謂之膽司，譯言運兵船也。一名秘魯，一名三多猓沙以女神名其船，合計一千三百頓，而無礮。先是秘魯有鐵甲兵船四，智利一役毁其二艘：一名莫迭冰點，礮一，一名火司喀，有礮三，其巨者用五十磅彈，其餘二艘後不適用。又有一艘名阿司拉魯帕，買自美利加，於同治九年千八百七十，礮凡三，與火司喀同。今無。

兵器弟五

兵器皆非自製而鎗礮皆購新式，尚非陳陳相因。然陸尠巨礮，水無船礮，更無論水雷電引也。

巴西沿革

溯二百九十年以前，葡萄牙人尚未至巴西境也，其拓土歷二百二十有三年而自爲國，時道光二年。又六十七年而其國人逐王歸葡萄牙國，時光緒十五年。此大略也。述沿革。

初屬土酋。明弘治十三年千五百葡萄牙國人伯德禄阿爾瓦利斯始至厥地，徙國人墾之。厥後日斯巴尼亞國兼併葡萄牙國，而巴西人亦入和蘭歷五十年有奇。葡萄牙既復其國，率兵航海逐和蘭人，舊地盡復，且闢且耕，買阿非利加黑奴役之，生聚數百年，雖墾土十不逮三，而已爲南阿美利加洲一大部落。嘉慶年間，葡萄牙王受法郎西逼遁至巴西，法師退乃歸，而其子伯德禄弟二留王巴西，其爲君主之國自道光二年始千八百二十二。詳《國系》。

墨加禱圖法攷

大清一統地輿，胡氏圖開平方矣，而以虛線準經，是用圓錐切線法，論者謂未若通徑法之便。通徑云者，不用圓錐外之切線，而用圓錐内之通徑出入圓面交於中圈，此法百餘年前猶未行也。别有圓柱法，以圓柱剖爲平幅，亦謂之推方格法，創之者明嘉靖四十五年荷蘭人墨加禱也，以其名名之，謂之墨加禱，而法猶疏。闡厥法者謂應用餘緯度折半之正切，自赤道至八十九度止，以距等圈之横線與徑線成直角，是以緯線近極彌疏，以長補狹，即等於球面經線近極益密之率。蓋不於形勢論其面積，惟以算法定其遠近。航海者便之，圖海岸者宜之，然輿地家亦未始不用其法，日本人續《萬國全圖》，其一也。

簣喜廬文二集卷四

日本沿革表

日本，唐前名倭《舊唐書》云：『日本，倭之別種，國在日邊，故名。或曰倭自惡其名不雅，改爲日本。或云日本舊小國，併倭國地。』《唐書》略同，今見日本書籍易倭爲和，音轉也。

封建本非初制，今盡變之，然就政治言，變藩爲府、爲縣、爲廳，而就地理言，仍有不變之道與國與郡在，其道無治，國即《宋史》所載《日本年代紀》之稱州者是。國有藩，即諸侯也，分合互殊，不得以國數當藩數也。郡與中國舊稱亦異。不稽沿革，猶車行之無指南也，條分縷析，請自雲龍始。中國之史雖略，然首甄撘之，次綜其國棄之雅馴者，次道國藩，次府縣廳，而此二十一年中尤變之變者也。述沿革表：

表一

	東京府	京都府	大坂府	神奈川縣	兵庫縣	長崎縣	新潟縣	埼玉縣	群馬縣	千葉縣	茨城縣
同治七（明治元）	江戸府 東京府（改自江戸） 武藏縣	京都府 久美濱縣	大坂府 堺縣	神奈川府 神奈川縣（府改）	兵庫縣 攝津縣	長崎府	越後府 新潟府（改自越後） 柏崎縣 佐渡縣	武藏知縣事（無縣名，下仿此）	岩鼻縣	下總知縣事	常陸知縣事
八（二）	品川縣（改自武藏） 小菅縣		河內縣 狹山藩（二入堺）		豐崎縣（改自攝津） 生野縣	長崎縣（府改）	越後府（復置） 新潟縣（府改，尋廢） 水原縣（改自越後，併新潟） 柏崎縣（廢而復） 佐渡縣（廢而置）	大宮縣 浦和縣（改自大宮）		葛飾縣 宮谷縣	若森縣
九（三）			堺縣（廢）				新潟縣（改自水原）				
十（四）	東京府（併品川小菅）	淀縣（藩改，下八同）	高槻縣（藩改，下五同）	六浦縣（藩改，下二同）	尼崎縣（藩改，下六同）	島原縣（藩改，下五同）	新發田縣（藩改，下九同）	忍縣（藩改，下二同）	前橋縣（藩改，下七同）	佐倉縣（藩改，下三同）	水戶縣（藩改，下十二同）

龜岡縣	綾部縣	山家縣	園部縣
麻田縣	伯太縣	岸和田縣	吉見縣
荻野山中縣	中縣	小田原縣	足柄縣（並荻野山中小田原）
三田縣	笹山縣	柏原縣	出石縣
平户縣	福江縣	大邨縣	嚴原縣
黑川縣	三日市縣	邨松縣	峰岡縣
岩槻縣	川越縣	入間縣（改自川越。六年入熊谷）	埼玉縣（併浦和忍岩槻）
高崎縣	沼田縣	安中縣	伊勢崎縣
關宿縣	曾我野縣	生實縣	印旛縣（併葛飾、佐倉、關宿、曾我野、生實及詳茨城之古河、結城）
宍户縣	笠間縣	下館縣 下妻縣 松岡縣 土浦縣 石岡縣 志筑縣 牛久縣 龍崎縣 麻生縣 松川縣	新治縣（併若森、土浦、石岡、志筑、牛久、龍崎、麻生、松川及詳十葉之多古、高岡、小見川）

		福知山縣	丹南縣	神奈川縣(併六浦)	郁岡縣	鹿島縣(二縣入伊萬里)	郁上縣		小幡縣	鶴舞縣(藩改,下十四同)	結城縣(藩改,下一同)
		宮津縣	堺縣(併伯太、岸和、田吉見、丹南)		豐岡縣(併生野、笹山、柏原、出石、郁岡及詳京都府之福知山、舞鶴、峰山、久美濱)	長崎縣(併島原平户福江大郁)	高田縣		七日市縣	松尾縣	古河縣(二縣入印旛)
		舞鶴縣	大阪府(併高槻、麻田)		姬路縣(藩改。下九同)		清崎縣		館林縣	小久保縣	茨城縣(併水户、宍户、笠下、館下、妻松岡)
		峰山縣 京都府(併淀、龜岡、綾部、山家。餘詳兵庫)			明石縣 龍野縣		與板縣 椎穀縣		群馬縣(併館林前八縣,以館林入橡木)	櫻井縣 菊間縣	

林田縣

赤穗縣

柏崎縣(併高田、消[清]崎與板椎谷)

相川縣(改自佐渡)

鶴牧縣

大多喜縣

					山崎縣 安志縣 三日月縣 三草縣 小野縣（九縣入姬路） 飾摩縣（改自姬路） 兵庫縣（併尼崎、三田）		新潟縣（併新發田、黑川、三日、市郫、松峰、岡郫上）			久留里縣 佐賀縣 飯野縣 一宮縣 長尾縣 花房縣 館山縣 加知山縣 木更津縣（併宮谷及鶴舞等十五縣） 多古縣（藩改。下二同） 小見川縣	
										高岡縣（三縣入新治）	
十二（六）							新潟縣（併柏崎）			千葉縣（併印旛、木更津）	
光緒元（八）							新潟縣（併相川）				

二(九)					神奈川縣(併足柄)	兵庫縣(併豐岡、飾磨)			

表二

	橡木縣	奈良縣	三重縣	愛知縣	福岡縣	山梨縣	滋賀縣	岐阜縣	長野縣	福島縣	宮城縣
同治七、明治元	真岡縣	奈良縣(奈良縣改)	度會縣	參河縣(改自裁判所，後入伊奈)	駿河城 代(無縣代名) 韭山縣(後入足柄)	甲府城 府中縣 市川縣 石和縣 甲斐府(改自三縣)	大津縣(改自裁判所)	笠松縣 飛驒縣 高山縣(改自飛驒，後入筑摩，復入岐阜)	伊奈縣		

八（二）	九（三）	十（四）
日光縣（併真岡） 喜連川藩（後入日光）		壬生縣（藩改。下八同） 吹上縣 佐野縣 足利縣 鳥山縣 黑羽縣
奈良縣（府改）	五條縣	郡山縣（藩改。下七同） 小泉縣 柳生縣 田原本縣 高取縣 柳本縣
度會縣（府改）		津縣（藩改。下七同） 龜山縣 桑名縣 長島縣 神户縣 菰野縣
		名古屋縣（藩改。藩十一同） 犬山縣 岡崎縣 西太平縣 重原縣 刈谷縣
		静岡縣（藩改。下一同） 堀江縣 濱松縣（併堀江）
甲斐縣（府改）		山梨縣（改自甲斐）
大溝藩（後入大津）		膳所縣（藩改。下六同） 水口縣 西大路縣 彦根縣 山上縣 宮川縣
高須藩（後入名古屋）		大垣縣（藩改。下七同） 野邨縣 今尾縣 高富縣 郡上縣 岩邨縣
龍岡藩（後入伊奈中野）	中野縣	松本縣（藩改。下九同） 飯田縣 高遠縣 高島縣 松代縣 須阪縣
福島藩 白河縣 若松縣		二本松縣（藩改。下六同） 磐城平縣 湯長谷縣 泉縣 三春縣 棚倉縣
桃生縣 石巻縣（改自桃生） 登米縣 白石縣 角田縣（改自白石）	登米縣（併石巻）	仙臺縣（藩改。並登米、角田）

太田縣
□□縣
茂木縣
宇都宮縣（併烏山、黑羽、太田原、茂木）
橡木縣（併日光、壬生、吹上、佐野、足利及詳群馬之館森）

芝邨縣
櫛羅縣
奈良縣（併前九縣）

久居縣
鳥羽縣
度會縣（併久居、鳥羽）
安濃津縣（併津、龜山、桑名、長島、神户、菰野）

西端縣
西尾縣
舉母縣
半原縣
豐橋縣
田原縣

朝日山縣
長根縣（併彦根、山上、宮川、朝日山）
大津縣（併膳所、水口、西大路）

苗木縣
加納縣
岐阜縣（併笠松、大垣、野邨、今尾、高富、郡上、岩邨、苗木、加納）

飯山縣
岩邨田縣
小諸縣
上田縣
筑摩縣（併伊奈、松本、飯田、高遠高島、及詳岐阜之高山）
長野縣（改自中野，併松代、須坂、飯山、岩邸田、小諸、上田）

中邨縣
平縣（併前六縣）
磐前縣（改自平）
福島縣（先與白河入二本松，至是改此）

				額田縣（併岡崎、西太平、重原、刈谷、西端、西尾、擧母、半原、豐橋、田原）名古屋縣（併犬山）							
十一（五）			三重縣（改自安濃津）	愛知縣（改自名古屋，併額田）			滋賀縣（改自大津，併犬上）				宮城縣（改自仙臺）
十二（六）	橡木縣（併宇都宮）										
光緒二（九）			三重縣（併度會）		靜岡縣（併濱松）						

表三

	岩手縣	青森縣	秋田縣	山形縣	石川縣	富山縣	福井縣	島根縣	鳥取縣	岡山縣	廣島縣
同治七 明治元	盛岡藩									倉敷縣	
八（二）	膽澤縣	弘前藩		酒田縣				隱岐縣			
	江刺縣							大森縣（改自隱岐）			

	九户縣 八户縣（改自九户） 三户縣（改自八户）										
九（三）	盛岡縣（藩改）			山形縣（改自酒田）			本保縣	濱田縣			
十（四）	一關縣（藩改。併膽澤江刺） 水澤縣（改自一關）	七户縣（藩改。下四同） 八户縣 黑石縣	岩崎縣（藩改。下四同） 本莊縣 矢島縣 龜田縣	天童縣（藩改。下四同） 新莊縣 上山縣 大泉縣	金澤縣（藩改。下一同） 大聖寺縣（入金澤）	富山縣（藩改） 新川縣（改自富山）	福井縣（藩改。下五同） 丸岡縣 大野縣 勝山縣	松江縣（藩改。下二同） 廣瀨縣 母里縣	鳥取縣（藩改，後入島根）	岡山縣（藩改。下十二同） 鴨方縣 岡田縣 足守縣	福山縣（藩改。入深津，詳岡山，復入廣島） 廣島縣（藩改）

館縣　斗南縣　弘前縣（藩改併前五縣）　青森縣（改自弘前）
秋田縣（併岩崎本莊、矢島、龜田）
松嶺縣　米澤縣　置賜縣（改米澤）　山形縣（併新莊、上山）　酒田縣（廢大泉、松嶺復置）
小濱縣　鯖江縣　敦賀縣（併小濱、鯖江，後入石川）　足羽縣（併自福井，先併本保、福井、丸岡、大野、勝山）
生坂縣　津山縣　鶴田縣
庭瀨縣　新見縣　高梁縣　成羽縣　淺尾縣

									真島縣 深津縣（併倉敷、鴨方、岡田、足守、庭瀨、新見、高粱、成羽、淺尾、生坂及詳廣島之福山） 北條縣（併津山、鶴田、真島）	
十一（五）	岩手縣（改自盛岡）				石川縣（改自金澤，併長尾）				小田縣（改自深津）	
十二（八）				鶴岡縣（改自酒田）					岡山縣（併小田）	
光緒二（九）	岩手縣（併磐井）			山形縣（併鶴岡置賜）	石川縣（併新川、敦賀）			島根縣（併濱田、鳥取）		

七（十四）
福井縣（分石川地）
鳥取縣（復）

表四

	同治七（明治元）	八（二）	九（三）	十（四）
山口縣			德山藩（入山口藩）	岩國縣（藩改。下三同）
和歌山縣				甲邊縣（藩改。下二同）
德島縣				德島縣（藩改）
高知縣				高知縣（藩改）
愛媛縣				松山縣（藩改。下十一同）
福岡縣				秋月縣（藩改。下五同）
大分縣	日田縣			杵築縣（藩改。下七同）
佐賀縣				佐賀縣（藩改。下五同）
熊本縣	富岡縣			熊本縣（藩改。下一同）
宮崎縣	富高縣			高鍋縣（藩改。下二同）
鹿兒島縣				鹿兒島縣（藩改）
北海道廳	箱館府（改自裁判所）	開拓使（改自府）	樺太開拓使（改廢）	

豐浦縣　清木縣　山口縣（併岩國、豐浦、清木）

新宫縣　和歌山縣（併田邊、新宫）

名東縣（改自德島，後併香川）

今治縣　小松縣　西條縣　石鐵縣　宇和島縣　吉田縣

豐津縣（豐津藩，初爲香春藩）　千東縣　柳川縣　三池縣　久留米縣　小倉縣（併豐津、千東、中津）

日出縣　府内縣　岡縣　森縣　臼杵縣　佐伯縣

嚴原縣　唐津縣　小城縣　蓮池縣　鹿島縣　伊萬里縣（改自佐賀，併嚴原、唐津、小城、蓮池、鹿島）

人吉縣　八代縣（改自人吉縣）

延岡縣　佐土原縣　美美津縣（併高鍋、延岡、佐土原）　飫肥縣（藩改）　都城縣（改自飫肥）

					大洲縣 新谷縣 神山縣 高松縣 九龜縣 香川縣（併松山、九龜及入倉敷之多度，併地後入名東）	三瀦縣（併柳川、三池、久留米） 秋月縣（藩併，改秋月）	中津縣（入小倉） 大分縣（併日田、杵築、日出、府内、岡森、臼杵、佐伯）					
十一（五）									白川縣（改自熊本）			
十二（六）					愛媛縣（併石鐵神山）			佐賀縣（改自伊萬里）		宮崎縣（併美美都城，九年入鹿兒島）		

光緒元(八)					香川縣(復置)							
二(九)					愛媛縣(併香川)	福岡縣(併小倉、三潴)			熊本縣(改自白川，併入代)		鹿兒島縣(併宮崎)	
六(十三)			德島縣									札幌縣
八(十五)												函館縣 根室縣(廢開拓使，置三縣)

日本沿革漢前史筋無稽，漢樂浪海中有倭人，分百餘國《漢書》，在韓東南，依島居。自武帝滅韓，譯通於漢者三十許國，國皆稱王。其大倭王居邪馬臺國，樂浪郡徼去其國萬二千里，去其西北界拘邪韓國七千餘里，其地大較在會稽、東冶之東，與朱崖、儋耳近。桓靈間，倭大亂，更相攻代，歷年無主，有一女子名卑彌呼，年長不嫁，鬼神惑衆，共立爲主。自女王國東渡海千里餘至拘奴國，倭種而不屬女王。南四千餘里至朱儒國，人長三四尺。東南行船一年至裸國、黑齒國。會稽海外有東鯷人分爲二十餘國，又有夷洲、澶洲《後漢書》。帶方郡至倭，循海岸水

行，歷韓國乍南乍東，到其北岸狗邪韓國七千餘里，渡一海，千餘里至對馬國，居島方四百餘里，南渡一海千餘里至一大國，方三百里，又渡一海千餘里至末廬國，東南陸行五百里到伊都國，屬女王國，東南至奴國百里，東行至不彌國百里，南至投馬國，水行二十日，南至邪馬壹國『壹』，《漢書》作『臺』，女王所都，水行十日，陸行一月，次有斯馬國、已百支國、伊邪國、郡支國、彌奴國、好吉都國、不呼國、姐奴國、對蘇國、蘇奴國、呼邑國、華奴蘇奴國、鬼國、爲吾國、鬼奴國、邪馬國、躬臣國、巴利國、支惟國、烏奴國、奴國，此女王境界所盡。其南有狗奴國，男子爲王，不屬女王。自郡至女王國萬二千餘里有抵閣國，有市，使大倭監之。自女王國以北特置一大率檢察諸國，諸國憚之，常治伊都國於國中有如刺史。遣使詣京都帶方郡諸韓國及郡使倭國，皆臨津搜露傳送文書，賜遺之物詣女王不得差錯《魏志》，後立男王，並受中國爵命《梁書》。

倭人自謂大伯之後《晉書》。文身國在倭東北七千餘里，大漢國在文身東五千餘里《南史》，左右小島五十餘，皆自名國而臣坿之《唐書》。東接海島，夷人所居，身面皆有毛《宋史》，即毛人云《唐書》。倭國至六十四世，畿内有山城、大和、河内、和泉、攝津五州，統五十三郡，東海道有伊賀、伊勢、志摩、尾張、參河、遠江、駿河、伊豆、甲斐、相模、武藏、安房、上總、常陸十四州，統一百十六郡，東山道有近江、美濃、飛驒、信濃、上野、下野、陸奥、出羽八州，統百二十二郡，北陸道有若狹、越前、加賀、能登、越中、越後、佐渡七州，統三十郡，山陰道有丹波、丹後、但馬、因幡、波耆、出雲、石見、隱伎[岐]八州，統五十二郡，山陽道有播磨、美作、備前、備中、備後、安藝、周防、長門八州，統六十九郡，南海道有紀伊、淡路、阿波、讚岐、伊豫、土佐六州，統四十八郡，西海道有筑前、筑後、豐前、豐後、肥前、肥後、日向、大隅、薩摩九州，統九十三郡。又有壹伎［岐］、對馬、多褹、三島，各統二郡，是謂五畿七道三島，統五百八十七郡。國小者百里，大不過五百里《明史》。此見正史，然日本所謂國者，一國或置數藩，藩有侯，古無王稱，《北史》謂皆稱子，亦未碻也。

神武始都橿原，就其八大洲定國造，蓋在周惠王十七年也。初稱豐葦原千五百秋瑞穗國，亦曰八大洲國：一淡路洲，二伊與二名之洲，三筑紫洲，四壹岐洲，五對馬洲，六隱岐洲，七佐渡洲，八大日本豐秋津洲。又分八島，曰愛止比賣，是伊豫也，曰飯依比賣，是讚岐也，曰大宜都比賣，是阿波也，曰速依別，是土佐也，曰自比別，是筑紫也，曰豐日別，是豐國也，曰晝日別，是肥國也，曰豐久土比泥別，是日向也。當漢永建六年，成務分國造爲百四十四，交置國司。

孝德時始設各洲國司、郡司諸吏，以國造任之，後漸省國改郡。大寶中定畿内七道名，國司限年遷任，治所曰國府。嵯峨時大國十三，上國三十五，中國十一，下國九，[計]四等六十八國，實則倣唐郡縣治置守介，無所謂封建也。平、源二氏執國柄，守介令阻，宋淳熙十二年爲文治元年，源賴朝自請爲天下總追捕使，國衙置守護，莊園置地頭，而國司世襲，浸成封建。北條氏陪臣弄權，足利氏兵起，分南北朝，以國郡封家臣。正平四年置關東管領於鎌倉，統八州、奥羽而封建成。應仁後諸道割據，織田氏略定東海、東山、畿內、山陰，豐臣氏繼之二世，德川氏子弟功臣封藩數十，慶應中凡二百七十二藩據《日本史》、《神皇正統記》諸書。

東海道十五國：

曰武藏，初國府置多摩郡，又管豐島、葛飾、足立、埼玉、新座、荏原、入間、高麗、此企、横見、大里、男衾、幡羅、榛澤、兒玉、賀美、那珂、秩父、橘樹、都筑、久良岐，凡廿二郡，源平、足利、澀川，北條諸氏開府，德川氏城稱江户。同治十年間，明治以江户爲東京，都之，改忍川、越岩、槻、岡部、金澤五藩爲縣，尋改東京府。曰安房，初國府置平群郡，又管安房、長狹、朝夷凡四郡，後封知加山勝山改、館山、長尾、花房四藩。曰上總，初國府置市原郡，又管天羽、周准、望陀、夷隅、埴生、長柄、山邊、武射，凡九郡，後封久留里、大多喜、佐貫、飯野、一宫、鶴牧、小久保、菊間、櫻井、鶴舞、松尾、大網收請西藩十二藩。曰下總，初國府置葛飾郡，又管千葉、猿島、結城、豐田、岡田、相馬、印旛、埴生、香取、匝瑳、海上，凡十二郡，後封古河、關宿、佐倉、生實、高岡、小見川、結城、多古八藩。曰常陸，初置國府茨城郡，又管筑波、河内、信太、新治、行方、鹿島、真壁、那珂、久慈、多賀，凡十一郡，後封水户、石岡府中改、宍户、土浦、笠間、牛久、下館、谷、田部、下妻、麻生、志筑、守山松十三藩。曰相模，初國府置大住郡，又管足柄下、足柄上、陶綾、愛甲、津久井、高座、鎌倉、三浦九郡。封藩曰伊豆，初國府置田方郡，又管君澤、那賀，凡四郡。封藩曰甲斐，初國府置八代郡，又管都留、山梨、巨摩，凡四郡。封藩曰駿河，初國府置安倍郡，又管志太、益津、有渡、庵原、富士、駿東，凡七郡，後封田中、小島、沼津三藩。曰遠江，初國府置豐田郡，又管濱名、敷智、引佐、麤玉、長上、磐田、山名、周智、佐野、城東、榛原，凡十二郡，後徙濱松、掛川、橫須賀四藩地，屬靜岡藩。曰三河，初國府置寶飯郡，又管碧海、額田、賀茂、幡豆、設樂、八名、渥美，凡八郡，後封豐橋吉田改名、岡崎、西尾、田原、刈谷、舉母、奥殿、西大平、西端、重原、半原奥殿藩徙十藩。曰尾張，初國府置中島郡，又管愛智、知多、春日、井丹、羽葉、栗、海東、海西，凡八郡，封藩。曰志摩，初國府置英虞郡，又管答志郡，襲藩。曰伊勢，初國府置鈴鹿郡，又管桑名、員辨、朝明、三重、河曲、奄藝、安濃、一志、飯高、飯野、多氣、度會，凡十三郡，後封長島、神户、龜山、薦野、久居、桑名、忠雅七藩。曰伊賀，初國府置阿拜郡，又管山田、伊賀、名張，凡四郡，襲藩。畿内五國曰山城，桓武、定都、葛野、愛宕，二郡國司府，置乙訓郡，建京都守護，又管紀伊、宇治、久世、綴喜、相樂，凡八郡，封徙藩。明治二年，東遷置留守宫府。曰大和，神武初都橿原，爲葛上郡之柏原邨，和銅中遷平城，爲今奈良縣地，後封郡山、高取、小泉、櫛羅、芝邨、柳本、柳生七藩。曰河内，反正都丹比即丹北郡之松原莊植田邨，以丹比分南北二郡故名，其後國府置大縣郡，又管交野、讚良、茨田、若江、河内、高安、安宿、志紀、澁川、丹南、八上、古市、石川、錦部，凡十六郡，後封丹南、狹山二藩。曰和泉，靈龜中割河内置和泉，後改國府置和泉郡，又管大鳥、泉南、日根，凡四郡，封岸和田、伯太、吉見三藩。曰攝津，古浪速國，仁德都高津宫，即東成郡高津小橋，天武六年設攝津職，延曆中改國司府，置西生郡，『生』一作『成』，東成西成而外，又管住吉、島下、島上、豐島、能勢、河邊、武庫、菟原八部。有馬凡十二郡，封尼崎、高槻、三田、麻田四藩。

東山道十三國：

曰近江，古淡海國，成務都滋賀郡高穗穴太郵，天智都大津，後國府置粟太郡，封藩。曰美濃，初國府置不破郡，又管石津、多藝、池田、大野、安入、海西、中島、羽栗、厚見、本巢、席田、方縣、山縣、各務、武儀、郡上、加茂、可兒、土岐、惠那，凡廿一郡，封新田、今尾、加納、高須、郡上、岩邨、苗木七藩，有增。曰飛驒，初國府置大野郡，又管益田、吉城，凡三郡，封藩。曰信濃，初國府置筑摩郡，又管伊那、安曇、諏訪、更級、木内、高井、埴科、小縣、佐久，凡十郡，封松本、松代、上田、高島、高遠、飯田、須坂、飯山、小諸岩、封田、田野口十一藩。曰上野，初國府置群馬郡，又管吾妻、碓冰、甘樂、片岡、多胡、緑野、利根、勢多、山田、那波、佐位、新田、邑樂，凡十四郡，封川越、館林、白河、高崎、沼田、吉井、安中、伊勢崎、七日市九藩。曰下野，初國府置都賀郡，又管安蘇、足利、梁田、寒川、河内、芳賀、鹽谷、那須，凡九郡，封會津、户田、忠真、烏山、壬生、足利、佐野、吹上、高德九藩。曰盤城，先是盤城、岩代、陸前、陸中、陸奥五州本陸奥一州，養老中置盤城、盤背二州，後併入陸奥國府，置宫城郡，又管白河、白川、石川、菊多、盤前、盤城、田邨、楢葉、標葉、行方、宇多、伊具、刈田，凡十四郡，若松、磐城、平福島、三春、中邨、棚倉、泉湯、長谷。曰岩代國府詳盤城，下三國同管會津、大沼、河沼、耶麻、岩瀬、安積、安達、信夫、伊達九郡，二本松、福島二藩。曰陸前，管柴田、名取、宫城、黑川、加美、玉造、栗原、志田、遠田、桃生、牡鹿、登米、本吉、氣仙十四郡，仙臺一藩。曰陸中，管磐井、膽澤初置鎮守府、江刺、和賀、稗貫、紫波、閉伊、岩手、九户、鹿角十郡，盛岡、一關二藩。曰陸奥，管津輕、北三户、二户、四郡，弘前、八户、黑石、七户四藩。曰羽前，先是羽前、羽後爲出羽州，國府置出羽郡井口，羽前管置賜、邨山、最上、田川四郡，封米澤、鶴岡、山形、新莊、上山、天童、長瀞、米澤、新田八藩。曰羽後，管飽海、由利、雄勝、平鹿、仙北、河邊、秋田、山本八郡，後封秋田、松山、本莊、岩崎、龜田八藩。

北陸道七國：

曰若狹，初國府置遠敷郡，又管三方、大飯，凡三郡，封藩。曰越前，初國府置丹生郡，又管敦賀、南條、今立、足羽、吉田、坂井、大野，凡八郡，改封丸岡、福井北莊改封、大野、勝山、木本、鯖江六藩。曰加賀，初國府置能美郡，又管江沼、石川、河北，凡四郡藩，支封一。曰能登，初割越前四郡置本州國府，置能登郡，即所管鹿島郡府中邨，又管羽咋、鳳至、珠洲，凡四郡，封藩。曰越中，初國府置射水郡，又管新川、婦負、礪波，凡四郡，封藩。曰越後，初國府置頸城郡，又管岩船、蒲原、三島、古志、刈羽、魚沼，凡七郡，後封高田、户田、白河、長岡，與板邨、松椎谷、清崎、黑川、三日市、後峰岡十一藩。曰佐渡，初國府置雜太郡，又管羽茂、加茂二郡，封藩。

山陰道八國：

曰丹波，初國府置桑田郡，又管船井、何鹿、多紀、冰上、天田，凡六郡，越後、福知山、篠山、龜山、園部、柏原、綾部、山家七藩。曰丹後，管加佐與板中、竹野、熊野五郡，皆割自丹波，封宮津、田邊、峰山三藩。曰但馬，初國府置氣多郡，又管城崎、出石、美含、二方、七味、養父、朝來，凡八郡，封出石、豐岡、邨岡三藩。曰因幡，初國府置法美郡，又管岩井、邑美、八東、高草、氣多、八上、智頭，凡八郡，封鳥取、若櫻、鹿野三藩，支封二。曰伯耆，初國府置久米郡，又管會見、日野、汗入、八橋、河邨，凡六郡，封藩。曰出雲，初國府置意宇郡，又管鳥根、能義、秋鹿、楯縫、出雲、大原、仁多、神多、飯石，凡十郡，封松江、廣瀨、母里三藩。曰石見，初國府置那賀郡，又管安濃、邇摩、邑智、美濃、鹿足，凡六郡，封大森等藩。曰隱岐，初國府置周吉郡，又管知夫、海士、穩地，凡四郡，封藩。

山陽道八國：

曰播磨，初國府置飾磨郡，即飾東郡東國府寺邨，又管明石、加古、印南、飾西、美囊、加東、加西、多可、神東、神西、宍粟、揖東、揖西、赤穗、佐用，凡十六郡，姬路、明石、爾後、龍野、赤穗、林田、小野、山崎、三日月、安志、三草十藩。曰美作，初割備前六郡，國府置苫田郡，即西北條郡小原邨，又管吉野、英田、勝南、勝北、東北條、東南條、西西條、久米南條、久米北條、大庭真島，凡十二郡，津山、勝山等藩。曰備前，初稱吉備，後分三備，國府置上道郡，又管和氣、邑久、御野、磐梨、赤坂、津高、兒島，凡八郡，岡山藩。曰備中，初國府置賀陽郡，又管小田、淺口、下道、窪屋、都宇、上房、阿賀、哲多、川上、後月，凡十一郡，庭瀨、足守、淺尾、松山、岡田、政吉、輝禄、新見八藩。曰備後，初國府置葦田郡，今爲府川邨，凡管深津、安那、神石、沼隈、品治、蘆田、御調、世羅、甲奴、三谿、三上、奴可、惠蘇、三次十四郡，藩徙桑名。曰安藝，初國府置安藝郡，又管豐田、賀茂、高宮、高田、山縣、沼田、佐伯，凡八郡，藩治廣島。曰周防，初國府置佐渡郡，又管吉敷、都濃、熊毛、玖珂、大島，凡六郡，藩徙山口附庸岩。曰長門，初國府置豐浦郡，又管阿武、大津、美禰、厚狹、見島，凡六郡，分封南海道六國。曰紀伊，初國府置名草郡，又管海部、那賀、伊都、在田、日高、牟婁，凡七部，改藩田邊新宮。曰淡路，初國府置三原郡，又管津名郡藩增城代。曰阿波，初國府置名方郡，今名東郡府中邨也，凡管板野、名東、名西、阿波、麻殖、美馬、三好、勝浦、那賀、海部十郡。曰讚岐，初國府置阿野郡，又管大内、寒川、三木、山田、香川、鵜足、那珂、多度、三野、豐田，凡十一郡，附小豆島、直島、鹽飽島，封高松、丸龜、多度津三藩。曰伊豫，初國府置越智郡，又管宇摩、新居、周敷、桑邨、野間、風早、和氣、温泉、久米、伊豫、浮穴、喜多、宇和，凡十四郡，松山、板島、大洲、西條、川江、小松、新谷、吉田八藩。曰土佐，初國府置長岡郡，又管安藝、香美、土佐、吾川、高岡、幡多，凡七郡，藩徙高知，分封中邨。

西海道九國：

曰筑前，古筑紫國，分前後二州，齊明西巡朝倉，今上座郡須川邨也，犯唐師，尋死，太宰府置御笠郡，又管志摩、怡土、早良、那珂、席田、糟屋、穗波、夜須、下座、上座、嘉麻、宗像、鞍手、遠賀，凡十五郡，藩治名島，徙備前，支封秋月、直方。曰筑後，國府置御井郡，又管三瀦、御原、山本、竹野、生葉、上妻、下妻、山門、三池，凡十郡，久留米、柳河、三池三藩。曰豐前，初國府置仲津郡，又管企救、田川、京都、築城、上毛、下毛、宇佐，凡八郡，小倉、中津、播磨三藩。曰豐後，初國府置大分郡，又管國東、速見、玖珠、日田、直入、大野、海部，凡八郡，岡、城佐、伯城、臼杵、杵築、日出、府内、森日田八藩。曰肥前，初國府置佐賀郡，又管基肄、養父、三根、神崎、小城、杵島、藤津、高來、被杵、松浦，凡十一郡，唐津、小城、蓮池、鹿島、日向、島原、新田等藩。曰肥後，初國府置飽田郡，又管玉名、山鹿、菊池、阿蘇、合志、山本、託麻、上益城、下益城、宇土、八代、葦北、球摩、天草，凡十五郡，熊本、宇土、珠摩、八代、高瀨五藩。曰日向，初鴻荒世瓊瓊杵尊居高千穗，遺址在今諸縣都城宫凡邨，後國府置兒湯郡，又管臼杵、諸縣、宮崎、那珂，凡五郡，飫肥、諸縣、高鍋、佐土原四藩。曰大隅，初管四郡，割自日向，後國府置噌唹郡，又管菱刈、桑原、始羅、肝付、大隅、熊毛、馭謨、大島，凡九郡，屬島津氏。曰薩摩，初國府置高城郡，又管鹿兒島、谷山、給黎、揖宿、頴娃、川邊、阿多、日置、薩摩、伊佐、出水、甑島，凡十三郡，藩徙鹿兒島。曰壹岐，初國府置石田郡，又管壹岐郡，封松浦氏。曰對馬，初國府置下縣郡，藩治府中。

北海道十一國：

曰渡島，管茅部、龜田、上磯、福島、津輕、檜山、爾志七郡，箱館在龜田郡中。曰後志，管久遠、太櫓、瀬棚、島收、壽都、歌棄、磯谷、岩内、古宇、積丹、美國、古平、余市、忍路、高島、小樽、奥尻十七郡。曰石狩，管札幌、石狩、厚田、濱益、樺户、夕張、空知、上川、雨龍九郡。曰天鹽，管增毛、留萌、苫前、天鹽、中川、上川六郡。曰北見，管宗谷、枝幸、紋别、常吕、網走、斜里、利尻、禮文八郡。曰膽振，管山越、虻田、有珠、室蘭、幌别、白老、更拂、千歳八郡。曰日高，管沙流、新冠、静内、三石、浦河、様似、幌泉七郡。曰十勝，管廣尾、當緣、十勝、中川、河西、河東、上川七郡。曰釧路，管白糠、釧路、厚岸、阿寒、上川、網尻、足寄七郡。曰根室，管花管、根室、野付、標津、目梨五郡。曰千島，管國後、擇捉、振别、紗那、蕋取五郡。

其改府縣大氐在同治十年，時明治四年也。

曰**東京府**，先於明治元年五月十一日置江户府，七月十七日改東京府，又改松邨爲武藏縣，二年二月九日改品川縣，治武藏國豐島郡品川。又有小管縣，二年二月十三日置，治武藏國高飾郡小管，四年十一月三日，二縣並入東京府，治武藏國南豐島東京幸町。

曰**京都府**，先於元年閏四月廿四日改自京都裁判所，二年徙治軍務官廳。又有淀縣治山城國紀伊郡淀，龜岡縣治丹波國桑田郡龜山，綾部縣治丹波國何鹿郡綾部，山家縣治何鹿郡綾部山家園，部縣治丹波國船井郡園部，福知山縣治丹波國天田郡福知山，宫津縣治丹後國與佐郡宫津，舞鶴縣治丹後國加佐郡田邊，峰山縣均於四年七月十四日改自藩，即以藩名名縣。又有久美濱縣，元年閏四月廿八日置，二年八月十日屬轄地於生野縣，四年十一月二日廢福知山、宫津、舞鶴、峰山、久美濱五縣置豐岡縣 廿二日淀龜、岡、園部、綾部、山家五縣併入京都府，管山城國及丹後國之船井、何鹿、桑田三郡，九年八月廿一日兼管豐岡縣之丹後國及丹波國之天田郡。

曰**大坂府**，先于明治元年正月廿二日置鎮臺，廿七日改裁判所，五月二日改大坂府，二年正月二十日割河内、攝津二國隸河内、攝津二縣。又有高槻縣麻田縣並四年七月十四日改自藩。又有境縣元年六月廿二日置於和泉。又有河内縣二年正月廿日置管河内國，八月二日併入境縣。又有狹山藩，其藩知事治河内丹南郡狹山。又有伯太縣，治和泉國泉郡伯太岸、和田縣治和泉國泉南郡岸和田、吉見縣治近江國野州三上、丹南縣治河内國丹南郡丹直，均於四年七月十四日改自藩。又有堺縣，四年十一月廿二日廢伯太岸、和田、吉見、丹南等縣置此，九年併奈良縣，後廢，而廢高槻、麻田二縣入大坂府則在四年十一月二十日，治攝津國西成郡大坂江子島町，管攝津國島上、島下、豐島、能勢、西成、東成、住吉七郡，十四年二月七日併堺縣，添管大和、河内、和泉三國。

曰**神奈川縣**，先於元年六月十七日改横濱裁判所爲神奈川府，八月三十日管方十里地，九月廿一日改縣，三年三月十日管小田原藩之相模國津久井外二郡及大住郡免地。又有六浦縣治武藏國久良岐金澤，荻野山中縣治相模國愛甲郡荻野山中，小田原縣治相模國足柄下郡小田原，均於四年七月十四日改自藩。又有足柄縣，四年十一月十四日廢韮山詳静岡小田原、荻野、山中三縣置之，治相模國足柄下郡小田原，四年十一月十四日廢六浦縣入神奈川縣，治武藏國久良岐橫濱本町，通管相模國三浦鎌倉二郡，及武藏、橘樹、久良岐、都筑三郡，及多摩郡中，五年八月十九日屬武藏國多摩郡外三十一邨於東京府，九年四月十八日併足柄縣，管相模國。

曰**兵庫縣**，先於元年正月廿二日置兵庫鎮臺於攝津國，二月二日改裁判所，五月廿三日改兵庫縣，二年八月二日併豐前縣，三年九月廿五日管名古屋藩附屬在攝津國者，十月四日管飯野藩地，十五日管稻田郡植之地在淡路國者。又有攝津縣，元年正月廿日置，管攝津國，二年五月十日改豐崎縣，八月二日廢。又有尼崎縣，治攝津國河邊郡尼崎、三田縣治攝津國有馬郡三田，均於四年七月十四日改自藩。又有生野縣，二年八月十日置於但馬，管久美濱縣地，十九日管生野鐵山，三年十月四日管土浦藩地在美作國者。又有笹山縣，治丹波國多紀郡笹山、柏原縣治丹波國水上郡柏原、出石縣治但馬國出石郡出石、邨岡縣治但馬國七味郡邨岡、豐岡縣治但馬國城埼郡豐岡，亦於四年七月十四日改自藩，十一月二日廢福知山、舞鶴、宮津、峰山、久美濱五縣詳京都府、笹山、柏原、出石、邨岡、生野十縣入豐岡縣，管丹後、但馬二國及丹波國多紀、冰上、天田三郡，九年八月廢縣地但馬及丹波多紀、冰上二郡於兵庫縣，丹後及丹波國天田郡於京都府。又有姬路縣治播摩國飾東郡姬路後九縣二藩治所皆屬播摩、明石縣治明石郡明石、龍野縣治揖東郡龍野、林田縣治揖東郡林田、赤穗縣治赤穗郡赤穗、山崎縣治宍栗郡山崎、安志縣治宍栗郡安志、三日月縣治佐用郡三日月、三草縣治加東郡三草、小野縣治加東郡小野，亦均於四年七月十四日改自藩。又有福木藩治神東郡福木，三年十一月廿三日併于鳥取藩。又有姬路縣四年十一月二日廢明石、龍野、赤穗、三日月、三草、山崎、安志、林田、小野九縣入姬路縣，四年十一月二日管播磨全國，四年十一月廿日廢尼崎三田入兵庫縣，治攝津八部郡神户松屋町，管攝津國八部、兔原、武庫、川邊、有馬五郡，九年八月廿一日併豐岡兔間二縣，管但馬播磨二國、丹後國多紀冰上二郡，及舊名東縣之淡路國。

曰**長崎縣**，先於元年五月四日改裁判所爲長崎府，八月廿九日併富岡縣詳熊本縣，二年六月廿日改縣，三年十二月廿五日屬肥後國八代郡於熊本藩。又有島原縣治肥前國南高來郡島原，平户縣治肥前國北松浦郡平户，福江縣治肥前國南松浦郡五島，大邨縣治肥前國彼杵郡大邨，嚴原縣治對馬國下縣郡府中，鹿島縣治肥前國藤津郡鹿島，六縣改自藩，四年九月四日併嚴原於伊萬里縣，十一月十四日廢唐津、小城、蓮池、鹿島四縣入伊萬里縣，五年屬對馬國於長崎縣，六年五月廿九日伊萬里縣改稱佐賀縣，九年四月十八日併於長崎縣，八月廿一日長崎管肥前國，而廢島原、平户、福江、大邨四縣，入長崎則在四年十一月十四日，治肥前國西彼杵郡長崎外浦町，管肥前國彼杵、高來二郡、松浦郡及壹岐國，長崎縣管肥前國長崎區及西彼杵、東彼杵、北高來、南高來、南松浦、北松浦，壹岐、對馬二國，十四年屬肥前國基肆十郡於佐賀縣。

曰**新潟縣**，先於元年六月三日改裁判所爲越後府，管越後國三島、古志、蒲原、沼垂、岩船五郡，九月廿二日改新潟府，管柏崎、佐渡二縣，二年二月八日分置越後府，二月廿二日改新潟府爲縣，置越後按察使府，七月廿七日改越後府爲水原縣，而併新瀉縣割地屬佐渡縣，八月廿五日又割地屬柏崎縣，十月廿四日管三根山藩地之在越後國者，十二月三日管平野井下山邨，三年三月七日改水原縣爲新瀉縣而置分局於水原。又有新發田縣，治越後國北蒲原郡新發田、黑川縣治越後國北蒲原郡黑川、三日市縣治北蒲原郡三日市、邨松縣治越後國中蒲原郡邨松。峰岡縣初爲三根山藩，治越後國西蒲原郡三根山，三年十月改峰岡藩，尋爲縣。邨上縣治越後國岩船郡，邨上六縣改自藩。又有柏崎縣，元年七月廿七日置於越後，十一月五日併於新瀉縣，二年二月廿日越後國管之，八月廿五日再置柏崎縣分管水原縣地。又有長岡藩治越後國古郡長岡，三年十月廿日併於柏崎縣。又有高田縣治越後國中頸城郡高田、清崎縣西頸城郡系魚川、與板縣治越後國三島郡與板、椎谷縣治越後國刈田郡椎谷，四縣亦改自藩，年月日同，四年十一月廿日廢四縣置柏崎縣，治越後國刈羽郡柏崎，管越後國頸城古志、魚沼、刈羽、三島五郡。又有佐渡縣，元年九月二日改自裁判所，十一月五日併於新瀉府而管於越後府。二年七月廿日復佐渡縣，四年十一月廿日廢之置相川縣，治佐渡國加茂郡相川，廣間町管佐渡國，同日廢新發田、黑川、三日市、邨松、峰岡、邨上六縣入新瀉縣，治越後國西蒲原郡新瀉西堀通，管越後國蒲原、岩船二郡，八年四月十八日併相川縣管佐渡國。

曰**埼玉縣**，先於二年正月廿八日置大宮縣，四月十日屬武藏國比企郡於韮山縣，九月廿九日大宮縣改浦和縣。又有忍縣，治武藏國北埼玉郡忍岩、槻縣治武藏國南埼玉郡岩地、川越縣治武藏國入間郡川越三縣，四年七月十四日改自藩，十一月十三日改川越縣爲入間縣，管武藏國橫見、入間、秩父、男衾、大里、榛澤、加美、幡羅、比企、新座、那賀、兒玉、高麗十三郡及多摩郡地，十四日廢浦和、忍岩、槻三縣置埼玉縣，治武藏國北足立郡和鹿島臺，管埼玉郡及葛飾、足立二郡地，六年六月十五日廢入間入熊谷縣群馬同入，詳群馬縣，九年八月廿一日管入熊谷縣之入間縣地、武藏國十三郡及多摩郡地。

曰**群馬縣**，先是元年六月十七日置岩鼻縣，治上野國群馬郡岩鼻，二年十二月併吉井藩初治多胡郡矢田。又有前橋縣治上野國那波郡前橋、高崎縣治上野國群馬郡高崎、沼田縣治上野國利根郡沼田、安中縣治上野國碓冰郡安中、伊勢崎縣治上野國佐位郡伊勢崎、小幡縣治上野國北甘樂郡小幡、七日市縣治北甘樂郡七日市、館林縣治上野國邑樂郡館林，八縣改自藩，館林縣尋併於橡木縣。四年十月廿八日廢岩鼻、前橋、高崎、沼田、安中、伊勢崎、小幡、七日市八縣，置群馬縣，治群馬郡高崎，旋徙前橋城，六年六月十五日廢群馬縣爲熊谷縣地入間同入，詳埼玉縣，九年八月廿一日復群馬縣，治群馬郡高崎，十四年二月廿六日徙前橋，移舊管武藏國之十三郡於埼玉而管上野國橡木縣所管上野國之山田、邑樂、新田三郡皆屬之。

曰**千葉縣**，先於元年設下總知縣事，時無縣名，二年正月十三日置葛飾縣，治下總國葛飾郡加坂臺。又有佐倉縣治下總國印旛郡佐倉、關宿縣治下總國葛飾郡關宿、曾我野縣治下總國千葉郡曾我野、生實縣治下總國千葉郡生實，四縣改自藩，四年十一月廢五縣及古河、結城二縣二縣詳茨城縣置印旛縣，治下總國印旛郡佐倉，其設上總安房知縣事在元年七月二日，明年二月九日置宮谷縣於上總。又有鶴舞縣治上總國市原郡鶴舞、松尾縣治上總國夷隅郡松尾、小久保縣治上總國天羽郡小久保、櫻井縣治上總國望陀郡櫻井，菊間縣治上總國市原郡菊間、鶴牧縣治上總國市原郡鶴牧、大多喜縣治上總國夷隅郡大多喜、久留里縣治上總國望陀郡久留里、佐貫縣治上總國大羽郡佐貫、飯野縣治上總國周准郡飯野、一宮縣治上總國長柄郡一宮、長尾縣治安房國安房郡長尾、花房縣治安房國朝夷郡花房、館山縣治安房國安房郡館山、加知山縣治安房國平群郡加知山，十五縣改自藩，惟松尾藩初名芝山藩，由芝山移治松尾更名，四年十一月十四日廢此十五縣及宮谷縣，置木更津縣治上總國望陀郡木更津。又有多古縣治下總郡[國]香取郡多古、小見川縣治香取郡小見川、高岡縣治香取郡高岡，三縣改自藩，四年十一月十四日廢三縣置新治縣詳茨城，六年六月十五日廢印旛縣木更津縣置千葉縣，治下總國千葉郡千葉町，管下總國結城、猿島、葛飾、相馬、岡田、豐田、千葉、埴生、印旛九郡，及上總、安房二國，八年五月七日改管下總國香取、市瑳、海上三郡，而屬下總國猿島、結城、岡田、豐田四郡及葛飾相馬郡中之驛邨於茨城縣。

曰**茨城縣**，地舊有水户縣，治常陸國茨城郡水户、宍户縣治茨城郡宍户、笠間縣治茨城郡笠間、下館縣治常陸國真壁郡下館、下妻縣治真壁郡下妻、松岡縣治常陸國多賀郡下手繩，六縣改自藩。又有若森縣未定縣名時於元年設常陸知縣事，二年二月九日置若森縣常陸國新治郡若森。又有土浦縣治新治郡土浦、石岡縣治新治郡石岡，原稱府中、志筑縣治新治郡志筑、牛久縣治常陸國河内郡牛久、龍崎縣治河内郡龍崎、麻生縣治常陸國行方郡麻生、松川縣治常陸國松川，七縣改自藩，四年十一月廢七縣若森及多古、高岡、小見川三縣詳千葉縣十一縣，置新治縣治新治郡土浦。又有結城縣治結城郡結城、古河縣治西葛飾郡古河，四年十一月十四日廢結城古河等縣入卯幡縣詳千葉縣，而廢水户、宍户、笠間、下館、下妻、松岡六縣置茨城縣，治常陸國東茨城郡水户郭内三丸，管常陸國多賀、久慈、那珂、茨城、真壁五郡，六年六月十五日廢印旛縣，八年五月七日廢新治縣，而常陸國新治、筑波、河内、行方、信太、鹿島六郡，及下總國猿島、結城、岡田、豐田四郡、葛飾相馬郡中驛邨爲茨城縣所管。

曰**橡木縣**，先於元年六月四日置真壁縣，二年二月十五日置日光縣，七月廿日併真岡縣，三年七月十七日併喜連川藩，其藩初治下野國填谷郡喜連川。又有壬生縣治下野國都賀郡壬生、吹上縣治都賀郡吹上、佐野縣治下野國安蘇郡佐野、足利縣治足利、宇都宮縣治下野國河内郡宇都宮、烏山縣治下野國那須郡烏山、黑羽縣治那須郡黑羽、太田原縣治那須郡太田原、茂木縣治下野國芳賀郡茂木，九縣改自藩，四年十一月十四日廢宇都宮、烏山、黑羽、太田原，茂木五縣入宇都宮縣，廢日光、壬生、吹上、佐野、足利五縣與館林縣詳群馬縣置橡木縣，管下野國足利、梁田、寒川、安蘇、都賀五郡，及上野國山田、邑樂、新田三郡，六年六月十五日併宇都宮縣，九年八月廿一日屬上野國山田、邑樂、新田三郡於群馬縣。

曰**奈良縣**，先於元年五月十九日置治大和，七月廿九日改府，二年三月六日管十津川鄉，七月十七日復爲縣。又有五條縣，三年二月三日置於大和，四月廿七日管埤縣之高野山，十月管土浦藩之在和泉國者。又有郡山縣，治大和國添下郡郡山、小泉縣治添下郡小泉、柳生縣治添上郡柳生、田原本縣治大和國十市郡田原本、高取縣治大和國高市郡高取、柳本縣治大和國城上郡柳本、芝邨縣治城上郡芝邨、櫛羅縣治大和國葛上郡櫛羅，八縣改自藩，十一月廿三日五條郡山小泉、柳生、田原本、高取、柳本、芝邨、櫛羅九縣入奈良，治添上郡奈良町，十四年奈良縣入大坂府，二十年復奈良縣。

曰**三重縣**，舊有津縣，治伊勢國安濃郡津，龜山縣治伊勢國鈴鹿郡龜山、桑名縣治伊勢國桑名郡桑名、長島縣治桑名郡長島、神户縣治伊勢國河曲郡神户、菰野縣治伊勢國三重郡菰野，六縣改自藩，元年七月六日於伊勢置度會府，二年七月十七日改縣，管笠松、大津二縣地。又久居縣治伊勢國一志郡久居、鳥羽縣治志摩國答志郡鳥羽，二縣改自藩，四年十一月廿二日廢二縣入度會縣，治伊勢國度會郡山田，四年十一月廿二日廢津龜山、桑名、長島、神户、菰野六縣置安津濃縣，五年三月十七日改稱三重縣，治伊勢國安濃津，五年三月十七日徙安濃津三重郡四日市，六年十二月十日徙安濃郡津舊城郭内，管伊賀國及伊勢國安濃、安藝、鈴鹿、河曲、三重、桑名、員辨、朝明八郡，九年四月十八日併度會縣，管伊勢志摩二國、紀伊之牟婁郡。

曰**愛知縣**，舊有名古屋縣，治尾張國愛知郡名古屋，犬山縣治尾張國丹羽郡犬山，二縣並改自藩。又有參河縣，元年六月九日改自裁判所，二年六月廿四日併於伊奈縣詳長野縣，四年十一月十五日併於額田縣。又有岡崎縣治三河國額田郡岡崎、西大平縣治額田郡西大平、重原縣治三河國碧海郡重原、刈谷縣治碧海郡刈谷、西端縣治碧海郡西端、西尾縣治三河國幡豆郡西尾、舉母縣治三河國西加茂郡舉母、半原縣治三河國半原徙自武藏榛澤郡、豐橋縣治三河國渥美郡吉田、田原縣治渥美郡田原，十縣改自藩，四年十一月十五日廢十縣置額田縣，治三河國額田郡岡崎，管三河國及尾張國知多郡，廿五日廢犬山入名古屋縣，五年四月二日改稱愛知縣，治尾張國愛知郡名古屋郭内三丸，管尾張國春井日、愛知、葉栗、海東、海西、丹羽、中島七郡，五年十一月廿七日併額田縣。

曰**靜岡縣**，初無縣名，置駿河城代元年二月十日，二年八月七日改靜岡藩，治駿河國安部郡府中，四年七月十四日改縣。又有韮山縣，元年六月廿九日置於伊豆國武藏國比企郡，三年三月十日管小田原藩之伊豆國、君澤外二郡，四年十一月十四日廢入足柄縣詳神奈川縣。又有堀江縣治遠江國敷知郡曲江，改自藩，四年十一月十五日廢堀江縣置濱松縣，治敷知郡濱松，管遠江國，徙靜岡縣，治駿河國有渡郡、靜岡、札辻町，管駿河國，九年四月十八日管伊豆國足柄縣廢，廿一日併濱松縣管遠江國。

曰**山梨縣**，初無縣名，置甲府城代元年二月廿八，元年九月四日置府中、市川、石和三縣，十月廿八日廢三縣置甲斐府，二年七月廿日改縣，四年十一月廿日廢甲斐置山梨縣，治甲斐國山梨郡甲斐府錦町，管甲斐國。

曰**滋賀縣**，舊有大津縣，元年閏四月廿五日改自裁判所，管近江湖船，四年六月廿三日併大溝藩，其藩治近江國高島郡大溝。又有膳所縣，治近江國滋賀郡膳所、水口縣治甲賀郡水口、西大路縣治蒲生郡西大路、彦根縣治近江國犬上郡彦根、山上縣治近江國神崎郡山上、宮川縣治近江國坂田郡宮川、朝日山縣治近江國淺井郡，七縣改自藩，四年十一月廿二日廢彦根、山上、宮川、朝日山四縣置長濱縣，治近江國坂田郡長濱，廢膳所、水口、西大路三縣入大津縣，五年正月十四日改稱滋賀縣，治近江國滋賀郡別所邨，管近江國高島、滋賀栗田、野洲甲賀、蒲生六郡，五年九月廿八日併犬上縣，管近江國若狹國及越前國敦賀郡，十四年二月七日屬敦賀郡及若狹國於福井縣。

曰**岐阜縣**，先於元年閏四月廿五日改裁判所初置美濃爲笠松縣。又有大垣縣治美濃國安八郡大垣，野邨縣治大垣之新田，今尾縣治安八郡今尾，高富縣治美濃國山縣郡高富，郡上縣治美濃國郡上郡郡上，岩邨縣治美濃國惠那郡岩邨，苗木縣治美濃國惠那郡苗木，加納縣治美濃國厚見郡加納，八縣改自藩。又有高須藩治美濃國石津郡高須，三年十二月廿三日廢入名古屋藩詳愛知縣，又有飛驒縣，元年五月廿三日置，六月二日改稱高山縣，四年十一月廿日廢入筑摩縣詳長野縣，廿二日廢笠松、大垣、野邨、今尾、高富、郡上、岩邨、苗木、加納九縣置岐阜縣，治美濃國厚見郡今泉邨，管美濃國高須併自名古屋藩，九年八月廿一日管飛驒國高山併自筑摩縣。

曰**長野縣**，先於元年八月二日置伊奈縣於信濃，九月十一日管信濃國御影，二年二月三十日管信濃國鹽尻、御影、中條、中野，三年九月十七日分地屬中野縣，四年六月二日與中野縣分管龍岡藩地。又有松本縣治信濃國筑摩郡松本、飯田縣治信濃國伊奈郡飯田、高遠縣治信濃國伊那郡高遠、高島縣治信濃國諏訪郡高島，四縣改自藩，四年十一月廿日廢四縣、伊奈縣、高山縣高山詳岐阜縣置筑摩縣，治信濃國筑摩郡松本。又有中野縣，三年九月十七日割伊奈縣地置之，四年六月廿二日改稱長野縣，管龍岡藩地，其藩舊治信濃國更級郡田野口。又有松代縣治信濃國埴科郡松代、須坂縣治信濃國高井郡須坂、飯山縣治信濃國水内郡飯山、岩邨田縣治信濃國佐久郡岩邨田、小諸縣治信濃國佐久郡小諸、上田縣治信濃國小縣郡上田，六縣改自藩，四年十一月廿日廢六縣入長野縣，治信濃國水内郡長野，管信濃國埴科、高井、水内、佐久、更科、小縣六郡，九年八月廿一日管信濃國筑摩、伊奈、諏訪、安曇四郡入自筑摩縣。

曰**福井縣**，二年七月廿日置。又有二本松縣，治岩代國安達郡二本松，改自藩。又有白河縣，二年八月七日置又置民政局於盤城。又有磐城平縣，治磐城國磐前郡磐城平，湯長谷縣治磐前郡湯長谷，泉縣治磐城國菊多郡泉、三春縣治磐城國田邨郡三春、棚倉縣治磐城國東白川郡棚倉、中邨縣治磐城國宇多郡中邨，六縣改自藩，四年十一月二日廢六縣，置平縣治磐城國磐前郡磐城平。又有若松縣，二年五月四日收酒井忠寶封地置若松縣又置岩代國巡察使，四年十一月二日徙治岩代國會津郡若松縣福島、白河二縣入二本松縣，十四日改稱福島縣，治岩代國信夫郡福島，管岩代國信夫、安達、安積、岩瀨、伊達五郡，九年八月廿一日併磐前、若松二縣，管磐城國行方、標葉、楢葉、田邨、磐城、石川、菊多、白河、磐前九郡，宇多郡地及岩代國會津、耶麻、大沼、河沼四郡。宮城縣舊有仙臺縣，治陸前國宮城郡仙臺，改自藩。又有桃生縣，二年七月廿日置於陸前國，八月十三日改稱石卷縣。又有登米縣，二年八月七日亦置陸前國，三年九月廿八日併石卷縣。又有白石縣，二年八月七日置於磐城國，十一月廿一日移治磐城國伊具郡角田，改稱角田縣，設按察府於盤刈城田郡白石，四年十一月二日廢登米、角田二縣入仙臺縣，五年正月八日改稱宮城縣，治陸前國宮城郡仙臺勾當臺，通管陸前國磐城國亘理、伊具、刈田三郡及宇多郡地，九年四月十八日屬陸前國氣仙部於岩手縣。

曰**岩手縣**，舊有盛岡縣治陸前國岩手郡盛岡，三年七月十日改自盛岡藩。又有一關縣，治陸中國鑿井郡一關，亦改自藩。又有江刺縣膽澤縣，均置於陸中國，一在二年八月七日，一在十二日。又有九户縣，二年八月七日置，九月十三日改稱八户縣，十九日改稱三户縣，十一月廿八日併入江刺縣，四年十一月二日廢膽澤、江刺二縣入一關縣，十二月十三日改稱水澤縣，八年十一月廿二日改稱磐井縣，五年六月五日自一關徙治元登米縣廳，八年十一月廿二日復治一關盛岡縣治，四年十一月二日改治陸中國南岩手郡盛岡仁王邨，管陸中國閉伊、和賀、稗貫、紫波、岩手、九户六郡，九年四月十八日併鑿井縣，增管陸中國膽澤、江刺、鑿井三郡，其鑿井縣舊管陸前國本吉、登米、栗原、玉造、氣仙五郡，屬於宮城縣。

曰**青森縣**，舊有弘前縣，治陸奥國中津輕郡弘前。又有七户縣，治陸奥國上北郡七户、八户縣治陸奥國三户郡八户郡、黑石縣治陸奥國南津輕郡黑石、館縣治陸奥國東津輕郡館新砦、斗南縣治陸奥國下北郡田名部，六縣改自藩，四年九月九日併七户等五縣，廿三日改稱青森縣，徙治陸奥國東津輕郡青森，十一月十二日改治東津輕郡青森新町，管陸奥國及松前地，五年九月廿日屬舊館縣地方於開拓使，九年五月廿五日屬陸奥國二户郡於岩手縣。

曰**秋田縣**，初爲久保田藩治羽後國秋田郡秋田，四年正月十三日改稱秋田藩，七月十四日改縣。又有岩崎縣治羽後國秋田郡秋田新田、本莊縣治羽後國由利郡本莊、矢島縣治由利郡矢島、龜田縣治由利郡龜田，四縣改自藩，四年十一月二日廢四縣併於秋田縣，治秋田郡秋田東根子屋町，管羽後國平鹿、雄勝、仙北、由利、河邊、秋田、山本七郡、陸中國鹿角郡。

曰**山形縣**，舊有酒田縣，二年七月廿日置於羽後國，三年九月廿八日廢之置山形縣。又有天童縣治羽前國邨山郡天童、新莊縣治羽前國最上郡新莊、上山縣治羽前國邨山郡上山、大泉縣治羽前國田川郡鶴岡、松嶺縣治羽後國飽海郡松山，五縣改自藩，其大泉藩初名莊内藩置于二年九月廿九，四年九月十二日廢大泉、松嶺二縣入酒田縣，八年八月三十一日改稱鶴岡縣。又有米澤縣治羽前國置賜郡米澤，改自藩，四年十一月二日改置賜縣，又廢新莊、上山二縣入山形縣，治邨山郡山形香澄町，管羽前國邨山、最上二郡及置賜郡地，九年八月廿一日併鶴岡置賜二縣，管羽前國田川置賜羽後國飽海郡。

曰**石川縣**，舊有金澤縣治加賀國石川郡金澤、大聖寺縣治加賀國江沼郡大聖寺，並改自藩。又有七尾縣，四年十一月廿日置治能登國鹿島郡七尾，而廢大聖寺縣入金澤縣，五年二月二日改稱石川縣，徙治石川郡美川町，六年一月十四日復徙金澤廣坂，通管加賀國，五年九月廿七日併七尾縣管能登國，九年四月十八日併新川縣管越中國，八月廿一日併敦賀縣管越前國、今立南條、足羽、吉田、丹生、坂井、大野七郡，十四年三月七日屬七郡於福井縣，後屬越中國於富山縣。

曰**富山縣**，治越中國新川郡富山，改自藩，四年十一月廿日廢之置新川縣，治新川郡魚津，六年八月廿八日徙治新川郡富山，九年四月十八日併於石川縣，後復置富山縣，治如前，管越中國。

曰**福井縣**，治越前國足羽郡福井。又有丸岡縣，治越前國坂井郡丸岡、大野縣治大野郡大野、勝山縣治大野郡勝山，三縣改自藩。又有木保縣於三年十二月廿二日置於越前，四年十一月廿日廢丸岡、大野、勝山、木保四縣入福井縣，十二月二十日改稱足羽縣。又有小濱縣治若狹國遠敷郡小濱，改自藩。又有敦賀藩治越前國敦賀郡敦賀，三年三月廿三日改稱鞠山藩。又有鯖江縣治越前國今立郡鯖江，改自藩，四年十一月二十日改鞠山藩爲敦賀縣，廢小濱鯖江二縣入之，管若狹國及越前國今立、南條、敦賀三郡，六年一月十四日併足羽縣，九年八月廿一日廢敦賀縣，屬越前國七郡於石川縣、屬敦賀郡及若狹國於滋賀縣，十四年二月七日復置福井縣，治足羽郡福井，管入自石川縣越前國七郡、入自滋賀縣越前國敦賀郡及若狹國。

曰**島根縣**，舊有松江縣，治出雲國島根郡松江、廣瀨縣治出雲國能義郡廣瀨、母里縣治能義郡母里，三縣改自藩，二年二月廿五日置隱岐縣管隱岐國，八月二日廢隱岐縣置大森縣，三年正月九日改稱濱田縣，治石見國那賀郡濱田，四年六月廿五日併津和野藩，其藩初治石見國鹿足郡津和野，十一月十五日濱田縣改管石見國，而廢松江、母里、廣瀨，置島根縣，治出雲國島根郡松江殿町，九年八月廿一日併濱田、鳥取二縣，管石見、因幡、伯耆、隱岐四國，十四年九月十二日屬因幡、伯耆二國於鳥取縣。

曰**鳥取縣**，治因幡國邑美郡鳥取，改自藩，其藩有坿庸二：一治鹿奴，一治若櫻，四年十一月十五日改管因幡、伯耆二國，尋管隱岐國，九年八月廿一日廢入島根縣，十四年九月十二日復置鳥取縣，治如前，管因幡、伯耆二國。

曰**岡山縣**，治備前國御野郡岡山，改自藩。又有倉敷縣，元年五月十六日置於備中，四年二月五日併多津藩詳愛媛縣。又有鴨方縣，治備中國淺口郡鴨方、岡田縣治備中國下道郡岡田、足守縣治備中國賀陽郡足守、庭瀨縣治賀陽郡庭瀨、新見縣治賀陽郡新見、高粱縣治備中國上房郡高粱、成羽縣治備中國川上郡成羽、淺尾藩治賀陽郡淺尾、生坂縣治備中國窪屋郡生坂，九縣改自藩，四年十一月十五日廢九縣倉敷縣及福山縣詳廣島縣置深津縣，治備後國深津郡深津，五年六月五日徙治備中國小田郡笠岡町小丸，改稱小田縣。又有津山縣，治美作國北條郡津山、鶴田縣治美作國久米北條郡和田南，真島縣治美作國真島郡真島，三縣改自藩，四年十一月十五日廢三縣置北條縣，治美作國西北條郡津山縣舊城内，岡山縣改治備前國御野郡岡山弓之町管備前國，八年十二月十日併小田縣管備中國及備後國沼隈、深津、安那、品治、蘆田、神石六郡，九年四月十八日併北條縣管美作國，而屬備後國六郡於廣島縣。

曰**廣島縣**，治安藝國沼田郡廣島。 又有福山縣治備後國深津郡福山，改自藩，四年十一月十五日廢福山縣入深津縣，改小田詳岡山縣入岡山縣，而改廣島縣治安藝國沼田郡廣島小町，管安藝國及備後國御調、世羅、三谿、三上、奴可、甲奴、三次、惠蘇八郡，九年四月十八日管岡山縣所管備後國沼隈、深津、安那、品治、蘆田、神石六郡管備後全國。

曰**山口縣**，改自藩，其藩於四年六月十九日併德山藩原治周防國都濃郡德山。 又有岩國縣，治周防國玖珂郡岩國、豐浦縣治長門國豐浦郡府中、清末縣治豐浦郡清末，三縣改自藩，四年十一月十五日廢三縣入山口縣，治周防國吉敷郡山口上宇野，今管周防、長門二國。

曰**和歌山縣**，治紀伊國名草郡和歌山。 又有田邊縣，治紀伊國西牟婁郡田邊、新宮縣治紀伊國東牟婁郡新宮，三縣改自藩，四年十一月廿二日廢三縣入和歌山縣，治和歌山西汀町，管紀伊國伊都郡那賀、名草、海部、有田、日田六郡及牟婁郡地。

曰**德島縣**，治阿波國名東郡德島，改自藩，四年十一月十五日廢德島縣置名東縣，治名東郡德島寺島，管淡路、阿波二國，六年二月廿日併香川縣，管讚岐國，八年九月五日復屬讚岐國於香川縣，九年八月廿一日廢名東縣而屬阿波國於高知縣、淡路國於兵庫縣，十三年三月二日復德島縣，治阿波國名東郡德島，管高知縣所管阿波國。

曰**高知縣**，治土佐國土佐郡高知，改自藩，四年十一月十五日改治土佐郡高知西弘小路管土佐國，九年八月廿一日管名東縣所轄阿波國，十三年三月二日屬阿波國於德島縣。

曰**愛媛縣**，舊有松山縣治伊豫國温泉郡松山，今治縣治伊豫國越智郡今治、小松縣治伊豫國周布郡小松，西條縣治伊豫國新居郡西條，石鐵縣治伊豫國温泉郡松山，宇和島縣治伊豫國宇和郡宇和島，吉田縣治宇和郡吉田，大洲縣治伊豫國喜多郡大洲，新谷縣治新多郡新谷，九縣改自藩，四年十一月十五日廢吉田、大洲、新谷三縣入宇和島縣。又有高松縣治讃岐國香川郡高松，丸龜縣治讃岐國那珂郡丸龜，二縣改自藩。又有多度津藩，治讃岐國多度郡多度津，四年二月五日併於倉敷縣詳岡山縣，十一月十五日廢松山、丸龜二縣置香川縣，治讃岐國香川郡高松，管讃岐國，六年二月廿日廢香川縣併於名東縣詳德島縣，八年九月五日復置香川縣。先是六年二月廿日廢石鐵、神山二縣置愛媛縣，治伊豫國温泉郡松山宮古町，管伊豫國，九年八月廿一日併香川縣，管讃岐國。

曰**福岡縣**，初爲福岡藩，治筑前國早良郡福岡，四年七月十四日改縣。又有秋月縣，治筑前國夜須郡秋月、豐津縣治豐前國企救郡小倉、千東縣治豐前國企救郡小倉新田，三縣改自藩。豐津藩初爲香春藩，四年十一月十四日廢三縣置小倉縣，治企救郡小倉室町管豐前國。

又有柳川縣治筑後國山門郡柳川、三池縣治原岩代國伊達郡下手渡後筑後國三池郡三池、久留米縣治筑後國御井郡久留米，三縣改自藩，四年十一月十四日廢三縣置三瀦縣，治筑後國三瀦郡久留米兩替町，管筑後國，九年四月十八日併佐賀縣，管肥前國藤津、杵島、小城、佐賀、神崎、三根、養父、基肄八郡及松浦郡地，五月廿四日屬肥前國杵島、松浦二郡於長崎縣，六月廿一日屬藤津郡於長崎縣，四年十一月十四日廢秋月縣入福岡縣，治筑前國甲良郡福岡舊城，管筑前國，九年四月十八日併小倉縣管豐前國，八月廿一日併三瀦縣管筑後國，而屬豐前國宇佐、下毛二郡於大分縣。

曰**大分縣**，舊有日田縣，元年閏四月廿五日置於豐後國。又有杵筑縣治豐後國速見郡杵筑、日出縣治速見郡日出、府内縣治豐後國大分郡府内、岡縣治豐後國大野郡岡、森縣治豐後國球珠郡森、臼杵縣治豐後國北海部郡臼杵、佐伯縣治豐後國南海部郡佐伯、中津縣治豐前國下毛郡中津，八縣改自藩，四年十一月十四日廢日田、杵築、日出、府内、岡森、臼杵、佐伯八縣置大分縣，治豐後國大分郡大分町舊府内城址，管豐後國，九年四月十八日屬豐前國於福岡縣，八月廿一日大分縣管福岡縣所轄豐前國宇佐、下毛二郡。

曰**佐賀縣**，治肥前國佐賀郡，佐賀改自藩，四年九月四日徙佐賀縣治肥前國西松浦郡伊萬里，改稱伊萬里縣，而併嚴原縣詳長崎縣。又有唐津縣治肥前國東松浦郡唐津、小城縣治肥前國小城郡小城、蓮池縣治肥前國佐賀郡蓮池、鹿島縣治肥前國藤津郡鹿島，四年十一月十四日廢唐津、小城、蓮池、鹿島四縣入伊萬里縣，治肥前國西松浦郡伊萬里管肥前國藤津、杵島、小島、佐賀、神崎、三根、養父、基肄八郡及松浦郡地對馬國，五年八月十七日屬對馬國於長崎縣，六年五月廿九日改稱佐賀縣，治佐賀郡佐賀水江邨，九年四月十八日廢佐賀縣入三瀦縣詳福岡縣，八月一日初屬肥前全國於長崎縣，十年後置佐賀縣，管肥前國基肄、養父、三根、神崎、佐賀、小城、東松浦、西松浦、杵島、藤津十郡。

曰**熊本縣**，治肥後國飽田郡熊本，改自藩，其藩坿庸二：一治肥前國宇土郡宇土，一治肥後國玉名郡高瀨。又有人吉縣治肥後國玖摩郡人吉，改自藩。又有富岡縣元年閏四月廿五日置於肥後，八月廿九日併富岡於長崎府，四年十一月十四日廢人吉縣，置八代縣，治肥後國八代郡，管肥後國下益城、宇土、球摩、蘆北、八代、天草六郡，五年六月十四日熊本縣徙治肥後國飽田郡二本樹邨，改稱白川縣，九年二月廿二日仍稱熊本縣，復舊治，初管肥後國山鹿、菊池、山本、玉名、阿蘇、託摩、飽田、合志、上益城九郡，六年一月十五日併八代縣，管肥後國下益城、宇土、球摩、蘆北、八代、天草六郡。

曰**宮崎縣**，舊有高鍋縣治日向國兒湯郡高鍋、延岡縣治日向國臼杵郡延岡、佐土原縣治日向國那珂郡佐土原，三縣改自藩。又有富高縣，元年閏四月廿五日置於日向國臼杵郡，八月廢富高縣併於日田縣詳大分縣，四年十一月十四日廢高鍋、延岡、佐土原三縣，置美津縣，治日向國兒湯、郡美美津，管日向國兒湯臼杵二郡及那珂、宮崎、諸縣三郡地。又有飫肥縣，治日向國那珂郡飫肥，改自藩，四年十一月十四日廢飫肥縣，置都城縣，治日向國諸縣郡都城，管大隅國始羅、肝付、噌於、大隅、菱刈、桑原六郡及日向國那珂、宫崎、諸縣三郡，六年一月十五日廢都城縣，而屬日向國三郡於宫崎縣、大隅國六郡於鹿兒島縣，而廢美美津都城二縣，置宫崎縣，治日向國宫崎郡上別府邨，六年一月十五日管日向國，九年八月廿一日廢全縣併於鹿兒島縣，十六年五月九日復宫崎縣，管日向國宫崎、那珂、諸縣、兒湯四郡。

曰**鹿兒島縣**，治薩摩國鹿兒島郡鹿兒島，四年十一月十四日徙治鹿兒島坂本邨，管薩摩郡及大隅郡熊毛、馭謨二郡，九年八月廿一日併宫崎縣，管日向國、後管大隅、薩摩二國及日向、國南諸郡，而屬宫崎那珂諸縣兒湯四郡於宫崎縣。

曰**北海道廳**，先是元年四月十二日置箱館裁判所，十四日以久保田、盛岡、弘前、松前四藩置戍兵於箱館，閏四月廿四日改裁判所爲箱館府，二年七月八日廢府置開拓使，治石狩國札幌郡虻田，通管十一國，初置東京支廳，三年閏十月九日廢之，改出張所。又有樺太開拓使，三年二月十三日置，四年八月七日併樺太開拓使於北海道開拓使，五年九月十四日分北海道爲六郡，札幌廳外設支廳五：一函館、一根室、一宗谷、一浦河、一樺太，七年五月又併浦河支廳，八年五月七日廢樺太支廳而以其島屬俄羅斯，十五年二月八日廢開拓使置札幌、函館、根室三縣，十九年一月廿六日廢三縣置北海道廳，治札幌、管十一國，其改自藩皆在四年七月十四日。

明治二十一年十二月三日，當光緒十四年，分愛媛縣之讚岐國爲**香川縣**，治香川郡高松。

雲龍既述表與説，始聞改縣曰香川，如添於愛媛縣下，與全書圖表不符，是以坿述於篇。

日本府縣分疆表

日本町多處爲區，略與郡異，而邨聚爲郡，郡聚爲國，國聚爲道。明治初藩改府縣矣。不以府縣爲綱惟北海道以廳名，非實録也。然道與國郡舊名未廢，動滋轇轕，難一。或數國併一，或瓜剖豆分，難二。聊沿陳言所不敢出，今爲究厥分合。琉球而外，凡三府四十一縣一廳。非轄全國者注郡名，或一二郡它屬注除某郡全國郡别有表。述府縣分疆表：

府縣	東海道	畿內	東山道	北陸道	山陰道	山陽道	南海道	西海道	北海道
東京府（治武藏國東京）	武藏國六郡（荏原、東多摩、南豐島、北豐島、南足立、南葛飾）十五區（麴町、神田、日本橋、京橋、芝、麻布、赤坂、四谷、牛込、小石川、本鄉、下谷、淺草、本所、深川）伊豆國七島（小笠原島）								
西京府（治山城國京都）		山城國			丹後國　丹波國五郡（除多紀冰上）				

大坂府（治攝津國大坂）	河內國 和泉國 攝津國七郡（住吉、東成、西成、島上、島下、豐島、能勢）四區（東、西、南、北）						
神奈川縣（治相模國橫濱）	相模國 武藏國六郡（橘樹、犬良岐、都筑、西多摩、北多摩）一區橫濱						
兵庫縣（治攝津國神户）	攝津國五郡（入部、菟原、武庫、川邊、有馬）一區（神户）			但馬國 丹波國二郡（多紀、冰上）	播摩國	淡路國	

長崎縣（治肥前國長崎）								肥前國六郡（西彼杵、東彼杵、北高來、南高來、南松浦）一區（長崎）壹岐島　對馬島（此二島不屬西海道，坿箸於此）	
新潟縣（治越後國新潟）				越後國　佐渡國					
埼玉縣（治武藏國埼玉）	武藏國十七郡（南埼玉、北埼玉、北足立、新座、入間、高麗、比企、橫見、大里、幡羅、榛澤、男衾、兒玉、加美、那珂、秩父、北葛飾）下總國一郡（中葛飾）								

群馬縣（治上野國高崎）			上野國						
千葉縣（治下總國千葉）	安房國上總國下總國八郡（千葉、下埴生、印旛、東葛飾、南相馬、香取、匝瑳、海上）								
茨城縣（治常陸國水户）	常陸國下總國六郡（猿島、結城、岡田、豐田、西葛飾、北相馬）								
橡木縣（治下野國橡木）	下野國								
奈良縣（治大和國奈良）		大和國							
三重縣（治伊勢國津）	志摩國伊勢國伊賀國						紀伊國二郡（南牟婁、北牟婁）		

愛知縣（治尾張國名古屋）	三河國 尾張國								
静岡縣（治相模國静岡）	駿河國 遠江國 伊豆國四郡（除七島）								
山梨縣（治甲斐國甲府）	甲斐國								
滋賀縣（治近江國大津）			近江國						
岐阜縣（治美濃國岐阜）			美濃國 飛驒國						
長野縣（治信濃國長野）			信濃國						
福島縣（治岩代國福島）			岩代國 磐城國十一郡（西白河、行方、標葉、田邨、楢葉、磐城、石川、菊田、東白川、磐前、宇多）						

宮城縣(治陸前國仙臺)			陸前國一郡一區(除氣仙)磐城國三郡(亘理、伊具、刈田)						
岩手縣(治陸中國盛岡)			陸前國一郡(氣仙)陸中國十八郡(除鹿角)陸奥國一郡(二户)						
青森縣(治陸奥國青森)			陸奥國一郡(除二户)						
秋田縣(治羽後國秋田)			羽後國九郡(除飽海)陸中國一郡(鹿角)						
山形縣(治羽前國山形)			羽前國 羽後國一郡(飽海)筑前國一區(福岡)						
石川縣(治加賀國金澤)				加賀國 能登國					

富山縣（治越中國富山）				越中國					
福井縣（治越前國福井）				越前國 若狹國					
島根縣（治出雲國島根）					出雲國 石見國 隱岐國				
鳥取縣（治因幡國鳥取）					因幡國 伯耆國				
岡山縣（治備前國岡山）						美作國 備前國 備中國			
廣島縣（治安藝國廣島）						備後國 安藝國			
山口縣（治長門國山口）						周防國 長門國			

和歌山縣（治紀伊國和歌山）							紀伊國九郡一區（除南牟婁、北牟婁）		
德島縣（治阿波國德島）							阿波國		
高知縣（治土佐國高知）							土佐國		
愛媛縣（治伊豫國松山）							讚岐國　伊豫國		
福岡縣（治豐後國福岡）								筑前國　筑後國　豐前國六郡（企救、田川、京都、仲津、築城、上毛）	
大分縣（治豐後國大分）								豐後國　豐前國二郡（下毛、宇佐）	

佐賀縣（治肥前國佐賀）								肥前國十郡（基肄、養父、三根、神崎、佐賀、小城、東松浦、西松浦、杵島、藤津）	
熊本縣（治肥後國熊本）								肥後國	
宮崎縣（治日向國宮崎）								日向國（除南諸縣）	
鹿兒島縣（治薩摩國鹿兒島）								大隅國 薩摩國 日向國一郡（諸縣）	
北海道廳（治渡島國箱館）									渡島國 後志國 石狩國 天鹽國 北見國 膽振國 日高國 十勝國 釧路國 根室國 千島國

日本海道險要表

海道險要，非實測之末繇周悉。日本初尠測量，享保中，當中國康熙五十五年後，有細井廣澤者測下總國，是其始也。國人伊能忠敬踵之測全國。至於今海軍測量有專門學，險要日彰。西北臨太平洋，中土島之西南控日本内海，中土島云者，括五畿、東海、東山、山陰、山陽、北陸諸道，南海之紀伊、淡路，次曰四國島，括土佐、阿波、伊豫、讚岐，次曰九州島，括西海道，次曰北海道，括十國與千島列島，它如日本内海諸島、豆南諸島豆南諸島指伊豆南之諸島、小笠原島、州南諸島，環海無慮五萬八千一百一十里海里一萬五千三百，險突爲岬，微獨宫津岬爲海門括囊。嵒狹爲峽，平出爲崎，又豈獨銚子口不以峽名而實爲巨川鎖鑰，大東崎屬長柘郡亂碓起伏，爲東海險最云爾哉。若此之流别列島表，若灣若港，若湊若濱，要中有險，若灘若礁，若瀨若瀨户，亦險亦要，瀨爲水淺而急，瀨户云者淺且狹也。類而聚之，述海道險要表：

	灣	港	湊	濱	灘	礁	瀨	瀨户
本州東南岸								
	金田	浦賀		久里				
	大津	橫須賀		九十九里				
	深浦	橫濱						
	内川	行川						
	根岸							
	品川							
	館山							
中土東岸	折之濱	那珂		十八成	勒奪淺			
	大原	石之卷		鮎川				
	鮫浦	大舟渡						
	女川							
	雄勝							
	追波	山田						
	志津川	閉伊埼宮古						
	小泉							
	氣仙沼							
	廣田							
	湊濱							
	釜石							
	兩石							
	大槌							
	船越							
	久慈							

九州南東岸	大泊	油津		大		暗	倭額猓	
		外浦					紫波洲	
		細島						
		豬之串						
四國南岸	高知	須崎						
		野見						
		浦内						
中土南岸	印南	大島		和田				
	南部	浦神						
	田邊	尾鷲						
	宇久井邨	五箇所				播之磨		
	賀田	濱島						
	尾鷲海	的矢						
	四日市	鳥羽						
	熱田	小濱						
	渥美	横須賀						
	和多	大野						
	斤名浦	常滑						
	大井	須佐						
	白羽	師崎						
	重須	天龍川						
		掛冢						
		户田						
		安良利						
		田子						

中土南東岸	熱海	長津呂		七里		橫根		
	小和田	下田		由比		須佐利		
	宮田	下田				大流		
						平島		
						岩		
		網代						
		小網代						
豆南諸島	小袋澤	二見		野陣	火山淺			
		巽		脇	勒奪淺			
		東						
		北						
		沖邨						
日本内國	黑江	和田島	今在家	新		伊賀	鹿	柳之
	大埼	由良		波止			室津	大畠之
	冢原	加太					机	古基阿
	山田	和歌山					錐	塞
	馬篠	古川口					渡	
	福田	由良					篠	
	橘	比井					鳴	
	坂手	岸和田					大礵根	
	池田	堺					塵寄	
	大部	鞆						

伊津	長濱
伊津	豬之串
室津	高田
赤穗	室積
岡山	
津田	
小田	
屋島	
高松	
忠海	
由良	
堀江	
杵築	
別府	
日出	
臼杵	
津久見	
佐伯	
大埼	
白浦	
宇和島	
菰淵	
小熊毛	
西中	

綜論險要，言人人殊。日本人中根淑以楠正成防敵於兵庫港，遂斷兵庫港爲第一要地，不知此中權，非首要也。論者又謂兵庫港北稱神户，猶言西京之户，今都東京，則横濱第一，其説近是而非，所見者狹也。然則何爲東西咽喉、何爲南北樞紐歟？曰下關，失則餉梗，獲則援通。長崎後路繫之，横濱東障繫之，神户、大坂之關鍵又繫之。下關之道四：一繇長崎而北，一繇横濱而西，一繇佐賀之關，一繇山陰沿海西逼長門而翼下關之險。翼險之道有二：一爲長崎西之瀨户内海，兵可以伏，一爲平户之北二島、南五島，狹可以守，此衝要最也。次則横濱以浦賀爲要津，來自中國，其路有四：一自香港，一自長崎，一自箱館，一自大[太]平洋，而香港一道南洋罔有阻。又次則長崎，當江蘇、浙江之衝，亦鹿兒島西繞之道也。又次則薩峒馬，即鹿兒島也，爲福建、廣東之要道，山川港又鹿兒島灣鎖鑰，繇此東可以進武藏，西可以薄長崎。又次則箱館，繇琿春圖們江而渡青森可以逕達，此固北海道要害，抑亦通國上游也。又次則大坂、神户爲工商藪，明石峽峙其西，加太、鳴門等峽列其東。又次則壹岐、對馬二島，朝鮮衝涂也。又次則新潟，兵艦集之，有陸直達東京。又次則淡路，繇南洋入加太等海峽，此其衝云。

日本貨幣表

《南史》：『文身國市用珍寶。』此與日本書『上世以珠玉龜貝爲貨幣』之説合。《宋史》：

『雍熙元年日本僧云國中交易用銅錢，文曰乾文大寶。』正史之言日本錢法止此。今攷鑄貨泉自天武白鳳三年對馬島貢白銀始，時唐儀鳳三年也。持統五年爲嗣聖八年，置鑄錢司，尋廢。元明和銅元年當景龍二年，廢銀鑄銅，文曰和銅通寶，舊錢文曰半兩，曰五銖，曰大錢五十，而以年號爲文始此，蓋學唐法也。桓武延曆九年爲貞元六年復鑄錢司，種凡十餘，又廢，然銅錢文曰太平通寶、萬年通寶，與明永樂通寶交行於市，幣昂而物則賤。應仁後諸藩自鑄小判，而甲斐産金銀，故武田氏造幣獨著，今猶珍之。金幣曰板金，曰一兩，曰二分，曰一分，曰二銖，銀幣准此。豐臣執政，鑄金曰大判、五兩判、小判、半兩判、二分判、銀五兩判、丁銀，而砂金板多不便。德川時甲斐尚模造古幣，慶長六年爲明萬曆廿九年，置銀坐，改造大判、小判、二分、一分金銀幣，其銅幣文曰慶長通寶，而仙臺侯亦造錢幣，文曰仙臺通寶，弗如遠甚。九十年間，凡造金幣小判、一分判一千四百七十二萬七千五十五兩，丁銀豆板一萬二千萬兩，厚斂急，坐是用乏。初，寬永中當明天啟間，銷秀吉所造奈良大佛作錢，文曰寬永通寶，更鑄文同，而元禄八年當我康熙三十四年改造金銀，質益劣，乃停慶長金幣，令獻古金易新金，民弗從。寶永二年當康熙廿八年，許新古並用，明年令易新。五年更造當十錢，文曰寶永通寶，行一年廢，七年改造愈下，然乾字金少勝。積奢滋匱而藩札起，藩札者，藩侯楮幣也。正德四年當康熙五十三年改鑄，一依慶長制，德川吉宗改鑄出慶長上，謂之亨保金銀。元文元年當乾隆元年，鑄元文金而小，安永元年當乾隆三十七年鑄二朱銀。文政中即嘉慶間鑄小判、一分判、丁銀豆板及其文二分判，並劣。七年造一朱銀、二朱銀，十一年鑄草文二分判，越二年造一朱銀。天保時當道光間，造大錢文曰天保通寶，而造二朱金在三年，造五兩判、一分銀小判、一分金、丁銀、板銀在八年至十四年。董理國中天保判、一分判、一朱金，天保大判、一分銀[等]六種，凡千五百十五萬三千八百有二兩，古金九百五十三萬八千九百八十五兩，古銀二百五十一萬八千五百九十七兩，丁銀廿三萬七百九十五貫四百目。安政元年當咸豐四年，改鑄一朱銀，明年又下新令，尋鑄一分銀與西銀埒，世稱弗銀，而楮幣千不抵百。同治七年明治改元，綜計舊金幣六千四百萬兩，銀幣五千萬兩，銅錢六百萬一千圓。九年明治三大藏省設造幣局於大阪府，然賴紙幣力居多別有表，金、銀、銅便奇用而已。先是幣形有橢圓，有渾圓，有方，有長方，皆無輪廓，輕數銖，重或數兩，小二三分，大或六七寸，今鑄並圓金，有二十圓、十圓、五圓、二圓、一圓之分，銀有貿易一圓、五十錢、二十錢、十錢、五錢，按五十錢即半圓也，銅二錢、一錢、半錢、一釐有差，其重其徑皆據日本權量法。述貨幣表：

	面文	背(文)	重 錢分釐毛・〇〇	徑 寸分釐毛・	參和
金	二十圓大日本明治三年鏤龍	鏤日菊桐二旗	八八七三・五七	一一五七・	金九銅一
	十圓大日本明治三年鏤龍	鏤日菊桐二旗	四四三六・七	九七一・	同
	五圓大日本明治三年鏤龍	鏤日菊桐二旗	二二一八・三五	七八七・	同
	二圓大日本明治三年鏤龍	鏤日菊桐二旗	八八七・三四	五七七・	同
	一圓大日本明治三年鏤龍	鏤日菊桐二旗	四四三・六七	四四六・	同
	一圓大日本明治四年鏤龍	鏤日菊桐二旗	四四三・六七	四四六・	同
銀	五十錢大日本明治三年鏤龍	鏤日菊桐	三三二九・二五	一〇四〇・	銀八銅二
	二十錢大日本明治三年鏤龍	鏤日菊桐	一三三一・七	七七〇・	同
	十錢大日本明治三年鏤龍	鏤日菊桐	六六五・八五	五八〇・	同
	五錢大日本明治三年鏤龍	鏤日菊桐	三三二・九二五	五〇〇・	同
	一圓大日本明治三年鏤龍	鏤日菊桐	七一七六・	一二四二・	銀九銅一

	五錢大日本明治四年鏤龍 鏤日菊桐	三三二·九二五	五〇〇·	銀八銅二
	五十錢鏤菊桐 大日本明治六年50 sen 鏤龍	三五八八·	一〇二〇·	同
	二十錢鏤菊桐 大日本明治六年20 sen 鏤龍	一四三五·二	七四〇·	同
	十錢鏤菊桐 大日本明治六年10 sen 鏤龍	七一七·六	五八〇·	同
	五錢鏤菊桐 大日本明治六年5 sen 鏤龍	三五八·八	五〇〇·	同
	一圓鏤桐 大日本明治七年鏤龍	七一七六·	一二四〇·	銀九銅一
	貿易銀鏤菊桐 大日本明治七年鏤龍	七二四〇·五	一二四〇·	同
	貿易銀鏤菊桐 大日本明治七年鏤龍	七二四五·	一二四〇·	同
銅	一錢大日本明治三年鏤龍 以百枚換一圓鏤日菊桐	一八九七·五	九〇〇·	
	半錢大日本明治三年鏤龍 二百枚換一圓鏤日菊龍	九四八·七五	七七〇·	
	一釐鏤日 十枚換一錢明治三年鏤桐	二四一·五	五二〇·	
	二錢五十枚換一圓鏤菊桐 2 sen 大日本明治六年鏤龍	三七九五·	一〇五〇·	

一錢以百枚換一圓鏤菊桐			
1 sen 大日本明治六年鏤龍	一八九七・五	九二〇・	
半錢二百枚換一圓鏤菊桐			
1/2 sen 大日本明治六年鏤龍	九四八・七五	七二〇・	
一釐			
1 RIN 大日本明治六年鏤龍	二四一・五	五二〇・	
二錢五十枚換一圓鏤菊桐			
2 sen 大日本明治七年鏤龍	三七九五・	一〇五〇・	
一錢以百枚換一圓鏤菊桐			
1 sen 大日本明治七年鏤龍	一八九七・五	八四〇・	
半錢二百枚換一圓鏤菊桐			
1/2 sen 大日本明治七年鏤龍	九四八・七五	七四〇・	
一釐			
1 rin 大日本明治七年鏤菊	二四一・五	五二〇・	

日本文表 音學附

《隋書》倭刻木結繩，於百濟求得佛經始有文字，與日本人古字類梵之説合。《宋史》應神天皇甲辰始於百濟得中國文字，與日本人百濟博士王仁教國王子稺郎子《論語》、《千字文》之説又合。甲辰爲十五年，或云十六，非也，當晉泰康五年，然始教指象居多，虚字無可指，先實後虚，至今讀猶顛倒。崇峻時當陳、隋間，聖德太子著《舊事記》，此嫥用漢文箸書之始，沿厥例著《日本書記》三十卷者，聖武時一品舍人親王也，當唐開元中。古字浸廢，代以伊吕波四十八字，艸書實止四十七字也。如伊作い、吕作ろ，類皆平常通用，謂之平假名，聯爲七句，前六句七字，末一句五字，增ん字於句尾。又有五十字者，楷書之省文也，伊作イ、吕作ロ，類皆漢字之半，謂之片假名，片猶言不全，片半音近，謂文爲名，與漢儒解合。イ、ヱ二字有二，用同誼同，所異於四十八字者此耳。又謂之五十字母五字爲句，用以反切，蓋日本音學也。第一句母音，餘爲子音，伊、吕、波三字散見於後，此不得沿伊吕波之目。五十字母相傳受自唐王化言詳《音學》，四十七字或謂桓武時，當唐建中間，僧空海假漢文而作，婦孺便之。假漢文譯俗語亦謂之俗文，其體四：曰古文，足利前文也，曰新文，豐臣後文也，曰官府文，曰通俗文，大同小異。片假名雜用漢文，而官府文一變，近雜蟹行文，而通俗文又一變。國史記録、史略類用漢字，餘雜假名。其音有清有濁，而片假名又有次音：用濁音字於去聲處加二點，用次清音字則加小墨圍。雲龍將游日本時，子范初已譯日本之文與音，凡京音所無，增注它省方音以譯之，爰就初藁與繙譯生澤郜繁一再審訂。述日本文表。

平假名 四十八字稱伊吕波					片假名 五十字						
平假	漢文	日本音	濁字	濁音	片假	漢文	日本音	濁字	濁音	次清	次清音
い	伊	伊 京音			ア	阿	阿 注詳上				
ろ	吕	諸 京音			イ	伊	伊				

は	波	哈 讀若大笑，在句末讀窪	ば	拔 浙音	ウ	宇	烏				
に	仁	儞 上平聲 舌音			エ	江	葉 平聲				
ほ	保	火 上聲 京音	ば	博	オ	於	窩				
へ	邊	黑 京音	べ	別	カ	加	開嘎切	ガ	哥阿		
と	土	多 京音	ど	脱	キ	幾	克一	ギ	格以		
ち	知	基 京音	ぢ		ク	久	枯	グ	姑		
り	利	利 上聲			ケ	計	客以	ゲ	格		
ぬ	奴	路 短音 略近洛音			コ	己	棵	ゴ	哥		
る	留	路 長音			サ	左	撒	ザ	日阿		
を	遠	鵝我			シ	之	細	ジ	日亦		
ゎ	和	窪			ス	寸	司如	ズ	日如		
か	加	開嘎 客上平	が	安阿	セ	世	舍	ゼ	日葉		
ょ	與	約 四川音			ソ	曾	索	ゾ	若		
た	太	塔	だ	亥上一字即指伊呂波中云字音	タ	多	塔	ダ	達		
れ	禮	内 京音			チ	知	基 京音	ヂ	宜基		
ろ	曾	索 去聲	ぢ	若 四川音	ッ	津	呰	ヅ	日資		
つ	津	呰	づ	日師 四川音	テ	天	疊	デ	得		

ね	禰	内耶			ト	土	脱	ド	多		
な	奈	拿 四川音 此字音尾略帶然字音			ナ	奈	拿				
ら	良	人而 人讀上平聲			ニ	仁	儞				
む	武	母 去聲			ヌ	奴	路 短洛				
ろ	宇	烏			ネ	禰	内耶				
る	爲	意			ノ	乃	懦				
の	乃	懦 四川音			ハ	波	哈	バ	拔	パ	怕
お	於	我 下平			ヒ	比	西	ビ	比	ピ	皮
く	久	姑	ぐ	鷗我	フ	不	夫	ブ	不	プ	ト
や	也	牙			ヘ	邊	黑	ベ	白	ペ	拍
ま	末	麻			ホ	保	火	ボ	波	ポ	坡
け	計	客以 四川音	げ	宜額 四川音	マ	末	麻				
ふ	不	夫	ぶ	母 上平聲	ミ	美	米				
て	已	鍋	で	餓 音近惡去聲	ム	武	母				
に	江	葉			メ	女	墨				
て	天	疊 四川音	で	劣 上聲 四川音	モ	毛	磨				
あ	安	阿 加鴉聲			ヤ	也	牙				

さ	左	撒上聲	ざ	日阿 阿上聲 京音
き	幾	基牙音	ぎ	額以 四川音
ゆ	由	由上聲		
め	女	妹		
み	美	米去聲		
う	之	細	ぐ	日亦 四川音
ゑ	惠	唯上聲 四川音		
ひ	比	西	び	迷比
も	毛	磨		
せ	世	碎山東音	ぜ	日葉 四川音
す	寸	四	ず	日師 四川音
ん	云	讀若南人語儞我之儞		

イ	伊	伊（與前イ音同）
ユ	由	由
エ	江	野
ヨ	與	約
ラ	良	人而
リ	利	利
ル	留	路
レ	禮	内
ロ	吕	諾
ワ	和	窪
ヰ	井	韋以
ウ	宇	烏（與前ウ音同）
ヱ	惠	維
ヲ	遠	俄

附

ン	云	讀若南人語儞我之儞
ヿ	事	鍋多
と	時	多基
そ	共	多磨
く	世	奈科
丨	長音之符	

附録：日本異字

畠源親房姓北畠氏，與中國畠字異：畠從由，古皇字；此與畑同，爲旱田也，音若哈打格，畑同畠，㤘男子也，音若寫卡勒，麿童子也，朝臣名此往往有之，音若馬洛，円圓之俗寫，音與中國同，匁以爲量目，字即錢之省文，亦猶中國俗寫錢爲匁也，音若抹姆墨，辻同衢，音若之寄，有姓辻子禮氏者，見《栗山文集》，込入也，音若可姆，辿倒底之謂，音若妥迭，適歎美詞音若阿窪勒，俤面容也，音若我抹卞額，偖然字也，音若沙特，扨與偖同，掟政府令也，音若我溪特，抔與誼同，日本文彼抔猶言彼等也，音若那奪，搾作也，音若可洗拉額魯，拵無倦意也，音若卞寫吾，働音若哈打拉苦，嘸語助辭，音若沙作，宍肉塊之意，音若西喜姆拉，誂先訂後作之誼，音若阿知拉額，椙同杉，音司額，梶同桅，音若卞擠，杣樵夫也，音若所馬，榊獻神木也，音若沙嘎雞，枠階級也，音若瓦古，栃橡字，音若卞擠，樫木名，音若喀洗，椛楓也，音若抹米擠，籾穀也，音若抹米，粂合久米二字爲之，多以命名，日本數十年前有笠原氏名粂之進，類此甚多，音若古麥，糀麴，音若柯五擠，峠嶺之俗字，音若拖五額，閂關門鐵條也，音若卞姆魯喀，聢確之別體，音若西喀多，躮兒之別體，音若寫喀勒，躾漸也，音若啞嘎特，軈同躾，鰯海鰛也，音若倚瓦洗，鱈大口魚也，音若打洛，鮱鰡也。

中國日本較時里差表

地體橢圓，其動二：一自轉晝夜而周，一繞日凡三百六十五日六小時九分九秒有六而周。曩聞人環地行，順則多一周必多一日，逆則少一周必少一日，今游益信。繇上海至日本，逐日測時，日出遞速十七分有奇，然此即東西里差法，《周髀》所謂東方日出西方夜半，晝夜隨東西不同之故也。日本效西，以半時爲一時，謂午正曰十二時，雲龍仍以地支計時，有初有正，各得四刻，刻十五分，分六十秒，日本東京午正當我大清京都巳正一刻十一分五十六秒，繇此測彼，自雲龍始。述中國日本較時里差表：

中華京都午正	較中國京都	較日本東京
東京未初三十三分四秒	後四刻三十三分四秒	
札幌未初三十九分三十四秒	後四刻三十九分三十四秒	後六分二十五秒
仙臺未初三十八分三十二秒	後四刻三十八分三十二秒	後四分二十八秒
函館未初三十六分五十六秒	後四刻三十六分五十六秒	後三分五十二秒
長崎午初十六分二十八秒	前五十三分三十二秒	前三十九分三十二秒
熊本午初十三分九秒	前五十六分五十一秒	前三十六分十三秒
廣島巳正五十六分三十九秒	前四刻三分二十一秒	前二十九分十三秒

兵庫巳正五十五分十三秒	前四刻四分三十七秒	前十八分二十七秒
大阪巳正四十四分二秒	前四刻十五分五十八秒	前十七分六秒
西京巳正四十分五十七秒	前四刻十九分三秒	前十六分一秒
名古屋巳正三十八分三十四秒	前四刻廿一分二十六秒	前十一分二十八秒
新潟巳正二十九分四十七秒	前四刻三十分十三秒	前二分五十一秒

中國美利加較時里差表

《周髀》所謂東方日出西方夜半，雲龍於游歷美利加益信。美利加合衆國都科侖布亞之午正當我京都戌初六分，而我京都午正則彼都寅正六分也，此東西里差法。或云時差，失古誼矣，就古準今，述中國美利加較時里差表：

中國京都午正	較中國京都	較科侖布亞（美利加國都）
科侖布亞寅正六分	前三時七刻九分	
阿拉巴麻丑初三十四分	前五時廿六分	後一時三刻廿六分
阿剛色斯丑初五十六分	前五時四分	後一時三刻十分
嘉里符尼亞寅初五十分	前四時十分	後三刻十六分
喀挪拉奪丑正五十分	前四時四刻十分	後半時三刻十六分

干捏底嘎奪子正三十六分四十秒	前五時四刻廿三分廿秒	後一時七刻廿九分
特納窪子正四十分八十二秒	前五時四刻十一分四十秒	後一時八刻十七分四十秒
佛勒里答丑初十四分	前五時四十六分	後一時三刻五十二分
若耳治亞丑初十六分	前五時四十二分	後一時三刻四十八分
伊利那倚斯丑初四十四分	前五時十八分	後一時三刻廿四分
英釐阿納丑初三十分	前五時三十分	後一時三刻三十六分
愛呵窪丑初四十分五十六秒	前五時十分五秒	後一時三刻十六分五秒
剛色斯丑正二十分	前四時四刻四十分	後半時三刻四十六分
根得基丑初廿六分	前五時三十四分	後一時三刻四十分
魯西阿納丑初五十五分廿秒	前五時四分四十秒	後一時三刻十分四秒
緬子正廿二分	前五時四刻三十八分	後一時七刻四十四分
馬理蘭子正五十二分	前五時四刻八分	後一時七刻十四分
馬沙朱色士子正三十四分	前五時四刻廿六分	後一時二刻三分
密西根丑初廿六分	前五時三十四分	後一時二刻八分
梅尼所達丑正四十六分	前四時一刻五分	後七刻五分
密士昔比丑初四十六分	前五時十四分	後一時三刻廿分
密蘇釐丑初五十六分	前五時四十分	後一時三刻十分
孥布拉士格丑正九分四十秒	前四時四刻五十分廿秒	後七刻五十六分廿秒

列法達寅初三十八分	前四時廿八分	後三刻三十四分
紐罕布西耳子正三十二分	前五時四刻廿八分	後一時七刻三十四分
紐折耳西子正三十二分	前五時四刻廿八分	後一時七刻三十四分
紐約子正四十二分	前五時四刻十八分	後一時七刻廿四分
諾司喀爾勒那丑初二分	前五時五十八分	後一時四刻四分
倭海約丑初十八分	前五時四十二分	後一時三刻四十八分
嫍里根寅初三十八分	前四時廿二分	後三刻廿八分
賓夕佛尼亞子正五十六分	前五時四刻四分	後一時七刻十分
洛答埃倫子正三十三分	前五時五十八分	後一時四刻四分
叟司喀爾勒那丑初八分	前五時五十二分	後一時三刻五十八分
田揑西丑初三十二分	前五時廿六分	後一時三刻三十二分
德格瑟斯丑正二十二分	前四時四刻三十八分	後七刻四十四分
窪蒙子正三十四分	前五時四刻廿六分	後一時七刻三十二分
勿爾治尼亞丑初十八分	前五時四十二分	後一時三刻四十八分
威士奪勿爾治尼亞丑初二分	前四時五十四分	後四刻
威士干逊丑初四十六分	前五時十四分	後一時三刻廿分
阿里瑣那寅初六分	前四時五十四分	後三刻六十分
打戈達丑正廿六分	前四時四刻三十四分	後七刻四十分

埃得和寅正十分	前三時四刻五十分	後四分
孟大那寅初六分	前四時五十四分	後四刻
紐墨西哥寅初二分	前四時五十八分	後四刻四分
尤達寅初十四分	前四時四十六分	後三刻五十二分
華盛頓子正五十四分	前五時四刻六分	後一時七刻十二分
歪阿明寅初三刻十三分	前四時四刻二分	後八分
印甸寅正四分	前四時七刻十一分	後二分

中國加納大較時里差表

加納大居美利加合衆國之北，我中國京都午正爲其疆吏所治之阿打窪丑正三刻十一分，然則前四時四刻四分矣，較之美利加國都之前三時七刻九分增四刻十分。其部落增減有差，若勃理治西科侖布亞後五時六刻二分，其最多者也。述中國加納大較時里差表：

中國京都午正	較中國京都	較阿打窪
阿打窪丑正三刻十一分	前四時四刻四分	
貴壁寅初一刻四分	前四時二刻六分	後一刻一分
紐勃郎司委骨寅正十三分	前三時七刻二分	前二刻六分

那拔司果夏寅正一刻十三分	前三時六刻二分	前三刻七分
布林司埃奪瓦脱寅正一刻十三分	前三時六刻二分	前三刻七分
瑪宜脱拔丑正十二分	前四時七刻三分	後五刻九分
勃理治西科侖布亞子正一刻十三分	前五時六刻二分	後一時四刻十二分
諸司威士奪里士利丑正三刻十三分	前五時二分	後一時二刻六分

中國古巴較時里差表

中國月朔，古巴匪自爲異，不述以此，而較時之里差則難可以日斯巴尼亞概之。不第惟是，兵納里屋諸部亦與夏灣納有差。或曰中國京都午正，是夏灣納亥初一刻十九分，今諏天文家，當以亥正二刻七分爲是。述中國古巴較時里差表：

中國京都午正	較中國京都	較夏灣納
古巴夏灣納亥正二刻七分	後五時二刻七分	
兵納里屋亥正一刻十二分	後五時一刻十二分	前十分
馬丹薩亥正三刻有五秒	後五時三刻有五秒	後八分五秒
山得客拉納亥正三刻九分	後五時三刻九分	後一刻二分
波都樸領希皮子初一刻	前六時三刻	後二刻八分
山地亞戈低古巴子初一刻七分	前六時三刻七分	後三刻

中國秘魯較時里差表

秘魯國都午正，當我大清京都子正二刻十有八分。其故何也？日輪自東而西，一晝夜周天三百六十度，是一時歷三十度也，以半時析爲六十分，是一時爲一百二十分也，以經度較里差，是日行一度需時四分也，以每度六十分計之，是時一分日行經度一十有五分也，如當我京都午正偏東三十度已爲未正，偏西十五度尚爲午初。雖然，晷影長短冬夏有差，所謂實日之時也。天算家平均一歲日軌之時謂之平日之時，即時辰表所行之時也。中國與秘魯既非同一午線，即不同此午時，繇此測彼，一依《游歷日本圖經》例，述中國秘魯較時里差表：

中國京都午正	較中國京都	較秘魯國都利馬
利馬子正三刻三分	前五時四刻十二分	
比五納丑初八分	前五時三刻七分	後十六分
嘎哈馬格丑初十二分	前五時三刻三分	後八分
阿馬所納丑初一刻五分	前五時二刻十分	後四分
羅乃奪子正二刻十分	前五時五刻五分	前八分
龍拔野格丑初十二分	前五時三刻三分	後十二分
利必達子正三刻三分	前五時四刻十二分	後四分
安嘎奇子正三刻三分	前五時四刻十二分	後四分
晚羅戈子正二刻十四分	前五時五刻一分	前四分
呼寗子正二刻十四分	前五時五刻一分	前八分

古四戈子初一刻九分	前五時六刻六分	前一刻九分
嘉里約子正三刻三分	前五時四刻十二分	前八分
温嘎威里格子正二刻十四分	前五時四刻六分	前八分
阿牙古曲子正二刻十分	前五時五刻五分	前十二分
阿不勒馬格子正二刻二分	前五時五刻十三分	前一刻一分
補羅子正二刻十分	前五時六刻十分	前一刻九分
倚格子正二刻十四分	前五時四刻十六分	前八分
阿勒吉拔子正二刻十二分	前五時五刻三分	前一刻五分
莫格谷瓦子正一刻十三分	前五時六刻二分	前一刻十三分
達格納子初一刻九分	前五時六刻六分	前二刻二分
答拉八嘎子初一刻九分	前五時六刻六分	前二刻二分

中國巴西較時里差表

中國京都午正爲巴西國都丑初二刻二分，是前五時二刻八分也，較美利加合衆國都寅正六分增一時三刻一十四分，較秘魯國都子正三刻三分減二刻四分，較日本東京未初三十三分四秒增四時一刻三十五分。彼此互參，地動益信。繇中測外，圖經通例也，述中國巴西較時里差表：

中國京都午正	較中國京都	較巴西國都
里約熱内路丑初二刻二分	前五時二刻八分	
巴亞拉丑初三刻三分	前五時十二分	後十二分
馬拉瀼丑初一刻五分	前五時二刻十分	前八分
標希丑初一刻十三分	前五時二刻二分	同國都
西阿拉丑初三刻三分	前五時十二分	後一刻五分
里約哥蘭諾的丑初四刻十分	前五時四分	後二刻二分
巴來罷丑初一刻九分	前五時二刻六分	前一刻八分
伯能不各丑初三刻十一分	前五時四分	後二刻十二分
阿拉痾瓦斯丑初三刻七分	前五時八分	前二刻十二分
塞爾日貝丑初三刻七分	前五時八分	前二刻三分
巴希亞子正	前六時	前一刻五分
斯不列多散多丑初二刻五分	前五時一刻五分	前八分
勝寶盧丑初一刻一分	前五時三刻十四分	後一刻五分
巴蘭拏丑初四分	前五時三刻十一分	後一刻五分
三達加達里拏丑初四分	前五時三刻十一分	後一刻五分
里約哥蘭的叟路子正三刻十一分	前五時四刻四分	後八分
迷拏日來斯丑初三刻十一分	前五時四分	同國都
痾瓦斯丑初四分	前五時三刻十一分	後一刻九分
馬的噶拉士子正一刻五分	前五時五刻十分	後四刻四分
亞馬孫子正一刻一分	前五時五刻十四分	後四刻十二分

中國日本度量衡表比較表

中國工部尺八寸有八釐七毫爲日本曲尺一尺曲尺一尺一寸一毫三釐有七當中國工部尺一尺，曲尺一尺八寸四分當中國廣東尺一尺，木工尺類推，其鯨尺加曲尺四分之一是曲尺一尺二寸五分，爲鯨尺一尺也。又有吴服尺，《續日本記》：應神三十七年遣使於吴求織縫工，携女工四而還，時爲晉光熙元年，尺名吴服以此，吴已入晉，此以地言也。光緒十五年爲其明治九年，改以曲、鯨二尺爲準。其度法有三：曰長短尺，十毫爲釐，十釐爲分，十分爲寸，十寸爲尺，十尺爲丈，皆曲尺也。所謂端者，鯨尺之二丈六尺曰距離尺，六尺爲間，六十間爲町，三十六町爲里，一里當中國六里七分有八。先是間數或六尺五寸、或六尺三寸、或六尺，里數或五十町、或七十町，今歸一律。曰量地尺，一間平方爲步，三十步爲畝，十畝爲反，十反爲町。其量法：十束爲撮，十撮爲抄，十抄爲勺，十勺爲合，十合爲升，十升爲斗，十斗爲石，而升以米六萬四千八百廿七粒爲率。升俗謂舛，又加木爲枡，語枡音若麻斯，其種有三：曰古枡，徑四寸九分、深二寸五分，曰京枡，徑四寸九分、深二寸七分，曰武佐枡，徑四寸六分有五，深二寸三分九釐八毫。今改量一例京枡云。其衡法：十弗爲毫，十毫爲釐，十釐爲分，十分爲匁，十匁爲貫，百六十匁爲斤，尋常斤百匁，唐目斤百六十匁或一斤百八十匁，大目斤二百匁，沈香目斤二百十匁，山目斤三百五十匁。詳玫厥制，述度量衡比較表：

度

長短尺	比度	較日本度
中國	分	一分一釐〇〇一三七
	寸	一寸一分〇〇一三七
	尺	一尺一寸一毛三七
	丈	一丈一尺一釐三毛七
	引	十一丈一分三釐七毛
英美	來因	六釐四毛九六
	因基	八分三釐八毛
英俄美	夫土	一尺五釐七毛
英	牙土	三尺一分七釐四毛
	破路	一丈六尺七寸六分三釐
德	里尼	七釐二毛
	昨路	八分六釐二毛九
	來因夫斯	一尺三分五釐
	也列	二尺二寸
	路最	一丈二尺四寸二分八釐九毛
法	來利美土	三釐三毛
	三基美土	三分三釐
	的希美土	三寸三分
	美土	三尺三寸
	的客美土	三丈三尺
	黑土美土	三十三丈
	基路美土	三百三十丈
澳	里尼	七釐二毛二七

		昨路	八分六釐九毛二二
		夫斯	一尺四分三釐一毛六
		若拉夫的	六尺二寸五分九釐
	俄	理你牙	六釐九毛九
		土因	八分三釐九毛五
		維路學若	一寸六分六釐六毛
		而新	二尺三寸四分六釐九毛
		沙人	七尺四分七毛四
	意	美土路	三尺三寸
		角美土路	三百三十丈
距離尺	中國	里	五町六間
	英	埋路	十四町四十五間
	澳	埋列	一里三十三町三十二間三尺八寸
	英	埋路海	十六町五十八間三尺
	德	昨路	一寸二分四釐三毛
		夫斯	一尺二寸四分三釐
		路也	三間四寸二分八釐
		維路斯土	九町四十六間四尺
量地尺	英漢	也苦路	四段二十四步
	澳	約若	五段八畝一步
		磨約昆	二段五畝廿二步二合二勺
	法和(荷,下同)比	阿路	一畝二合五勺
		也若多路	一町二十五步
	俄	的沙金	一町一段四步五合

立積尺	英漢 噸 船積		曲尺 四十二坪三合三勺七抄五二
		克土夫土	同(曲尺,下同) 十六坪二合八勺一抄
		克土	同 百三十坪二合四勺八抄
		拔列勃客	同 五坪八勺七抄八
		若拉夫的	同 百十九坪九合
	法和比	斯的路	同 三十五坪九合三勺七抄

量		比量	較日本量
常量	英美	治路	七勺八抄七七
		平土	三合一勺四抄八三七
		個土	六合二勺九抄六七五
		波土路	一升二合五勺九抄二
		瓦蘭	二升五合八勺七抄
		北基	五升三勺七抄
		市希基	二斗一合四勺九抄六
		克莫	八斗五合九勺四抄
		個土路	一石六斗一升一合九勺六抄
液量	中國		二勺二抄八八
			二合九勺九抄七
		斗	二升三合六勺
	德	也希路	三合一勺七抄五
		個智路	六合三勺五抄

	愛美路	三斗八升八勺
	夫的路	四石五斗七升
法	美里里土	五圭五四三五二三五
	三基里土	五抄五四三五二三五
	的希里土	五勺五抄四三五二三五
	里土	五合五勺四抄三五二三五
	的個里土	五升五合四勺三抄五二三五
	黑土里土	五斗五升四合三勺五抄二三五
	基路里土	五石五斗四升三合五勺
澳	才的路	一合九勺六抄一八
	看尼	三合九勺二抄四二六
	麻斯	七合八勺四抄三五三
	費路的路	七升八合四勺三抄五三
	愛美路	三斗一升三合七勺四抄有八
俄	波維土路	三升四合八抄九八五
	維土路	六升八合一勺七抄九七
意	里土路	五合五勺四抄三五二三五
	越里土路	五斗五升四合三勺五抄
和	賓外路	五抄五四三五二三五
	麻土日	五勺五抄四三五二三五

穀量		
中國		四勺二抄四六
	斗	四升二合五勺二抄
		六斗七升八合一勺
		四合七勺六抄三
		一升九合七抄一二
		七升六合一勺六抄四七
		三斗四合六勺五抄八八
		三石六斗五升五合九勺
法	謝替	五斗五升四合三勺五抄二三五
	斯地路	五石五斗四升三合五勺二抄三五
澳	別黑路	二合六勺五抄六四五
	若來尼斯麻西路	五合三勺二抄六九
	若路西斯麻西路	一升六勺五抄〇二
	阿夫的路	四升二合六勺一抄二
	費路的路	八升五合二勺一抄四
和	馬地	五勺五抄四三五二三五
	葛布	五合五勺四抄三五二三五
	西給比路	五升五合四勺三抄五二三五
	謝替	五斗五升四合三勺五抄

衡

秤量

	比衡	較日本衡
中國	分	一分〇〇八
	錢	一匁八毛
	兩	十匁八釐
	斤	百六十一匁二分八釐
	引	三百廿二匁五分六釐
	擔	十六貫百廿八匁
	石	十九貫三百五十三匁八分
英美	辯林	一釐七毛二八
	斯若路布	三分四釐五毛六
	土蘭	一匁三釐六毛八
	安土	七匁五分六釐
	磅土	百二十匁九分六釐
	斯唐	一貫六百九十三匁四分六釐
	個土路	三貫三百八十六匁八分
	狼土列土維土	十三貫五百四十七匁八分
	噸	二百七十一貫九百五十三匁
法	美里若蘭	二絲六六六七
	千知若蘭	二毛六六六七
	的希若蘭	二釐六毛六六七
	若蘭	二分六釐六毛六七
	的克若蘭	二錢六分六釐六毛六七
	黑土若蘭	廿六匁六分六釐七毛

		基路若蘭	二百六十六匁六分七釐
	俄	風土	百九匁四釐
		布土	四貫三百六十二匁
	意	犽郎馬	二分六釐六毛六七
		基路郎馬	二百六十六匁六分七釐
		因土美林	廿六貫六百六十七匁
		屯尼多拉	二百六十六貫六百七十匁
貨幣	中國	釐	一釐六毛六八
		分	一錢六釐六毛八
		錢	十六錢六釐八毛
		兩	一圓六十六錢八釐
	英	片 片尼	二錢一釐
		志 志林犽	二十五錢
		磅 磅土	五圓
	德	片尼喜	二錢五釐
		麻路若	二十五錢
		犽路田	四十二錢五釐
		因比亞	二圓五十錢
	法	棧金	二釐
		的新	二錢
	法比	弗蘭若	二十錢
	法	銀拿破侖	一圓
	澳金拿破侖		四圓
		若累醉	四釐九毛七

	弗路林	四十九錢七釐七毛
澳德到列路		七十五錢
澳	日克土	一圓九十九錢
	克路雲	三圓九十八錢二釐
俄	克背若	七釐五毛
	路波路	七十五錢
意	聖清水	二錢
	里拉	二十錢
知	仙土	四釐〇八二
	幾路田	四十錢八釐二毛
美	米路	一釐
	仙土	一錢
	泰莫	十錢
	土拉	一圓

中國美利加度量衡比較表

《書》曰『同律度量衡』，以度量衡爲用，而要以同律爲體，豈非以樂本於天歟？至以水爲比例而算學日精。別國初靡定則，或視其君足爲尺，或視其君大指節爲寸，雖欲同烏得而同之！法郎西患互市滋疑，欲更通用之則，於是美利加遣其重臣與英、法、俄、德會議，久之，量地周午線得其四千萬分之一爲一邁當。以白金制尺，準之爲量爲權，時當嘉慶九年，美利加所謂邁當者即其則也，合之中國工部營造尺爲三尺一寸三分四釐二毫一絲二忽八微。繇是十乘十分以計長短大小，繇是自乘以計面積，繇是自乘再乘以爲立方之積、容量之數，繇是量立方瀛水以爲權衡之因其度長短曰邁當，合華三尺二寸三分四釐二毫一絲二忽八微，弟邁合華三十二尺三寸四分二釐一毫二絲八忽，生邁合華三百二十三尺四寸二分一釐二毫八絲，密邁合華三千二百三十四尺二寸一分二釐八毫，弟細邁合華三寸二分三釐四毫二絲一忽二微八纖，生低邁即第細邁十分之一，密里邁即生低邁十分之一。其度面積曰阿爾，即平方各邊十邁當也，百倍於阿爾謂生阿，百分阿爾之一謂之生低阿。其量容積曰立得，即弟細邁立方也，合華二十九方寸七百九十一分有十六分之一，猶言一升也。曰第立即十立得也，合華二百九十七方寸九百十分有十六分之一，猶言一斗也。曰生立即百立得也，合華三千九百七十九方寸一百分有十六分之一，猶言一石也。曰密立即千立得也，合華二萬九千七百九十一方寸，是爲邁當立方積。曰第細立即十分立得之一也，合華二方寸九百七十九分一百釐。其量實積曰帶耳，即邁當立方也，與密立同，曰弟帶即十立方邁當也，曰第細帶即立方邁當十分之一也，與生立同。其權輕重曰喀麻，即與立方生低邁當之蒸瀛水等重，其水宜冷至百度表之弟四度將結冰者。曰第喀，即十喀麻也，曰生喀即百喀麻也，曰密喀即千喀麻也，是立方第細邁之水合華庫平二十六兩六錢，曰生密喀，十萬喀麻也，曰密密喀，即百萬喀麻也。是立方邁當之水曰第細喀即喀麻十分之一，曰生低喀即喀麻百分之一，曰密里喀即喀麻千分之一。其銀衡曰佛郎，即五喀麻之銀，曰第細法即佛郎十分之一，曰生低法即佛郎百分之一，互市者便之。雖然，商通於同而民習其異。美出於英矣，而他拉云者乃爲英之四仙令二品司，名目且異，何論長短多寡輕重也。不析言之、比較之以爲譯文符燭，其弗滋目治耳治疑也幾希。述中國美利加度量衡比較表：

較度弟一

	中國	較美利加
度法	八分二釐一毫四絲七忽五微(據《數理精蘊》,下同○會典圖工部營造尺八分有一毫,學計一得工部營造尺八分八毫三絲三忽)	一因制
	九寸八分五釐七毫七絲(會典圖尺九寸六分一釐二毫,學計一得九寸七分,税則海關尺八寸五分一釐,新推海關尺八寸五分一釐有六絲三忽八微○按中國尺長於英尺一分四釐二毫三絲)	一夫特(十二因制爲一夫特,猶言一尺也○中國一尺合十二因制有十分因制之一)
	三二三四二一二八(此小數也,居下條百分之一)	一密里邁當(百分生低邁當之一○省文則單言密里)
	三分二釐三毫四絲二忽一微二纖八沙	一生低邁當(百分邁當之一)
	二尺四寸五分	一牙脱
	三尺二寸三分四釐二毫一絲二忽八微(會典圖三尺一寸五分五釐,學計一得三尺一寸九分;或云二尺五寸,或云二尺四寸,非也)	一邁當(一譯每得○美利加依英尺三九三七有八爲一邁當)
里法	二里有三百二十四尺八寸六分五釐	一邁路(美利加以五千二百八十英尺爲一陸里)
	二千六百有二方尺四寸三分二釐八毫	一野格(美利加以二千六百四十英方尺爲一野格。猶言一畝也○每十二英尺爲一英方尺)

較量弟二

	中國	較美利加
量法	一升三合五勺有奇(會典嘉量斛容積二千五百立方寸)	一利脱耳(容積一立方得息邁當)
	一升五合三抄五撮	一衮(譯言瓶也)
	六升一合四勺有奇(部尺一百五十三立方寸)	一嘎倫(容積二百七十七立方英寸强,四衮爲一嘎倫)
	二石五斗七升八合八勺	一巴列(四十二嘎倫)

較衡弟三

	中國	較美利加
銀衡	六錢二分四釐五毫	一他拉(以英四仙令二品司爲一他拉○按一仙令合中國一錢五分,一品司合中國一分二釐二毫五忽;又或省仙令曰仙)
	三兩	一磅(二十仙令爲一磅)
	六十二兩四錢九分	百他拉(以英二十磅十六仙令八品司爲百他拉)
物衡	十二兩	一磅(一百三十三磅有三分磅之一爲中國一石,即百斤也)
	七百六十八兩	一布些耳(六十四磅爲一布些耳)
	一千六百八十斤	一頓(美利加以二千二百四十英磅爲一頓○按美利加船載又以五十立方英尺爲一頓)

中國巴西度量衡比較表

同度量衡，政之大者也，雖然時異地異同洲且然，况地背南阿美利加洲之巴西耶？巴西之長短多寡輕重不皆以十進，互市難之，於是國令以其國之舊法較法郎西十十相推之法：其度長短言分曰盧吳，約法郎西二密里邁當有二九，推之爲中國七毫一絲四忽四微三纖八沙八塵有二漠八模糊，由盧吳而十二之爲蠢吳，而八之曰爬吳，而五之曰畫拉，而二之曰布拉薩，而八百四十三之以計里曰啟羅邁當，而二千五百二十九之曰黎格。其量多寡實物之升曰式拉明，約法郎西一利脱耳有一三六按利脱耳爲弟滔利脱耳十分之一，推之爲中國一升五合三勺二撮二抄，由式拉明而二之曰馬開亞，而四之曰括達，而四之曰亞魯開亞，而六十之曰卯勞。又流質之升曰瓜鐵勞，約法郎西千分利脱耳之六六七，推之爲中國九合三勺六撮，由瓜鐵勞而四之曰加納達，而六之曰亞魯模得，而二十六之曰排蒲，而五十之曰敦。其權輕重如銀一千列司曰密耳來司，約法郎西十二格郎有七五，推之爲中國三錢一分九釐五毫八絲七忽一微七沙二塵四埃。如物權曰格賴吳，約法郎西四桑的格郎有九八一按桑的格郎居格郎百之一，格郎居啟羅格郎千之一，推之爲中國一釐三毫一絲九忽六微九纖五沙四塵一埃五渺八漠，由格賴吳而七十二之曰租廉，而八之曰歐吳司，而八之曰馬克，而二之曰磅，而三十二之曰亞勞巴，而四之曰坤忒里，而五十四之曰噸。以新改舊，總之不離乎以十乘十者近是。言英法異同者已有之矣，巴西之長短多寡輕重前無問者。述中國巴西度量權衡比較表：

較度弟一

	中國	巴西	原較法郎西
法度	七毫一絲四忽四微三纖八沙八塵〇〇二漠八模糊	盧吴（猶言分也）	二密里邁當有二九
	八釐五毫七絲三忽二微六纖五沙六塵〇三渺三漠六模糊	蠢吴（十二盧吴〇猶言寸也）	二十七密里邁當有五
	六分八釐五毫八絲六忽一微二纖四沙八塵二埃八渺八漠	爬吴（八蠢吴）	二百二十密里邁當
	三寸四分二釐九毫三絲六忽二微四纖一沙四塵四埃	晝拉（五爬吴）	一千一百密里邁當
	六寸八分五釐八毫六絲一忽二微四纖八沙二塵八埃八渺	布拉薩（二晝拉）	二千二百密里邁當
由度計里	五百七十丈八尺三寸三分八釐七毫八絲〇三微九纖三沙八埃九渺〇二模糊	啟羅邁當（八百四十三布拉薩有百分之廿三）	一百八十五萬五千一百密里邁當
	一千七百四十丈一尺四寸〇一釐七毫零九忽四微〇三沙九塵三埃二渺	黎格（二千五百廿九布拉薩有十分之一）	五百五十六萬五千一百密里邁當

較量弟二

	中國	巴西	原較法郎西
法質實量	一升五合三勺二撮二抄	式拉明（猶言分也）	一利脫耳有一三六
	三升〇六勺四撮四抄	馬開亞（二式拉明）	二利脫耳有二七三
	一斗二升二合五勺七撮六抄	括達（四馬開亞）	九利脫耳有九一
	四斗八升八合二勺三撮四抄	亞魯開亞（四括達）	三十六利脫耳有三六四
	二十九石二斗九升四合〇四撮	卯勞（六十亞魯開亞）	二十一弟滔利脫耳有八一八（十利脫耳一弟滔利脫耳）
法質流量	九合三勺六撮	瓜鐵勞（猶言升）	千分利脫耳之六六七
	三升七合四勺四撮	加納達（四瓜鐵勞）	二利脫耳有六六七
	五升六合一勺六撮	亞魯模得（六加納達）	十六利脫耳
	一石四斗六升〇一勺六撮	排蒲（二十六亞魯模得）	四弟滔利脫耳
	二石八斗〇八合	嗷（五十亞魯模得）	八弟滔利脫耳

較衡弟三

	中國	巴西	原較法郎西
衡銀	三分一釐九毫五絲八忽七微一纖一沙七塵二埃四渺	列司	
	三錢一分九釐五毫八絲七忽一微一纖七沙二塵四埃	密耳來司千列司	十二格郎有七五合英二仙令三品司

權物		
一釐三毫一絲九忽六微九纖五沙四塵一埃五渺八漠	格賴吳	四桑的格郎有九八一桑的格郎居格郎百之一
九分六釐零一絲八忽零七纖七沙四塵二埃	租廉七十二格賴吳	三格郎有五八四九或譯云三五八六，疑譌
七錢六分八釐一絲零四微六纖一沙九塵三埃六渺	歐吳司八租廉〇猶言兩也）	二十八格郎有六七九二或云二八六九一，疑譌
六兩一錢四分四釐八絲三忽六微九纖五沙四塵四埃	馬克八歐吳司	二二九格郎有四三三六或云二二九五二六，疑譌
十二兩二錢八分九釐六毫七絲三忽九微零八沙八塵	磅二馬克	四五八格郎有八六七二或云四五九〇五三，疑譌
四百一十二兩六錢五分六釐五毫零八忽	亞勞巴三十二磅	二十二敵羅格郎有九四三三六或云一四六九，疑譌
一千六百五十兩七錢八分二釐六毫零三忽二微	坤忒里四亞勞巴	九一敵羅格郎〇七七三四四或云五八七五九，疑譌
八萬九千一百四十二兩二錢六分零五毫七絲二忽八微	噸五十四坤忒里	四九五敵羅格郎有五七六五七六或云七九三二四四，疑譌

養喜廬文二集卷五

游歷日本圖經敘

皇帝御宇之十三年，雲龍應游歷試引見，派游日本、美利加、秘魯、巴西等國及英屬地加納大、日斯巴尼亞屬地古巴，而以日本始。先是雲龍游雲南而貴州，而四川，而湖北，而河南，而江蘇，而山東，而直隸，而京師，當駱文忠總督四川時，與阮兵備道祐守潼川府城、解敘永廳圍、克復長甯等縣，艸檄不少綴，然年少弗欲早進，或代言禄，輒辭之堅，試京兆躓，郎署廿年，碌碌無所短長，而以曠分陰爲懼。於經嗜小學，於史嗜地理兵制，而苦尠心得。舟車所至，又深以虛此一游無裨國計萬一爲懼。方游歷，總理各國事務王大臣勖之至再，道出天津，合肥伯傅中堂前此未一面也，見則教慰良深，雲龍自問當何如游哉！

初至日本，徐大臣承祖屆瓜期矣，然照料罔滯，以晝游夜記聞。黎大臣庶昌，實事求是者也，雲龍性差近，所由受益宏多。竊謂今之都邑地志皆古圖經體，《奉使高麗圖經》微乎其微者也。先述游歷日本圖經，於十五年夏屬草廿六卷，倉猝難可定稿，將有南北阿美利加洲之行，黎大臣入告謂體例甚善，俟從他國回至日本詳核。

明年航海東旋，奪者補之，譌者正之，未見未聞者譯之訪之，欲微而顯，故圖；欲簡而賅，故表。然視篹《順天府志》則難，何也？古籍争學漢文，而晚出之地理、海誌、兵法、商學、藝術諸籍半雜片假平假之字，譯文譯義，難一。西字依聲無定文，日本句讀顛之倒之，一字輒三四音衍之，而本字未可借音，難二。非涉兵機，轉思炫目，否則陽就陰避，情勢然也，難三。日本抄胥動攙俗體，難四。圖非鏤銅不精，鐵道電線非别之以朱不易指掌而疵輒毛舉，難五。活字可代寫官，然非一再録稿無以定也，難六。讐校人尠而期迫，難七。排印工寡，非以石版匡其未逮不能刻日成也，難八。而以行路之歲月倍於閉户箸書，汽船纔泊，筆不得停，一紙未終，火車復上，難九。況其學與技由西而東，積年乃成，而欲以一游再游測厥奥窔，難十。

或曰要領足矣，奚勞勞爲？雲龍則謂挈綱先綜目，非摻沿革猶夜行無燭也，非測地度猶窺天以管也，非别海陸之軍，無以洞其取法，非問創仍之官，無以鑑其流弊，非考物産之盈虚、出入之會計，無以判得失而酌損益，非究文學之源則漢學幾忘其祖，非志藝文與金石，則今古之同文、經史之異詞，無以徵且無以辨也。求志則然，如識淺何！雖然，末庸之咎非所敢避，畏難之見不敢或萌，即疑即問，即譯即筆，於是録者圖者、排字者、鏤銅者、刊鉛者石印者萃厥技藝，期於成書，而非黎大臣導之勖之，洞甘苦而慰勞之，幾何不疑懼交并也。乏兼人之勇，而欲縮十日之功於一日，豈不自知其難哉？雲龍勉爲其難，既以日程依史家編年體入《游歷圖經餘記》，而此圖經者文不襲古，惟其時也。然遷表固志、桑經酈注之體，不欲與之或舛，辭不取縟，欲其實也，而如稗史小説家言亦不采也。

爲類十有四：曰天文、曰地理、曰河渠、曰國紀、曰風俗、曰食貨、曰考工、曰兵制、曰職官、曰外交、曰政事、曰文學、曰藝文、曰金石、曰文徵、曰敍例，爲子目一百八十有三，爲卷三十，篇第相承，自爲敍曰：

航海之經，而度起英，非記載體，爰測自京，述經緯表第一。東紀改西，不夏時齊，非董理之，披籍滋迷，述中國日本月朔表第二。地形橢圓，環日而旋，東行日速，十七分遷，述中國日本較時里差表第三。晴雨何始，寒暖何止，壓力爲之，皆空氣耳，述晴雨寒暖表第四。涼燠視潮，而風視日，謂南北分，豈曰其實？述沿海氣候表第五。風向奚分，就實測云，述偏多風向表第六。漲縮風偏，時測海天，述沿海偏盛風表第七。月吸則潮，風熱度超，述潮候表第八。分合視圖，而説與俱，鐵道電線，朱以判之，述地圖第九。東高西下，形勢孰假？述疆域第十。廣袤斜寫，離海蓋寡，面積而外，元和例也，述四至八道表第十一。沿革靡記，奚見今地，疇舊疇新，孰同孰異，述沿革表第十二。府縣界尋，瑞穗非今，述府縣分疆表第十三。郡邨離即，繫之以國，述郡邨繫國表第十四。帶水襟山，表里海灣，述疆域險要第十五。蜻蛉一洲，環海四周，述海道險要第十六。港灣論千，小者略焉，其深實測，淺異品川，述港灣測深表第十七。燈質其常，計里測光，中國八十，未讓扶桑，述燈臺表第十八。曰浮曰立，見標者習，述晝標表第十九。商費民收，燈明舊留，諸標附著，亦立亦浮，述民設舊燈明臺諸標表第二十。其形圓錐，南北風歧，述暴風信號標表第二十一。厥都屢遷，橿原其先，述國都表第二十二。茅茨意遺，西京見之，述宮室表第二十三。樞密院增，餘舊貫仍，述官署表第二十四。碎石抵輪，無泥無塵，其塗厥舊，其議則新，述城市第二十五。里問元標，曰日本橋，述府縣廳至東京里表第二十六。孔道車指，支道異此，述府縣孔道支道表第二十七。本蝦夷耳，其闢未已，述北海道闢路表第二十八。九港非新，其最横濱，述商港繫年表第二十九。海里互參，倭七英三，述中外名港里表第三十。與國之疆，厥里毋忘，述聯約國里表第三十一。析言則多，棊布星羅，述島表第三十二。國東瀛間，而亦多山，述山表第三十三。火井寥寥，火山燭遥，述火山表第三十四。《水經》與注，體微而具，述河渠志第三十五。源流紛紜，合中有分，述水道分合表第三十六。泉性與質，測之得實，述鑛泉表第三十七。引水資工，其用不窮，述東京神奈川引用水道表第三十八。湖沼起止，輒逾廿里，述湖沼第三十九。謂瀑曰瀧，川源或雙，述瀑布第四十。吾妻橋新，餘問水濱，述橋梁表第四十一。一姓相傳，二千餘年，述世系表第四十二。明治以前，擁器何權，述權臣柄政年表第四十三。實陪臣耳，封建異此，述藩國表第四十四。其語近圓，其情易遷，述人情第四十五。貌取何爲？而恥不知，述形體第四十六。華士族殊，民彝同乎？述族類第四十七。厥黨非一，主入奴出，述黨目第四十八。如寢衣類，製與古符，作獲野觀，注補宋儒，述服色第四十九。不歌無魚，食肉非初，述飲食第五十。圭竇非歟，雅潔有餘，今則效西，而恐不如，述居處第五十一。遲昏則那，火化猶多，述俗禮第五十二。舞褎則長，厥音餘唐，述歌舞第五十三。問歲已酉，而農懼迷，述節令第五十四。語譯音翻，例續輶軒，揚子而起，不易吾言，述方言第五十五。人與代遷，魏志其前，述日本前代人口表第五十六。琉球而外，民數可會，述户口表第五十七。其險漸平，其人猶生，述北海道土人表第五十八。屯田曰宜，漢制之遺，述北海道屯田兵表第五十九。公私分列，謂之地別，述官民地表第六十。肥瘠減加，田賦有差，述地租表第六十一。東方易生，水産易贏，述物産第六十二。孰多孰寡，舉其要者，述動植大要表第六十三。錢法溯前，而紀今錢，述貨幣表第六十四。錢料防侵，謂之地金，述造幣局金銀料表第六十五。法在機先，而器亦全，述造幣機器表第六十六。其幣流通，鑄數非同，述貨幣鑄發表第六十七。古金亦及，出多於入，述貨幣出入表第六十八。藩劄濫觴，厥利轉長，述紙幣表第六十九。商物猶是，而直或否，述通商物直增減表第七十。商重於農，華其大宗，述中國出入日本物直表第七十一。所至一途，所自則殊，述出入物直繫地表第七十二。新潟商疏，非八港如，述八港税關物直表第七十三。日本行一，國立次之，正金又次曰兑换宜，述銀行表第七十四。行非會社，有相類者，述私立銀行分類表第七十五。店正而支，百萬有奇，述商賈數表第七十六。商亦有屬，領標者録，述商標表第七十七。貌襲靡杜，心得悔苦，東法效西，此其可取，述許專賣表第七十八。其農遜商，而田靡荒，述農表第七十九。絲不如湖，而出入輸，述蠶絲表第八十。鹽豈無税，煮海歲計，述鹽法表第八十一。茶得自唐，宇治其良，述茶表第八十二。葡萄釀新，它酒例陳，述酒表第八十三。菜蘆亦糖，蔗製者良，述糖表第八十四。曰他巴苛，其音轉倭，述淡巴菰工商表第八十五。船形西東，瀛帆非同，述舟表第八十六。車類有四，倨句中地，述車表第八十七。三萬餘燈，煤氣轉承，述瓦斯燈表第八十八。獵山漁水，食亦賴此，述魚獵表第八十九。礦不皆山，質詎一般，述礦表第九十。製非産比，炭礦則否，述官礦表第九十一。卄人之遺，工其可知，述官礦工表第九十二。售礦自官，歲同則難，述官礦售數繫年表第九十三。出入有章，礦務加詳，述官礦出入表第九十四。民礦因仍，而類則增，述民礦金屬非金屬表第九十五。其入孔多，如其出何，述民礦出入表第九十六。曰官曰民，礦行則均，述官民礦行合表第九十七。水火時間，荒政亦云，述備荒表第九十八。保物保生，險若可平，述保險表第九十九。勸學勸工，其會從同，述博物館博覽共進會表第一百。土木費支，歲亦不貲，述土木費表第一百一。其債歲會，有内有外，述國債表第一百二。王制量入，豫計非急，述歲計出入表第一百三。旁觀者清，對鏡則明，述歲計比較表第一百四。工同技獨，用考工目，述考工第一百五。兵器課堅，以造幣先，述官工表第一百六。利器溯原，不外聖言，述工器表第一百七。日傭計日，它工歲出，述工直表第一百八。罪人亦工，與西役同，述罪人工表第一百九。無益無損，其則不遠，述製度量衡工表第一百十。或造或修，聊舉其尤，述横須賀造船表第一百十一。水跨山鬬，狹我一尺，述鐵道計里表第一百十二。鐵軌其同，在經營中，述鐵道資本表第一百十三。費出自公，官董厥工，述官立鐵道局費表第一百十四。會社何爲，猶言公司，述民立鐵道會社費表第一百十五。飛車起止，刻期例視，述停車里數表第一百十六。車等有差，厥數寖加，述鐵道車數表第一百十七。所至利生，歲計其贏，述鐵道計入表第一百十八。民可使由，厥鬭未休，述鐵道年表第一百十九。史言無戰，時移法變，述兵制沿革第一百二十。兼人者誰，入伍有時，述徵兵已未入伍表第一百二十一。應召而來，固無棄材，述徵兵分類表第一百二十二。海陸之軍，求志亦云，述徵兵志願表第一百二十三。視身視齒，技猶後矣，述徵兵身格表第一百二十四。既往不追，而亦識之，述徵兵本業表第一百二十五。其地師管，用長舍短，述陸軍分管表第一百二十六。非屬不使，陸行臂指，述陸軍人屬表第一百二十七。大小隊充，其間曰中，述陸軍隊表第一百二十八。士卒相維，生徒學之，述陸軍士卒生徒表第一百二十九。豫備之備，是爲後備，述豫備後備士卒合表第一百三十。騎步縱横，亦有工兵，述豫備後備兵分數表第一百三十一。陸軍愆行，糾以憲兵，述憲兵表第一百三十二。其局馬盤，有教導團，述軍馬表第一百三十三。乘組者流，不屬則浮，述海軍人屬表第一百三十四。水師進止，其練視此，述海軍士卒生徒表第一百三十五。馬力之實，誰歟第一，述兵船表第一百三十六。扼險未全，晚造者堅，述礮臺表第一百三十七。封藩非初，改官非疏，述職官舊制第一百三十八。樞密長增，餘舊貫扔，述官制第一百三十九。再閏月支，西紀省之，述官禄表第一百四十。重武輕文，兼者仍分，述武官禄第一百四十一。爵亦有五，勳章遞受，述爵表第一百四十二。既居其職，亦食其食，述有位人表第一百四十三。秦使至否，不可詳矣，漢書樂浪，非後漢始，述中國交涉前事第一百四十四。録不可勝，出處聊登，述往籍交際條目詩目附第一百四十五。零落故紙，欲徵視此，述交際文第一百四十六。互市款關，矢信往還，述中外訂約通商年表第一百四十七。駐東欽使，自丙子始，述中國使臣表第一百四十八。交質非欺，來使紛如，述別國使日本表第一百四十九。厥使自東，絡繹道中，述日本使別國表第一百五十。徐福其先，寓公名編，述中國流寓表第一百五十一。借異地材，或亦自來，述別國人在日本表第一百五十二。初尠分馳，僑居寖滋，述日本人在別國表第一百五十三。分寶星光，而曰勳章，述互受勳章員表第一百五十四。吕記例言，如指掌然，述大事編年表第一百五十五。權量類通，庶其大同，述度量衡比較表第一百五十六。遵道置郵，書以函收，述郵便表第一百五十七。通字録音，何慮海深，橫濱其始，續之至今，述電信局數線路表第一百五十八。刑始解除，西法異初，述刑略第一百五十九。儒學自華，支派有差，述學派源流第一百六十。片假平假，民無疑者，五十字音，翻切例也，述日本文表異字音學附第一百六十一。儒學之起，以《論語》始，西學流倭，格致轉多，述學校合表第一百六十二。近墨近朱，不學者無，述已未入學表第一百六十三。等判初中，高等見功，述小學校師弟子表第一百六十四。曰高曰初，厥等非虛，述尋常中學校表第一百六十五。教學時移，而學爲師，述尋常師範學校表第一百六十六。並騖者荒，博愛者忘，述專門學校表第一百六十七。婦學之遺，而在於斯，述高等女學校表第一百六十八。校皆官立，兵商亦習，述官立學校表第一百六十九。非府非縣，誨亦不倦，述雜學校表第一百七十。厥學寖多，而亦有科，述雜學校科第一百七十一。未入學者，亦有園也，述幼穉園表第一百七十二。圖書森羅，亦不厭多，述書籍館表第一百七十三。多以學游，此則官留，述日本人留學別國計費表第一百七十四。問越高名，學費前贏，述公學費歲入表第一百七十五。其出有名，亦經亦營，述公學費歲出表第一百七十六。《七略》意遺，班志沿之，中國所逸，不圖在玆，述藝文志第一百七十七。豈無重輕，正史翼經，臣能刻畫，敢忘樂貞，述金石文第一百七十八。漢魏鑄金，賜印傳今，它刻層見，非玩物尋，述印志第一百七十九。歐陽刀歌，如未見何，劍徵刀熾，效西則那，述刀劍志第一百八十。其樂其貞，一千餘名，較之彼表，孰絀孰贏？述金石年表第一百八十一。文豈無徵，寓勸寓懲，述文徵第一百八十二。自序聊存，豈擬龍門？敘例二字，本史通言，述敘例第一百八十三。

日本經緯表小敘

談日本經緯者輒襲陳言起經東京，否則僅沿西説，起經緑威，揆之游歷記載，體有未安。雲龍謹遵《考成後編》，以黄赤大距北極高度爲立算樞紐。我大清京都北極出地三十九度五十五分，北緯準此；經度先起京都，《春秋》例也，次英吉利，航海通例也，次日本東京，著所游國也。其國緯線起赤道北三十度五十八分四十五秒，止四十五度三十一分二十五秒，經線起東京偏東十度，止偏西十一度，然如千島北緯五十一度、東經十七度、小笠原北緯二十六度有奇、東經三度，又難以四大島例之。琉球別著。述經緯表。

中國日本月朔表小敘

日本初用大古曆，其識夏時自欽明十四年百濟國遣博士傳元嘉曆始，時中國梁承聖二年也。越百四十年有奇，文武年間改儀鳳曆，即唐麟德曆。淳仁用大衍曆，當唐玄宗時。天安用五紀曆，當大中十一年。用長慶宣明曆最久，凡八百年有奇，當我大清康熙廿三年，爲真享元年，改貞享曆，即元授時曆也。寶曆曰寶曆甲戌曆，天保曰天保壬寅曆，一在乾隆十六年，一在道光十年。其沿華曆，非從朝鮮即由琉球。或曰羲和之子出於暘谷，以國爲氏，殆出日官？其説近臆。大倭即今奈良縣大和國，其改日本實始唐時，史册非誣矣。儻其國以精天算著，而僅聞一賀氏學，何歟？明治以同治七年九月八日改元，猶未改曆，尋以西曆五年可省官禄二月，遂于同治十一年十一月三日改爲明治六年一月一日，以三百六十五日爲一年，二月之日二十有八，一、三、五、七、八、十、十二，皆三十一，餘則三十日，四年閏一日，即《周髀》三百六十五日者三，三百六十六日者一也。紀日用七政法，以日、月、火、水、木、金、土爲敘，繫以日月曜，火曜亦曰安息日，日曜給假，所謂禮拜日是也。當中曆之房、虚、昴、星四宿，不董理之，動滋轇轕。述中國日本月朔表。

日本晴雨寒暖表小敘

讀《宋史》已知日本四時寒暑大類中國，今以游歷，知東西京與浙江、江蘇略似，然南北互異。東海道氣温冬春間函嶺西海風强，東多陸風，畿内風少，寒暄得平。東山道霜早，其岩代以北冬雪積，春半漸融，兩羽風力强甚，動至拆屋。北陸道寒時下冰點五六度，而熱逾九十度，風强雪多。山陰道寒暑俱强，與北陸西似，冬雪三四尺。山陽道氣和風少，與畿内相伯仲。南海道暖，非高處不積雪，淡路夏賈以夜，如吕宋夜市，土佐圃蔬午槁夜蘇。西海道暖多寒少，其南炎威獨酷。北海道寒，非夏晝無著單袷，冬雪封路，人行簷下，故屋簷獨寬，五六月花木齊榮。其晴雨寒暖固由地氣，而皆與空氣爲緣。空氣之熱多自日光，有受有散，有水氣有雹氣，測厥壓力以風雨表，日本人謂之晴雨計，測厥温度以寒暑表，日本人謂之寒暖計，雨降晴升，暖漲寒縮，其顯焉者。又有露點器，置庭中受露，露入則器機起，露多起益高，視高出佛鼇可測壓力，視高出之度可測温度，亦夜測一法也。英之佛鼇即分微數之尺也。兹合日本十數年來氣候高低而平均之，述晴雨寒暖表。

日本沿海氣候表小敘

日本沿海之氣候視潮寒熱。熱潮黑潮也，凡海國，熱潮所至，氣候之暖因之。日本夏季，赤道下熱潮自九州沿日本島而東，其北寒潮與遇，從津輕峽入日本海，既而熱潮入白令，寒潮遂復至三陸東岸，待熱潮勢殺乃離海岸。總之，北風起則熱潮退，南風起則熱潮進，其大略也，小有異同，山海形勢然也。然或謂南風暖北風寒，非也，蓋風來赤道則暖，黑道則寒，日本在赤道北與中國同，南風暖北風寒，秘魯諸國之在赤道南者異矣。寒暖繫日不繫南北，地繞日動，此亦一證也。述沿海氣候表。

日本偏多風方向表小敘

測風方向以三百六十度，四方居四之一爲九十度。方分爲四，曰北，正北也，微東曰北之東，又少東曰北東，又東北陽之東曰東北東，餘可類推。茲就日本之實測處述偏多風方向表。

日本沿海偏盛風表小敘

海風以力言曰大，以疾言曰暴，以旋言曰颶，颶一作颶，以寒言曰颱。氣與潮有兆視鍼，沿海有避路視圖視經度。日本海峽冬雨雪，西北風偏盛，四月當中國三月，西風兼西南；五月當中國四月，南風而時變西南與東南居多，九月當中國八月，多晴而颱時起，然不時之風往往而有。述沿海偏盛風表。

日本潮候表小敘

潮之消長視月，潮之寒熱視風。日本南西信風間，黑潮温度最大者八十六度，半時速力三海里，合華里廿餘。五月至九月平均度八十有二，時中國六月至十月也。四月至十月當中國五月至十一月，熱寒水交，黑潮減七度十度有差。十一月至三月當中國十二月至四月，日本海岸降六十三度，寒潮迎北風力半時速力僅二海里。日本《寰瀛水路誌》所謂親潮與熱潮方向相反，則亦寒潮也。堪察加海南東岸及千島列島南北海道東岸、日本島東岸，沿犬吠崎而南約華里六百有奇，速力冬强。述潮候表。

日本地圖小敘

粤稽神農以里計地，尚矣據《帝王世紀》，地圖權輿亦其時矣據《春秋元命苞》。周之地圖，大司徒職方氏掌之，欲知利害，舍圖奚自，而況日本爲脣齒國歟？兹繪計里總圖，而以朱文重於其上者，舊闢新拓之鐵道與夫海陸四出之電線也，琉球而外，又繪府若縣若廳四十有二，其香川一縣分自愛媛，已在書垂成時矣，故補繪之。日本之圖非不求精，然雜英文，分合輒非一律，此異其例也。述地圖。

雲龍既刊銅版《日本總圖》，復以電線爲單朱文，鐵道爲雙赭文，分鏤木板，多有彼圖所猶未逮者，庶其加詳也乎？停車要地增入銅版矣。光緒十五年秋。

日本四至八到表小敘

《魏志》曰倭地周旋可五千餘里，《隋書》曰倭人不知里數，但計以月，其國境東西五月行，南北三月行，各至於海，都於邪摩堆，即《魏志》所謂邪馬臺也。今境以華里計，起東北訖西南，斜長四千里有奇日本里六百餘，周圍四百七十萬里有奇日本六十七萬二千，於東西見廣，於南北見袤，於四至見方，於八到見隅，然非面積，指掌仍難。爰變《元和郡縣志》例而仍其名，述四至八到表。

日本郡邨繫國表小敘

日本所謂區者較郡爲小，所謂町者較邨爲繁。内務省地理局所著《郡區町邨一覽》與報册微有異同，據知時或分合也。就所訪聞，凡郡八百有九，區二十有六，町一萬五百有九，邨五萬五千七百九十七。北海道郡在其中，而若區若町若邨實所未詳。述郡邨繫國表。

日本港灣測深表小敘

東京品川難可泊船，灣淺故也，小灣無慮千百，今録港灣三百一十有奇，深經實測，非由臆度。述港灣測深表。

日本燈臺表小敘

燈臺形或近塔，置竿，省費也，水深十尋如本牧，七尋有半如函館，非置碇用船則燈無著，亦有用導船者。臺質有鐵有木，有石有煉化石，煉化石即瓦也。日本臺五十五、竿七、船二，凡六十四，而大阪長崎臺各二，石川、高知、福岡臺各一，三重、宮城、青森、鹿兒島竿各一，與夫觀音崎之副臺、横濱之試驗臺，皆設自民。

燈臺亦曰夜標，而晝遇霧雪則有霧鐘、霧笛、霧礮，用礮者尠，鐘較笛多，鳴皆以機。然或燈鐘並停，年有定月，如納沙布崎停在二月、宗谷岬停在一、二月是也。

其測光達距里法，大約臺高海面百尺，光達海里二十倍，達二十四里，五百尺高達三十五里，今合華里入表。航海經度輒準緑威。燈臺指迷難易厥常，經緯起十度而度、而十分而分、而十秒而秒。最危險礁亦摘録之，若質若色，若光若費，與地與人，罔弗具。述燈臺表。

日本晝標表

險在潮用浮標，險在礁則用立標，陸標亦礁類，澪標亦浮類，或呼燈爲夜標，此並晝標統晝夜言曰海標。日本晝標設始同治八年，當彼明治二年。廿年來，浮標十有八而廢其一，立凡九，兵艦商舶均難可忽，然燈臺設岸，其地固繫府縣，此則未盡專屬也。述晝標表。

日本民設舊燈明臺表小敘

光緒十一年廢京都、石川、鳥取、廣島、愛媛、熊本臺各一，未廢而停京都、廣島、愛媛燈又各一，存臺與竿八十有三，其造費臺百五十七圓、竿七十五圓，並出自民，而維持費臺八千一百七十一、竿一千五百七十九，則徵自入港商舶，凡臺費八千三百廿六圓，竿費千五百又三圓，謂之入高，蓋其額也。述民設舊燈明臺表。

日本暴風信號標表小敘

風信號標凡三十七，有球式，而圓錐爲多。其種二：一上鈍下鋭，暴風南來視此，夜以上二燈下一燈代之，一上鋭下鈍，暴風北來視此，夜以上一燈下二燈代之。暴風尠處一燈或無燈。述暴風信號標表。

日本國都表小敘

當周惠王十七年，其國王神武始都倭之橿原，今爲奈良縣大和國，可不謂棉蕞歟？和爲倭之改字。厥後都屢遷屢復，至於今都武藏國江户城，改號東京。先是權臣道灌宅此，繼之者上杉氏、北條氏、德川氏，凡五百一十二載。明治元年王都徙自西京。述國都表。

日本宮室表小敘

日本往籍言，推古七年，聖德太子奏：歷代禁造或大或小，未曾格理，自今以定美疎者，依時必不可大也。方面三百六十五步，二十八殿並立。第二十五之一殿是爲祭神齋殿，以他七十二殿爲天皇所領殿，宜檜材造檜皮葺矣。南面大殿移日少宮，以柱支平棟而梁，裡天井則攝萬機之殿也，時以此法造小墾田宮。桓武延曆十二年，造新宮於山背國，山背今名山城。翌年十月，自南京遷北京，今之平安城是也，謂之大內裡。歷百六十餘年而大政之權操自武家，遂爲小內裡矣。繼體三遷，它代或移或仍。安閑宣化之宮同名勾金而地有異：一在勾金橋，一在檜隈廬入野。明治維新，營宮於江户城，於光緒十五年春居之。其宮外參西法用瀛機焉，而內沿舊制居多。述宮室表。

日本官署表小敘

日本官制初概學唐，厥署亦仿佛居多。數數徙都，署隨之變。都東京初，江户城新宮未蕆，故內閣、宮內省皆近假皇宮，光緒十五年春徙新宮側，樞密院者先議院而設，在光緒十四年明治二十一年，它署亦不無變更也。述官署表。

日本東京街道表小敘

東京街道凡十有五區：曰麹町區，厥町四十，曰神田區，厥町九十九，曰日本橋區，厥町九十五，曰京橋區，厥町八十八，曰芝區，厥町九十五，曰麻布區，厥町四十二，曰赤阪區，厥町廿三，曰四谷區，厥町廿九，曰牛込區，厥町六十七，曰小石川區，厥町六十二，曰本鄉區，厥町四十七，曰下谷區，厥町五十五，曰淺艸區，厥町八十六，曰本所區，厥町五十三，曰深川區，厥町八十九，凡九百七十町。光緒十四年議擴市區之道，明年後加詳，議凡河梁、鐵道、公園、鳥市場、青物市場、獸畜市場、屠場、火葬場、塋地，因地分類，厥等有差。道廿間以上曰第一等第一類，六尺曰間也；中央馬車道十二間餘，左右步道各三間餘。又十五間以上曰第一等第二類，中央十間餘，左右各二間餘。又十二間以上曰第二等，中央八間餘，左右視一等之第二類也。又十間以上曰第三等，中央六間以半，又八間以上曰第四等，中央五間以上左右一間，又六間以上曰第五等，中央四間以上左右各半間，然未鳩工也，厥名亦未之改。述東京街道表。

日本府縣廳至東京里表小敘

日本府縣不以治所爲主，立木標於適中處，書揭來里，謂之元標，元有長誼，第一標也。東京元標在日本橋，測量家記里以之。道難執一，宜指所經，合之華里，述府縣至東京里表。

日本府縣廳孔道支道表小敘

雲龍於日本内地未遑周歷，然孔道支道輒就日本里數合之華里。分道十有六，問道者或亦有取於斯。述府縣廳孔道支道表

日本北海道闢路表小敘

日本四十二尺謂之七間幅，廿四尺謂之四間幅，十二尺謂之二間幅，六尺謂之一間幅。同治十一年以後，北海道開路未已，光緒十一年尚有未及六尺之道華里四十七里有奇日本五里十九町。茲就六尺以上述北海道闢路表。

日本商港繫年表小敘

咸豐九年以前，日本無所謂商港也。商通而港遂開，所謂五港者，曰横濱，曰長崎，曰神户，曰新潟，曰箱館，然如大阪諸處亦要港也。長崎之嚴原、博多，山口之下關，皆不能及。夷港偶亦通商，拓猶未已。聊就所成述商港繫年表。

日本中外名港里表小敘

日本横濱至上海，當中國十一月至四月日本七月至三月航陸岸南在北緯三十度，多東北風，宜向大島東北行。夏近陸岸，行黑潮間，然航内海爲宜，内海者，瀨户内也，在山口神奈川間，非若大島，四月至十一月日本三月至十月輒多大風。長崎五島之近海即大瀨崎，潮力曲壓，常轉艦而北，可畏也。東北潮來自朝鮮，駛此而男島，而女島，而怕拉拉斯岩，而揚子江，而上海。自箱館至上海航津輕海峽，遇偏西風行難甚，然較日本島即中土東路可省華里一千一百有奇海里三百，無大隅海峽逆流。當西風、西南風發函館，過矢不來藻邊，駛向口角而避險，不一日至矢越崎，水深二尋至十二尋。相距廿餘里海里七有港最良，然風變東則解纜難，東南溯流强甚，海底泥多故也。風儻西來，沿峽北至松角而向大崎，可以横駛津輕海峽，但出峽口，風恒退一二點。矢越崎、松前間亦險，宜趁潮緩出津輕峽，至北緯三十七度。風儻南來，則由日本島邊駛隱歧島，庶穩至長崎之平户水道也。然小島多石，難可率意。此至中國海路大要。他國諸港航路，撮其里數，述中外名港里表。

日本島表小敘

日本四大島云者：一中土，亦名本州，二四國，三九州，四北海道。層出四大島外與夫日本内海，無慮三百有奇。其次曰岬，《集韵》或作『砰』訓『山旁』，《淮南·原道訓》注『山脅也』，日本人謂山突出水間爲岬也。曰峽《集韵》本作『陝』，或作『陿』，日本謂兩山夾水，與古誼符。曰嶼，日本謂島之小者，與《説文》訓島誼亦符。曰埼，亦作崎。與《集韵》『埼或作崎』合，《正韵》『曲岸頭也』。日本人謂突出海中者高爲岬、低且平爲崎。此外若鼻若嘴，大氏以形勢名。沙洲附著於篇，聊助圖説所未逮。述島表。

日本山表小敘

日本遷都東京，無山，非若西京在叢山間矣。山脈北起樺太，東出千島，皆走北海道，蟠結而南向，東山蜿蜒起伏於畿内、山陰、山陽間。甲斐、駿河之富士山爲通國冠，亦名不二山，積太古雪，下瞰連山如奔濤，矗一萬四千一百七十尺，四面略同，巔有凹，爲舊噴火處。分脈南出伊豆，半島也，接南海群島。其北陸一脈，走加越爲白山、立山，至近江分二：一由伊勢、大和而吉野，而伊紀，一西爲山陽、山陰二道界，逕西海道豐前、豐後、築前、築後，折南有阿蘇、霧島，數山峙於熊本縣之肥後、宫崎縣之日向，與琉球群島應，其山陽，紀伊餘脈結爲淡路島、四國之雲邊、石鎚諸山。其淡西在山陽、四國間，是爲瀨户北陸最高之山，即白山也，在古賀能美郡，跨越前、飛驒、美濃，其峰三：南曰别山，北曰大汝，中曰御前。險在中峰，直立八千四百尺，後有劍峰，狀如五劍，四時雪擁，白山之目以此。東山道又有乘鞍嶽，横亘飛驒之增田、大野、吉城三郡。又有日光山，一名黑髪山，在下野都賀郡，直起六千四百八十尺，外山、小倉山皆其麓也。岩城山在陸奥津輕郡，一名津輕。富士又有鳥海山，在羽後飽海郡而跨由利，低於日光山十有二尺。山陰道有大山在伯耆會見郡。西海道有阿蘇山，在肥後，高峰曰高嶽，一名雲生，亦名赤膚，東脈曰根子嶽，西脈曰御嶽、猶尾嶽，屬於黑川邨，最西曰往生嶽，屬狩尾邨，稱阿蘇五嶽云，山或不高，其名日著者，非陸路通衢即海塗標識也。

山凡一千有奇，富士山其最高者也，次加賀之白山、信濃之御嶽，兩山並駕無甚軒輊，又次羽後之鳥海山，又次則下野之日光山，又次羽前之朝日山，又次信濃之淺間山、北見之湯輪尾山，而北見之科見山、越中之立山、陸奥之岩木山、日向之祖母山、大隅之八重山，微與之遜，又次羽後之森吉山、日向之霧島山，又次膽振之蟹寒山、渡島之大川山，又次伯耆之大山、豐後之由布嶽，又次伊豫之鬼鬼森、日向之法花山小松山、渡島之黑嶽、千軒山、河汲峠、常陸之築波山、近江之伊吹山、信濃之駒嶽、陸奥之兆山、恐山、北見之唐淵山，下此比不及三千尺矣，輒就海面平測千尺以上者詳若干高，餘録厥名，備指掌也。繫山於郡，繫郡於國，繫國於府縣，挈綱領也。第而曰三神山，今親見之，附會其説，於游歷乎何裨？述山表。

日本火山表小敘

日本火井惟新潟越後國頸城郡有之，遜中國四川遠甚，而火山十數，時噴灰石。先是富士亦火山也，戴雪而童，其巔凹，餘吐焰跡。東有山曰寶永，如贅，傳言寶永中噴石，一夕成山，因名，事在我大清康熙時，昔有今無，非無徵矣。地中流火無處無之，泉近而温，山溢則火，此質此理詳地學家。述火山表。

日本河渠志小敘

日本無大川，就川言大，其利根川乎？千年川次之。自達於海者約二百六十有奇，分合之水無慮千有奇。其國《河渠志》未見專書善本，雲龍曾修《順天河渠志》，定厥體例，以大水包小水，綱曰過，目曰逕，小水入大水曰注，大水合小水曰受，由來曰從，同流曰合，分流曰出，水穿山亦曰出，水有所止曰至，桑《經》酈《注》例也，兩水敵曰會，小注大曰入，因水入水曰達，正絶流曰亂，順流而下曰沿，又《禹貢》通例也。凡水先源，次流，又次志厥歸宿。就日本水道條分縷析，一如《順天河渠志》例。述日本河渠志。

日本水道分合表小敘

日本河渠巨細一千有奇，厥名有同有異，今著異名，庶其同名易撿乎？第著巨流之異名，其細已見水道，非漏也，以水道爲綱領，即以分合爲條目，舉所逕國其府若縣若廳，不煩更贅矣。述水道分合表。

日本東京神奈川引用水道表小敘

日本西京水潔，用不待引也。東京資玉川、神田、千川三水。先是玉川上水於承應元年，爲順治九年，疏自多摩郡羽邨小渠，通四谷大木户伏流，謂之陰筧，逕麹町、赤阪、芝、金杉，東南流逕京橋、八町堀、築地、芝濱諸市。其神田上水出井頭池，古名御茶水，多摩郡吉祥寺、牟禮二邨間寬二萬坪，清泉湧出凡七，而夏轉涸。寬永中當明天啟間，德川家光鑿之，創名井頭。承應中工始引小石川，亦曰陰筧，出鍛冶橋，而京橋，而江户橋，而小綱町，而神田橋，而柳原，而兩國橋，而濱町，神奈川引用之水亦資玉川，通計所引水道六十八里三十九町五十間，以華里計，逕東京境三百七十里有奇，逕神奈川境八十里。用水處爲井，曰並井，常井也，曰吹井，湧泉也，創與繕皆有費，用水有賦金。述東京神奈川引用水道表。

日本礦泉表小敘

礦泉氣質有金、銀、鐵、苦土鹽、硫、硝、礬緑、朱、石炭、石精、鹹清、硫酸、炭酸，以及硫化苦土、硫化水素酸性類，難可枚舉。苦土華書譯作鎂，亦曰麻苦涅沙。日本嗜浴，故於温度若干、質性，祛疾宜否罔弗辨。化學可參也，覈自衛生局。説者謂單純泉温六十三、冷三十四，酸性泉温四十一、冷三十五，鹽類泉温九十一、冷六十，硫泉温七十九、冷廿五，雜泉温廿四、冷十九，凡温三百三十七、冷百八十六，此外未試驗者温三百三十四、冷三百廿一，而未詳温冷者十一。然如長崎島島一泉，船名明治丸者，光緒十三年泊海南得之，報衛生局測質與度，類此滋多，而册説非複即奪，就目質耳甄摎所信。它若鹿兒島縣薩摩國有沙如蒸，可熨筋攣，謂之温沙，又有礦泉，質與效埒，然泉非温。附録驗者，述礦泉表。

日本湖沼表小敘

琵琶湖其巨擘乎？受八百八水，有淡海之目，爲勢多川之源，圍約華里五百有奇，島嶼爲堤，輪帆往來無虚日。雲龍游在光緒十四年冬十二月，其它湖沼皆鄶下矣。雖然，或分田溉，或瀦山瀑，或導川源，無慮三百有奇，未可汙潦例也。述湖沼。

日本瀑布小敘

日本瀑布著者已不下八百，微瀧難枚指矣，巨川洪流往往出此，非第雌雄雙飛、噴煙詭狀已也。今溯所導爲某水源，如水自有源而飛瀑注之則謂之入，或謂之注，謂瀑所自曰出，略如水道例。紀伊國有觀音瀑二、大瀑二，越後國有大瀑八，類此同名夥甚，非複也。述瀑布。

日本橋梁小敘

日本橋梁有木、有土、有磚、有石、有鐵，光緒十四［三］年冬雲龍游厥内地，無地無水無梁，或且雙流貫郵，一家一橋，難更僕數矣。今舉一百五十尺以上者述橋梁。

日本世系表小敘

日本史册自言：神武以前有神治高天原，曰天御中主尊，曰高皇産靈尊，曰神皇産靈尊，是爲三神。然則三神山云者，殆由是傅會歟！繼此曰可美葦牙彦舅尊，曰天常立尊，又次曰國常立尊，曰豐斟渟尊，曰泥土煮尊，曰沙土煮尊，曰角織尊，曰大苫邊尊，曰面足尊，曰惶根尊，曰伊奘册尊。自國常立尊至諾册二神是爲天神七世，有獨化，有耦生，非一人一世也。曰天照太神，曰正哉吾勝勝速日天忍穗耳尊，曰天津彦彦火瓊瓊杵尊，曰彦火火出見尊，曰彦波瀲武鸕鷀草葺不合尊，是爲地神五世，此類名稱半出追述。茲紀厥年斷自神武，其元年爲周惠王十七年，至於今當國朝光緒十五年，歷年二千五百四十有九，其傳世一百二十有一，雖權臣柄政君擁虚位者六百七十有六年，而一姓相傳，嗚呼僅矣！如推古，如持統，如皇極，傳後也，又如元明、元正、孝謙、明正、後櫻町，傳女也，微獨傳兄傳弟、傳子傳孫而已。不傳位者男爲僧，稱法親王，女爲内親王而不字人。《倭漢三才圖會》曰古以皇女未嫁者爲伊勢齋宮，自垂仁天皇女日本媛命伊勢齋宮始，又曰加茂齋院，自嵯峨天皇女有智子内親王加茂齋院始，無内親王則簡諸王女用之。至土御門院以來，齋宮院之事絶無，今多爲尼宮矣。凡稱踐位，神武以次皆然，天智而下或稱即位，繼體以前無讓位者，厥讓有順有逆，讓輒爲僧，謂之法皇仙洞落飾，仙洞之言遁位也，落飾之言薙髮也。宇多天皇昌泰二年落飾，法名曰金剛覺法皇，其稱法皇始此。太寶三年贈持統天皇曰太上天皇，此又稱太上天皇之始也。淳仁、光嚴、崇光，直書曰廢，柄去久矣。明治維新，權臣頓革。述世系表。

日本權臣柄政年表小敘

神武元年彼可美真手令道臣，命掌禁軍警衛而無將軍名，崇神始置四道將軍而無大稱，景行四十年，拜皇子小碓征夷大將軍征東，即日本武尊也，而亦無擅政權，三韓之役，神功后親執鐵鉞，推古十年，以皇子久目爲征新羅將軍，見於日本史册。據知，大將軍不常置，厥後武置大將，然皇子親王外無任者，初亦恐權移也。聖武神龜元年，以藤原宇合爲持節大將軍，高橋安麻呂爲副將軍，擊陸奥蝦夷，以小野牛養爲鎮狄將軍撫出羽蝦夷，而猶非世任大將軍也。武臣平清盛以戰任太政大臣，而後源頼朝拜征夷大將軍，時建久三年，當宋紹熙三年。自時厥後，征夷大將軍遂爲武將霸府之恒制矣。子頼家弟實朝繼之，頼家子公曉殺實朝北條義時，立頼經爲鎌倉主，其拜征夷大將軍年裁二歲，於是權歸北條，以頼嗣繼，其次曰宗尊，曰惟康，曰久明，曰守邦，曰護良，曰成良，實皆聽命北條。足利尊氏起自任征夷大將軍，至足利氏而大將軍位親王、三公上矣，次尊氏者曰義詮，曰義滿，受明封册稱日本國王。由義持以至義昭，其權則衰，蓋自義植已漸寄食諸藩，而織田信長繼霸，明智光秀斃之，豐臣秀吉出，以非源氏不拜大將軍，而任關白，然勢倍足利。未幾讓職於義子秀次，自稱太閤，凡關白退者輒稱太閤也，死，子秀賴繼之。德川家康拜征夷大將軍，辭職稱大御所，子秀忠繼，家光其三世也。寬永中有肥前島原之役，四曰家綱，五曰綱吉，元禄有赤穗義士復讐事，家宣、家綱、吉宗、家重、家治、家齊、家慶、家定、家茂，凡十四世。次之者慶喜也，慶喜之歸權距賴朝爲大將軍，權在武門凡六百七十有六年。論者謂厥初政權非不在上，藤原氏始以外族擅權，平清盛繼以武臣執權，而源賴朝後北條義時寖以陪臣專權矣，順德與其上皇徵兵討之，義時使子泰時兵京師而勝，遂遷其上皇於海島，後醍醐時徵兵擊北條高時不利，國君遷海島，尋復。足利尊氏據鎌倉叛，君出吉野，尊氏更立新君，是爲南北兩朝，經五十年而合。織田、豐臣以至德川，君邑僅十萬石，祭則寡人，非歟！薩、長、土三大名以尊攘爲號，西海大名應之，德川慶喜乃歸政權。慶應四年改元明治，時薩、長、土、肥四藩各以兵數千入衛，正月二日慶喜與四藩戰於伏見瀫，日暮收軍，明日四藩兵擁仁和寺親王建錦旗，旗繪日月，國君旗也，慶喜乃迎戰終日而敗退大阪。明日慶喜火船浮海返江户。然明治以駿、遠二國七十萬石封德川氏，改置兵部省，大將以下武職尋改海軍、陸軍二省，以皇族親王任大將，其中將以下遴人補之，而大將軍廢。或猶震其前名曰五霸，而霸跡斬矣。述權臣柄政年表。

日本藩國表小敘

日本古無藩，而亦曰國。神武時置大和國造，其權輿也。崇神置諸州國造，疑且有城。中古每州有府，爲守介治所，惟邊國如奥羽、鎮西有數城可考也。後武臣擅政，大名將軍臣隸各相地以築城壁其蝦夷酋長築城曰柵，於是一州而有數城。足利季年分爲十國，國有十數城：織田信長城岐阜，豐臣秀吉城姬路，此大城嚆矢也。秀吉開霸府於大阪，乃課諸侯築大城，以甲陽流、越後流爲最。德川亦課諸侯築大城於江户，其最有制，凡一萬五千石以上，大抵得築一城稱之城主，又諸侯大者稱之國主，封内峙數城，臣隸分守之，雖曰初無封建，足利氏已啟其制，然非朝命也。時食大邑領州郡者曰大名，名者邑里之俗稱，食小邑者稱小名。應仁中，細川、山名兩大名二氏争雄，並稱足利老臣，遂成割據之勢，改封建大名於諸州。其大者，德川家康，阪東八州，米二百四十萬石，次爲毛利輝元，食山陽、山陰十州，一百六十萬石，其他有食二三州或一州者，有數人食數郡者，有無慮數百，大成、武鑑、青標、紙殿、居囊等，書有足徵者。大名之食禄，自百萬斛至一萬斛約二百六十家。朝覲之禮隔歲一至江户，知有霸府，不知有京師也，京師禮存慶唁而已，即位與易代一行之。尊攘之論既起，慶應二年爲同治五年，藩之移封二：上野前橋移自武藏川越，武藏川越移自陸奥棚倉。明年移封五：上總菊間移自駿河沼津，上總大綱移自駿河田中，上總東金移自駿河小島，上總成田移自遠江相良，上總松尾移自遠江掛川。明治元年移封者一：駿河静岡移自武藏江户，當前一年廢藩置知事而任舊侯之時，厥等有三：二十萬石以上爲大藩，十萬石以上爲中藩，九百石至萬石爲小藩，置參事，亦任舊臣，然時易置之。三年，薩、長、土、肥知藩事首還厥地，還者踵相接，於是廢知藩事者爲華族，以舊藩士爲士族。初，藩知事已原禄十分之一爲食禄，藩士亦減禄有差，至是改縣與府與廳。就明治五年諸藩姓氏與名與職與禄與地與人著於篇，亦可知其梗概矣。述藩國表。

日本風俗志人情小敘

《後漢書》曰倭在會稽東治之東，與朱崖、儋耳近，其俗多同。父母兄弟異處，惟會同男女無别，多女子，大人有四五妻，餘或兩或三。女不淫不妒，俗不盗，少争訟。《魏志》曰有所云爲輒灼骨卜吉凶，先告所卜，其辭如令，龜法視火所占兆。《隋書》曰人頗恬静，性質直，有雅風。此見正史者也。雖然，情以地異，地以時異，難同論矣。述人情。

日本風俗志形體小敘

《後漢書》曰倭男黥面、文身，以文左右大小别尊卑，女被髮。《魏志》曰夏后少康子封會稽，斷髮文身，避蛟龍害。倭人沈没捕魚蛤，文身亦以厭大魚水禽，後稍以爲飾。諸國文身各異，或左或右，或大或小，尊卑有差。《南史》曰文身國人體有文獸，其額三文，文直者貴，小文者賤。今日本人文身往往而有，黑齒亦其俗也，《文選》注謂『黑齒在東國海中』，豈虚也哉！《梁書》曰西南萬里有海，人身黑眼白，裸而丑，其肉美，行者或射食之。今非所聞矣，就所見聞述形體。

日本風俗志族類小敘

《隋書》曰開皇二十年，令所司訪其風俗，使者言倭王以天爲兄，以日爲弟，未明時出聽政，跏趺坐，日出便停理務，云委我弟，高祖訓令改之。王妻號雞彌，後宫有女六七百人，名太子爲利哥多弗利。稽厥族類，正史缺有間矣。然秦人徐福詳《流寓》攜童男女三千居之，見之《史記》、《後漢書》。又《太平御覽》七百八十有二引《外國記》曰：『周詳泛海落綜嶼，上多紵，有三千餘家，云是徐福後，風俗似吴人。』今據日本人言，來已三千，其後不第惟是。土著大率覆姓，華裔之單姓皆隨徐福者之苗裔也。然考其弘仁間《姓氏録》，凡出自中國者輒易覆姓，信耳疑目所不敢也。述族類。

日本風俗志黨目小敘

日本明治以前武臣柄政，其公卿與陪臣非一黨矣，然黨目未著。至是曰守舊，曰改進，曰漸進，曰大同團結，曰順政，曰自由，出奴入主，伐異之風不其熾而。述黨目。

日本風俗志服飾小敘

《後漢書》曰：『倭男衣皆横幅結束相連，女人被髮屈紒，衣如單被，貫頭而著之，並丹朱坋身，徒跣。』《魏志》曰：『男子露紒以木棉招頭。』《隋書》曰：『男子衣裾襦袖微小，履如屨形，漆其上，繫之以脚。人庶多跣立，不得用金銀爲飾。』故時衣幅横結束相連，無縫頭亦無冠，但垂髮於兩耳上。至隋，其王始制冠，以錦綵爲之，金銀鏤花爲飾，婦人束髮於後，衣裙襦裳皆有襈，𣏌竹爲梳，編草爲里，雜皮爲表，緣以文皮。《唐書》曰：『無冠帶，跣以行，幅巾蔽後，貴者冒錦。婦人衣純色，裙長腰襦，結髮於後。至煬帝，賜其民錦線，冠飾以金玉，文布爲衣，左右佩銀蘤，長八寸，以多少明貴賤。』《宋史》曰婦人一衣用二三縑，與今異矣。述服飾。

日本風俗志飲食小敘

《後漢書》曰：『倭飲食以手而用籩豆。』《隋書》曰：『倭無盤俎，藉以槲葉，食用手餔之。』據知，唐前其國食無筯也，久之御料理，每食輒易新筯。至於今，刀勺既兼，飲食寖異其前矣。述飲食。

日本風俗志居處小敘

《後漢書》云倭有屋室。今考其國，古屋尚樸，所謂伊勢大廟茅屋猶存，下此可知已。今昔異製。述居處。

日本風俗志俗禮小敘

《後漢書》曰：『倭俗以蹲踞爲恭。敬其死，停喪十餘日，家人哭泣不進酒食，而等類就歌舞。行來渡海，令一人不櫛沐，不食肉，不近婦人，名曰持哀，不謹便共殺之。』《魏志》曰：『倭有棺無槨，封土作冢。已葬，舉家詣水中澡浴。下户與大人相逢道路，逡巡入草。傳辭説事，或蹲或跪，兩手據地爲之恭敬。對應曰噫，比如然諾。所敬但搏手以當跪拜。』《隋書》曰：『女多男少，婚嫁不娶同姓，男女相悦即爲婚，婦入夫家必先跨犬乃與夫見。死者妻子兄弟以白布製服。貴人三年殯於外，庶人卜日而瘞，及葬，置屍船上，陸地牽之，或以小轝。』此其俗禮之見正史者也，然就聞質見，有同有異。述俗禮。

日本風俗志歌舞小敘

《隋書》曰：『倭王朝會必奏其開樂。樂有五弦琴，笛有國中、高麗二部。』然則日本之傳中國樂亦先自朝鮮來也，至唐而歌舞一一學之中國。古樂殘於五代，並武后時所存之清商三調即平調、清調、瑟調亦等廣陵散矣。拓拔變律而樂律無古，宋人略舉樂詩而已。日本樂官世守不絶如縷，以至於今，雖歌詩輒變，而三調猶存。物雙松《樂律考》以爲今樂家所傳黄鐘乃周漢黄鐘也，非臆説矣。源之熙《莿苑日涉》蓋祖其説而衍之。厥舞之節即寓於歌，儻輯耑書，未始不可補中國逸樂於十一也，第而曰開元、天寶之音節作如是觀云爾哉！曰歌舞者，明非《樂志》專門也。述歌舞。

日本風俗志歲時小敘

《魏志注》引《魏略》曰：『其俗不知正歲四節，但記春耕秋取爲年紀。』《梁書》亦云不知正歲，此倭未改日本以前事也。隋唐以還，歲華一依中土而變本加厲焉，似同而異，莫遑毛舉。明治而後改用西曆，雖農圃課時不改厥舊，而商港學西如不及，不有甄撂，久且忘千百載餘風矣。用《荆楚歲時記》之目，述歲時。

日本風俗志方言小敘

漢揚雄《方言》署題曰『輶軒使者絶代語釋别國方言』，或遂謂方言始揚，非也。郭璞注《方言》，序謂方言之作出乎輶軒之使，巡游萬國，采覽異言，車軌之所交，人跡之所蹈，靡不畢載以爲奏籍。周秦之季，其業隳廢，揚生搆綴，乃就斯文。然則揚非身歷輶軒，特就方言區分曲通耳。雲龍爲郎之二十載游歷別國，自日本始，同文異聲，非中國方言大同小異者比。先就目見載籍綴厥殊稱曰謂，庶乎物來能名也，有異名，有異誼，有異聲；次就耳聞諧厥方音曰語若，依《説文解字》讀若例也，偶有互證，又依郭璞例注之。《宋史》曰：『雍熙元年，日本國僧奝然不通華言，問其風土，但書以對。』此其國人筆談之見正史者也。雲龍指事諧聲，亦筆舌互資焉。述方言。

日本前代人口表小敘

《魏志》：『倭對馬國千餘户，南渡瀚海一大國三千許家，末盧國四千餘户，伊都國千餘户，奴國二萬餘户，不彌國千餘家，投馬國五萬餘户，邪馬臺七萬餘户。』《隋書》：『倭户十萬。』日本千數百年前户口見之正史止此，日本諸書亦缺有間，録足徵者，而公家、武家與夫浪人無業人、無宿無籍人、穢多朝鮮流寓、非人丐民之類不在其數。女數或多於男，由課役急而匿也。以明治前爲斷。述日本前代人口表。

日本户口表小敘

日本户口，琉球而外凡七百六十五萬一千七百七十户，三千七百七十七萬八千七百五人，此光緒十二年數也，當彼明治十九年，其數不及中國百之一，然較前滋多。奈良析自大阪在二十年，非漏也，其第七統計年鑑户口仍舊，蓋調覈有時也。以方里計人數，淡路、壹歧較密，九州、四國次之，日本島及佐渡又次之，其餘有差。千島人極尠。用平均法，日本方里三萬四千六百三十有八，每一方里人千五百四十，合中國方里十六萬七千七百三十里有奇，則每一方里人二百二十有五。明治改編以來，皇族而外，大臣及舊藩系曰華族，陪臣及降自華族者曰士族，下此曰平民，而無籍與在監者又在平民外。述户口表。

日本北海道土人表小敘

北海道初竄蝦夷，明治五年開拓，時當同治十一年，由是居民歲有竭來，而土人碻數可按年稽，亦别種之一端也。述北海道土人表。

日本北海道屯田兵表小敘

屯田兵殆日本之學漢法歟？光緒十二年生二百十八，存一百十三，總計五千四十三人、一千一百四十五户。述北海道屯田兵表。

日本官民地表小敘

日本言町有二誼：一地里，六尺爲間，六十間爲町。一地畝，六尺四方爲步，三十步爲畝，十畝爲反，十反爲町。言町步者，所以別間町也。然非別地之官民末由知税之有無。其官有地，内務省、農商務省調察之，凡千七百七十二萬三千五百六町步，其民有地，大藏省調察之，凡一千三百七萬八千四十八町步。旱田曰畑，民之雜地有網干場、鰯干場、濱地、舟揚場、荷揚場、造船場、流木置場、布曬場、物置場、土揚場、稻干場。海沙地土取揚之目，鰯，干魚也，揚猶言堆，荷有古誼，流木，以木置淺水，可不朽也。述官民地表。

日本地租表小敘

日本地租以地值計，取百之二分有半，北海道則百之一。所謂一段者，沿豐臣氏三百步例，若畑若雜地詳《官民地表》，平均者合地之肥瘠、分租之多寡也。鑛山借區税不與焉。述地租表。

日本物産小敘

《漢書·藝文志》《神農》二十篇，《野老》十七篇，《神農教田相土耕種》十四卷，《昭明子鈞種生魚鼈》八卷,《種臧果相蠶》十三卷,類此爲物産設,誠重之也。日本宅東,易孳易長,雖載物蕞爾,而水陸充斥不可勝數也。今以類聚,曰穀屬、曰蔬屬、曰蓏屬、曰果屬、曰花屬、曰草屬、曰木屬、曰藥屬、曰雜植之屬,曰鳥屬、曰獸屬、曰鱗介之屬、曰蟲蛇之屬,曰金屬、曰石屬、曰土屬、曰雜鑛之屬,曰布帛之屬、曰冠履之屬、曰舟車之屬、曰兵器之屬、曰器用之屬、曰雜用之屬、曰飲食之屬、曰薪炭之屬,凡二十有五。述物産。

日本動植大要表小敘

物産弗綜大要,則取食所用安知其與生者相去幾何? 今撮植物二十、動物三,其中木竹有用有立,謂未伐爲立也。牛馬種有内有外有雜,其用有力有農有孳,若茶若鑛,此不復摎,述動植大要表。

日本造幣局金銀料表小敘

局創於同治九年十一月,造幣金銀謂之金銀地金,地金,獨言料也。大藏省而外,或輸自銀行,或輸自外國,就料造幣,就幣計工,光緒十一年以前成數有足徵者,皆計至一錢重而止。述造幣局金銀料表。

日本造幣機器表小敘

大阪造幣局金地金鎔解鑪十二，銀地金鎔解鑪四十七，鎔銅反射鑪四，燒生鑪七，其機器凡四百一十。內有蒸氣機關五組，馬力百八十八有半，又三組未用，又瓦斯機關一組，組有會意，猶中國俗言一副也。日需石炭三萬一千六百廿五磅，骸灰四千三百廿磅，內鑄銅錢需一萬四千三百五十八磅有奇，約中國十二兩爲一磅，器直約廿五萬九千圓有奇，其中金銀鑄造器約九萬二千圓，精製分析器約八千二百圓，銅鑄造器約四萬五千二百圓。述造幣機器表。

日本貨幣鑄發表小敘

造幣局置課三：曰地金課，地金猶言幣料。曰會計課，分調查、納拂、物品、簿記四部，納拂者職入與出也。曰文書課。曰營繕課。曰庶務課，分監察、雜務、治療三部。所十有四：曰試驗分析所，試金銀之地金罔或混。曰鎔解所，金銀有摻銅規。曰伸金所，伸金銀板也。曰秤量所，輕則更鎔，重可減也。曰極印所，成圓、起輪廓、洗垢膩。曰機關所。曰鎔銅所。曰伸銅所。曰銅極印所。曰銅機關所。曰雕刻所。曰精製分析所。曰工作所，造西式器也。曰製作所，修機關器也。場二：曰瓦斯製造場，造局用煤氣也。曰骸炭製造場。其官局長一、技術官三十九、屬官四十、吏八十六、外國人二、兼管官一，其工四百廿六，內有雕刻工十二，銅鑄工九十六每日鎔銅成板一千五百枚，二錢、一錢、半錢三種百一十萬六千枚，印幣約三十五萬三千四百五十二枚。銅幣：銅居百之九十八，錫與亞鉛各一。其鑄與供試與發行局存皆有額。就光緒十二年數明治十九述貨幣鑄發表。

日本貨幣出入表小敘

光緒十三年日本貨幣成數未綜，輒依十二年數即明治十九年也。前一年輸出者有朝鮮銅貨一千圓，而是年無，凡輸出九百六十二萬六千四百九十七圓，輸入九百一十七萬一千八百七十四圓，總計出入一千八百七十九萬八千三百七十一圓。述貨幣出入表。

日本紙幣表小敘

日本紙幣用始諸侯，謂之藩劄，在元禄、寶永間，時中國康熙年間也。明治初，覈其紙幣三千萬圓，革舊更新，於其四年七月置大藏省紙幣司，十二月移八代洲河岸，明年二月移今局，在東京麴町區大手町二丁目，用德國人創造紙幣，五年三月試印，在同治十一年間。越四年明治九印刷工場。其抄紙工場置於東京北豐島郡王子邨，成，先印刷八月。光緒十二年其工場用煤一千三百一十萬七千七百六十九斤，石炭直金三萬五千百八十八圓，薪炭直金五千九十五圓。紙幣初行賤於貨幣，今足與埒，國人便之。詳考其部科幣種與數與器與工與費，述紙幣表。

日本通商物直增減表小敘

光緒十二年日本通商物直以銀錢計，輸出者四千八百八十七萬六千二百六十三圓，輸入者三千二百十六萬八千四百三十二圓，合計八千一百四萬四千六百九十五圓，較前一年出增千一百七十三萬八千九百十六圓，入增二百八十一萬一千四百六十三圓。出自外商四千一百六十三萬三千六百九十三，入自外商二千八百三十三萬三千八百，實較日本之商出入爲多。述通商物直增減表。

中國出入日本物直表小敘

以光緒十二年計，出入日本物直約銀錢一千六百萬圓有奇，較前一年增三百萬有奇。此第就有成數者言，它如米計石、石炭計頓、扇與屏風計箇、摺附木計打、餘計斤，皆從實録，有數減直轉增者，今第較直。述中國出入日本物直表。

日本出入物值繫地表小敘

日本客商五千有奇，中國民居十之七八，然商物出入美利加爲最，英吉利次之，其非國而爲出入之大宗亦依光緒十二年明治[十]九日本年報甄摎。述出入物直繫地表。

日本八港税關物直表小敘

關貨之出入、物直之多寡，横濱港第一，神户港次之，長崎、大阪、函館、下關、嚴原、博多，又其次也。新潟、夷港亦云通商，然寡甚，故略之。述八港税關物直表。

日本銀行表小敘

同治十一年前日本無銀行，今就光緒十一年明治十八名數計之：日本銀行一，管自大藏省而民入資本者也。國立銀行百二十四，官民表裏者也。正金銀行一，專爲兑金而設。其國立銀行自同治十二年始，而官定條例在前一年明治五年十一月五日，越四年九年八月一日復釐正之，大恉在立券、選人、備支、分股、補毁、抵物、定時、均利、改管、割賦數端，及銀行閉後之開支、外國銀行之禁合而一，以信爲上，凡百十有二條。後先踵設百五十有奇，然壅甚，爰仿西法設一官行於東京，曰日本銀行，商民便之，厥後商請之官，設一行於横濱專供交易，曰正金銀行，由是國立銀行轉多。今併二爲一者十八，併三爲一者一，廢者二。金有預，有貸，有越，有受戻。曰政府預金，官存也，曰當座預金，暫存也，曰定期預金，期約也，預即先存意，曰振出手形，謂券爲手形，謂交券爲振出也，貸附之目略同，曰預貸越，越者，以後挪前也，貸出受戻，並有高受戾，高者受還額如貸額也。述銀行表。

日本民立銀行分類表小敘

日本曰私立，民立也，官亦調覈，然調或間年無定期。光緒十一年明治十八新設十四，增株三，減株二十一，鎖店十，株言票根，鎖店言閉行也。厥類二：一私立，一類會社。述民立銀行分類表。

日本商賈數表小敘

日本有商法會議所，有商工會，就都邑物價而平均之，謂之平均相場者，猶言行市。商標大商曰大問屋，轉販曰仲賣、曰賣捌所，賤賣曰大安賣，零賣曰小問屋。標輒書『御』，如御茶、御果子之類，御之猶言上用也。而商賈店數，光緒十一年明治十八凡百二十八萬四千三百五十五，較十年增十五萬有奇，較九年增九萬七千有奇。述商賈數表。

日本商標表小敘

商非著名不登録。領標一，標料金十圓，易舊曰改正標，互設曰兼用標，轉商曰讓與標，支分曰分與標，並五圓。光緒十二年明治十九標凡五百廿五，領於其年者五百有六，入金四千八百八十圓。其類其地有可數者，述商標表。

日本許專賣表小敘

先是日本郵田之鎗因毛瑟後膛而自變其法，與創造等，日本人所謂發明人，此類是也。以似亂真，智能往往卻步，蠹商寖病國矣。西法國給專憑，法至善也，日本效之，而券料視年有差，若追加、若讓與、若分與，皆聽證券，再渡料並有額，再渡者，易券也。述許專賣表。

日本農表小敘

日本農之專業二百七十五萬八千一百九十四，兼八十三萬四千一百五十，農人專業四十二萬七千八百一十七，兼業一十二萬六千九百四十五萬，此光緒十年所覈之數，蓋居其四之三，餘所未詳。

十畝曰町，十町曰反。今表十數以上爲町，其下爲反。獲以石計，米麥而外有粟，有馬鈴［薯］，有黍，有蜀黍，有稗，有大小豆，有甘藷，類難枚舉，輒撮大要述農表。

日本蠶絲表小敘

此光緒十一年明治十八日本繭與絲與綿數也。先是繭以斤計而生乾有差，改以石量在九年明治十六，其絲與綿仍以貫目計，雖未及中國湖州府絲，然近亦通商一大宗。述蠶絲表。

日本鹽法表小敘

山鹽出福島縣岩代盤城諸國有大鹽邨，餘多海鹽，以播磨國爲最潔。製法：鹽田沙圍如井田形，亦曰沙田。被海潮三十日許而沙濾泥去入釜，田三百步爲一反，每反謂之一反二付，倒言與反別同。鹽以箇計，造買有鑑税，或曰無税，非也。據光緒十一年數述鹽法表。

日本茶表小敘

日本茶自僧最澄入唐得茶子歸國始。唐元和十年爲嵯峨宏仁六年，令其畿内近江、丹波、播磨諸國殖茶，定年獻例，興挽茶節會，會尋廢。宋淳熙十四年後即鳥羽文治三年，僧榮西復獲茶子，種之築前脊振山，僧明惠等分種宇治，見《日本後記》、《喜游笑覽》諸書，而宇治茶遂爲日本冠，亦今通商一大宗也，歲可入金四百萬圓。穀雨前茶曰頭春，大暑後曰尾春。由横濱出口，美利加人購居多。光緒七年明治十四農商務省調覈茶圃，凡四萬二千廿三町九反，茶五百六十萬一千一百五十九貫目，十一年茶凡五百四十七萬七千九百廿八貫目，其茶目七。述茶表。

日本酒表小敘

日本人嗜酒，效西以葡萄釀自山梨縣甲斐國，勝愛知縣尾張國鈴谷多矣，而兵庫縣伊丹酒爲最。清酒、濁酒並近中國黄酒，燒酎即化學家火酒也，味淋銘酒不同而同，皆中國燒酒類。白酒味甜，與中國白酒同。醬麴，酒麴也，光緒十二年，日本釀清酒三百五十七萬六千七百八十三石，用米百九十萬八千七百五十三石，造濁酒四萬一千三百一十八石，用米二萬二千七百一石，造燒酎四萬二千八百十四石，用米雜穀一萬九千九百五十石，糟五百廿八萬五千八百三貫，腐敗酒類九千五十四石，造白酒千三百五十五石，用米八百四十六石，酒類四百九十六石，造味淋一萬五千四百五十二石，用米萬七百八十八石，酒類六千八十石，造銘酒二千七百廿九石，用米七百三十二石，腐敗酒類二千一百三十四石，凡造酒五十七萬二千九百九十五石，釀造場萬六千四百廿五，造酒人萬六千一百八十四，醬麴萬一千百三十八石。今據十一年明治十八成數述酒表。

日本糖表小敘

北海道歲出甜菜糖八千萬七百廿八貫目，然遜蔗糖遠甚，而蘆粟亦充糖料。東京、西京、神奈川、茨城、山梨、滋賀、長野、宫城、青森、秋田、山形、石川、富山、福井、山口二府十三縣，其國調册無準數。奈良初分。今就光緒十一年明治十八可考者述糖表。

日本淡巴菰工商表小敘

日本人語淡巴菰爲他巴苛，一音之轉，又呼多葉粉，文册亦稱煙艸，國人知有毒而嗜。先是文禄四年當明萬曆廿三年始得之葡萄牙，見日本《會津年譜》，然未種也。種始慶長十年當萬曆三十三年，由長崎櫻島埸而山城花山而和泉吉野，或云薩摩人得子首種之。光緒九年明治十六改定其税則，工曰製造，轉販商曰仲買，零售曰小賣，鑑劄已詳歲計。産葉歲約五百萬有奇，輸出英吉利居十之九。兹就十一年明治十八國内工商述淡巴菰工商表。

日本舟表小敘

日本西形商船無論蒸氣、風帆皆别五百頓以上爲一類，次百頓以上，次不及百，凡九百七十艘，此光緒十一年數也明治十八。内有免狀者五百八十六，無蒸氣者二百三十三，風帆百五十一。又曰海川小廻船，非駛大洋之舟比，與艀漁船皆記丈八尺以上、七丈八尺以下，曰游船，記丈八尺以上、四丈八尺以下，曰免税船，則田船、水害豫備船、渡船、倉庫船也。述舟表。

日本車表小敘

日本火車而外有馬車、人力車，即中國人所謂東洋車者是，起自通商而後，有荷積車、有牛車，其數覈自大藏省。光緒十一年明治十八，總計各車七十四萬六千八百二十有三，較之一年前六十四萬二千七百七十有五增十萬四千有奇。述車表。

日本瓦斯燈表小敘

日本沿英語謂煤氣燈爲瓦斯燈。其製造瓦斯局在東京新橋西五里、品川東五里華里。燈臺云者，支燈鐵座也。東京有局，其燈以同治十三年始，蓋明治七年也。就光緒十一年歲入贏數言，凡三萬四千七百九十七，有燈之地約華里四十有八，日本之里數爲六里二十九町，其下爲計間虛位也。述瓦斯燈表。

日本漁獵表小敘

日本漁獵，亦資民食，亦關國税，雖歲計有差，而漁輒至一百六十萬有奇，職獵游獵凡六萬六千有奇，遜於漁，環海故也。述漁獵表。

日本礦表小敍

日本山或數礦，礦或非山，如山梨縣甲斐國都留郡之金淵，則採金急流也，而因山居多。開礦以炸藥，創以機器成，然日本營礦僅十之五，未鑿居十之一。歉費而休、礦罄而廢，各十之二。礦數或指一年，或指開後三四年，非盡常額也。欲判官民，先綜礦穴。述礦表。

日本官礦表小敍

石炭無所謂製也。若金若銀，若銅若鐵，則採額與製額有差，礦含金屬非以化學分之末由知也。沙金、沙鐵並出自沙，又有岩鐵云者出自山，而礦以箇計。述官礦表。

日本官礦工表小敍

日本礦官未始非《周官》卝人遺意。礦師初藉西力，十餘年來微獨自爲，並可應需矣。北海道札幌官工與鐵道之員之工專兼無定，而佐渡、生野、三池、廣島，就光緒十二年言明治十九，其事務技術諸官與夫吏而傭者凡二百七十有二，工凡五十七萬六千二百四十七，採夫運夫凡七十二萬九千六百三十四。其日給工直謂之稼人賃錢，稼人猶言苦工也，官吏則曰俸給，以月計，月支金起圓，日給金起釐，而錢而幾十錢而圓，準此著擽，述官礦工表。

日本官礦售數年表小敘

日本量礦之數起匁，謂之量目，售金起圓，謂之代價，一匁猶重一錢也，每匁價數起分，謂之價格，亦曰一匁二付，合金、銀、銅、鐵、石炭計之，自開礦至光緒八年明治十五售金六百四十五萬七千五百五十一圓，明年八十三萬八千三百八十三圓，又明年一百六萬九千八百四十三圓，凡入金圓九百二十一萬一千一十九。述官礦售數年表。

日本官礦出入表小敘

興業指開礦初言，營業指歷年言，營業下存則開除營業費而實存此數也。惟光緒九年興礦之費包以前數，它則歲計。述官礦出入表。

日本民礦金屬非金屬表小敘

金屬安質母尼一名鏴，滿俺一名錳酸化鐵，即化學家所謂鐵銹也，非金屬之大理石以似中國雲南大理石而名。日本山鹽亦入此類，別詳《鹽法》，故不複記。就光緒十年數述民礦金屬非金屬表。

日本民礦出入表小敘

日本謂採額曰掘出高，製額曰出來高，賣數曰賣卻高，抵費嬴絀曰差引益損。就光緒十年出入著於篇，然較前年礦數增一千七百一十，差引益金亦增十萬九千四百十二圓。述民礦出入表。

日本官民礦行合表小敘

日本礦之大要曰金，官行三萬四千有七匁，民行三萬九千七十八匁。曰銀，官行一百二十萬九千二百八十二匁，民行五百十四萬六千九百有九匁。曰銅，官行一千九百九十貫，民行二百八十萬八千八百八十一貫。曰鐵，官行八十二萬七千四百八貫，民行九十七萬七千七百九十二貫。曰鉛，民行二萬三千九百七十八萬[貫]。曰石炭，官行五千八百二十五萬六千五百七萬，民行二萬七千五百九十九萬九百四十三貫，此光緒十一年數也明治十八。述官民礦行合表。

日本備荒表小敘

日本水火風災往往而有，其備荒有繰越金，謂前一年用額所嬴也，有儲蓄金，有諸益金，謂公債證書子金也。支出有數，而差引云者謂抵數有差，此則指所贏言也。就光緒十一年數述備荒表。

日本保險表小敘

日本初無保險會社，光緒五年明治十二始設海上社於東京，其本店也，代理店散設横濱、四日市、神户、大阪、高知、下關、長崎、石卷、石濱、鹽釜、宫古、八户、青森、土崎、舟川、酒田、新潟、直江津、伏木、高岡、敦賀、函館、小樽、根室、釜山浦，中國上海，朝鮮釜山浦、元山津、仁川，英倫敦、香港，法巴里。十二年金入一千五百三十六萬八千二百有九圓。其生命保險會社後二年設明治十四，中有子女教育保險，十二年入金七萬三千三百九十八圓，支出有額。述保險表。

日本博物館博覽共進會表小敘

日本博物館六，學術物品居多。又有官立動物園一，凡四百四十七種，覽者歲約十八萬有奇。博覽會以博爲主，共進會則書畫、農蠶、茶食爲其大宗，牛馬與焉。兩會出品分等，由特别而一而二而三而下此，賞與有差。就光緒十一年明治十八數述博物館博覽共進會表。

日本土木費表小敘

日本土木局隸内務省，而府縣土木支自地方税區町邨費篤誌金，曰地方支，不盡出於國庫。明治十三年當光緒六年，曰河川費，庫支五十三萬三百，地方支二百五十八萬九千六百九十五。曰道路費，庫支三十三萬六千九百七十有七，地方支二百七十四萬五千一百六十。曰橋梁費，庫支六萬九千五百六十七，地方支七十一萬六百五十九。曰港灣樋櫃溜池諸費，庫支十萬二千有六，地方支二百十五萬七千三百十六。述土木費表。

日本國債表小敘

國債之類凡十，子金有差：曰舊。曰無利。曰新利四分。曰金劄引換，金劄亦謂之證書，引换指散失言，其利六分。曰無記名，是憑券不憑人也，利同。曰金禄，借自舊藩，利五分六分七分一割不等，一割猶中國一錢。曰神官配當禄，借自神社，利八分。曰起業，合築港鑿道疏水言，利六分。曰中山道鐵道，利七分。曰平南，即借征討費也。曰紙幣，無利。此内債也。外國新債以七分計，其數多寡可比較見也。述國債表。

日本歲計出入表小敘

日本會計率在年終，亦或逾年未定，而歲計則有豫演算法。光緒十四年春二月，其明治廿一年，出入數已散見官報新聞紙，譯厥入額視所出，贏八千八十有奇。述歲計出入表。

日本歲計比較表小敘

光緒十四年爲明治廿一年，日本豫計入金八千七十五萬五千九百廿三圓有奇，出金八千七十四萬七千八百五十三圓有奇。今稽其前十年出入數述歲計比較表。

日本官工表小敘

日本官工場大者十四，其營業費合明治十六、十七、十八等年而言，當光緒九、十、十一年間。其平均法：役員以一年三百六十五日計，職工則以就業日數計，工内十五歲以下者：光緒十一年，印刷局男二百廿八，女百七十二，東京礮兵工場男五十五，大阪礮兵工場男廿四。小野濱造船所設自光緒十年。今就十一年明治十八平均數述官工表。

日本工器表小敘

不先利器，工奚由善？日本製絲之瀛罐百一十四，馬力千有七十，機關四十二。精米之瀛罐五十三，馬力四百六十四，機關四十九。製鐵鑄物之瀛罐九，馬力九十八，機關印字活版之瀛罐八，馬力五十二，機關九。雜製之瀛罐四，馬力五十三，機關四。染物之瀛罐四，馬力十八，機關三。開鑛鑿巖之瀛罐三，馬力三十七，機關三。鑛業之瀛罐廿六，馬力四百廿六，機關十七。鎔鐵之瀛罐二，馬力廿七，機關二。伸銅及黄銅線之瀛罐三，馬力百有八，機關四。炭坑之瀛罐四十八，馬力千有二，機關四十六。製糖之瀛罐二，馬力廿三，機關三。綿繰之瀛罐二，馬力十五，機關二。帽屬之瀛罐二，馬力九，機關三。製革之瀛罐二，馬力十四，機關二。石炭瓦斯之瀛罐二，馬力十二。造船之瀛罐十六，馬力二百三十五，機關十八。製紙之瀛罐十二，馬力二百六十七，機關十二。摺付木之瀛罐二，馬力三十五，機關二。硝子之瀛罐二，馬力十三，機關二。雜用之瀛罐十三，馬力百一十八，機關十一，其停工之絲、米、鑛、炭、銅、鐵、糖諸瀛罐三十二、馬力三百三十三、機關廿一，不在其内。就地覈數述工器表。

日本工直表小敘

左官，泥工之抹壁者也，木挽，伐木工也，疊刺，業席也，建具，修窻户工也，若酒傭，若醬油傭，並稱稼人，油絞，製油工也，綿打，彈綿工也，糖果謂之果子。日傭計日，中國俗呼短工者也，餘與中國略同。其直謂之賃錢，分上、中、下等凡三，上、下二等並分。十八年十六年十五年中等多一十七年，錢有差。就光緒十一年數述工直表。

日本罪人工表小敘

日本依西法，課已決因工曰出役場，未定罪者謂之懲治。作工於獄，日給有額，而在獄不支。就光緒十一年明治十八可稽者述罪人工表。

日本製度量衡工表小敘

工之長短輕重，大率資度量衡。中國工部尺每尺當日本曲尺一尺一寸七分、鯨尺一尺一寸四分九釐。分銅云者，天平也。就光緒十一年計明治十八，凡製度所六十，製量與衡各六十一，較前一年少製量所二，又製西式臺秤三百七十五、羅馬秤九十六、書翰秤四百有八、天秤六十五，分銅二百廿二不在其內。高知縣北海道廳間無碻數。述製度量衡工表。

日本橫須賀造船所表小敘

日本造船所莫橫須賀若矣，在神奈川相模國橫須賀港東南隅，設始慶應元年，時同治四年也。前一年，日本與駐橫濱法公使翁囉哀議，明年聘法技師來翁烏愛魯惟，而廠遂興。其地山環濤翕，所謂繫留場者容巨艦十數，名修船渠，以閘阻水，閘亦艦形，一名船閘。渠三，一縱百十九米突、深六米突，一縱百五十三米突、深八米突六百五十的希米突，一縱九十四米突，深五米突百五十的希米突。沿淺浮標十一。其灣岬西南爲造船所，初賴法人四十余課工。明治十一年當光緒四年，日本即自爲之。官工二千八百餘，其舍所曰官廳、曰官舍、曰爨舍、曰醫局、曰製圖所，其工場曰船臺、曰填隙、曰船渠、曰製帆、曰製綱、曰船具、曰鋸鉋、曰製檣、曰端船、曰滑車、曰煉鐵、曰撓鐵、曰整飾、曰製罐、曰製管、曰鑄造、曰模型、曰旋盤、曰鑪鏨、曰組立、曰營繕、曰築造，又有船材儲蓄場、倉庫及火藥庫。其陸有起重器三十頓，水有起重器十五頓，鐵一，重三千基，錨二，重八百基略，鐵浮一，重千五百四十二基略。鎖三，一長五十米里十五米突，二長四十米里十五米突。其定章二十一：一報日、二改期、三料數、四課工，三月一日至十一月四日午前六時三十分起，十一月五日至二月廿八日午前七時起，二月四日至九月三十日午時三十分止，十月一日至二月三日午後五時止，以午前十一時三十分、後十二時三十分，餐五、運費六、圖費七、辭災損費八、浮錨九、移船費十、烈風十一、陸行受狀十二、舟著岸十三、貸工十四、塵芥有場十五、搆內勿車十六、出入禁濫十七、禁歌十八、攜物視證十九、出入定午後十時二十、洗濯外晞二十一，防火續章廿一：一記艦幅、二入渠有時、十七練兵由長許可，餘與前章略同。泊地水深七八尋，港無淡水，以管引自十餘里外走水邨，場設水溜蒸濰機，水得無缺。

又有長崎造船所，在港西飽浦南。船渠長四百廿尺，入口八十九尺，高潮閾上水深廿七尺。又官許斜板修船處軌道長五百五十尺，臺車長廿尺，朔望高潮，前部水深十一尺，後部水深十九尺，而軌道總設石上者足架一千六百頓船體。

小野濱造船所在灣西三百尺，積八百頓之船皆引入修理。然長崎非官設，小野濱官設而非横須賀比。工與器詳《官工表》，兹就場與渠與臺述横須賀造船所表。

日本鐵道費計里表小敘

同治十一年以前日本無鐵道，有之，自十一年始，即明治五年也。初費甚巨，倚泰西人力居多，今自爲之，日益省。光緒十一年明治十八日本綜覈費數，因地計里，厥用有差。其東京、横濱間，起静岡訖濱松四十七里，合華里百四十五里，今成矣，然綜數時未成，而預計罔有舛。其直：江津線路内自關山至長野廿八里，又長野、上田間廿一里，又上田、新輕、井澤間廿五里，其東海道線路内大府、濱路間五十五里，又國府津、静岡間七十一里，皆英里也，修在光緒十三年六月以後。其費計銀以圓而止。述鐵道費計里表。

日本鐵道資本表小敘

光緒十四年明治廿一，日本鐵道綜計資本凡銀三千三百三十九萬一千二十有七圓，較之前一年增七百一十萬六千一百七十五圓，蓋因東海道横須賀湖東之修未已也。述鐵道資本表。

日本官立鐵道局費表小敘

鐵道之非由民集股者，是其官立，非會社比也。曰哥背而奪者，合明渠暗渠而言，日本人亦沿西語用之，曰波户者，臨水鐵道時出半段，與波止場異矣。厥費之屬大約有廿，述官立鐵道局費表。

日本民立鐵道會社費表小敘

民立鐵道亦官爲護持，日本人會社云者，即泰西所謂公司也，近年以日本會社爲巨。線路分爲四區，其次曰兩毛，曰水户，曰甲武。合四會社之費述民立鐵道會社費表。

日本停車里數表小敘

日本停車里數皆以英里計，今如所計甄擇華里，可約而觀也，非鐵道線路比，故不贅計。

日本人量以鐵鍊，百鍊當英一里表中黑點上計里，黑點下計煉，述停車里數表。

日本鐵道車數表小敘

機器車外，上中下有差。曰龍車者，國君所乘也。謂快慢車曰緩急車，亦常語也。以光緒十四年數爲主明治廿一，而以前一年較增減焉。述鐵道車數表。

日本鐵道計入表小敘

鐵道之利有二：一計所入，夫人而知之矣。一則因往來既便，農與工與商罔弗日進，非第沾沾目前小利可同年語，日本人言資少道短則孤立難，本大道長則滋利易，公司宜合不宜分，分則役增物增車場增，而費亦日以增。泰西初亦公司蜂起，厥後大含細入，補短續長，前一公司不過數十里鐵道者，今一公司輒數千里，然則合其資本，連其線路，可不謂樞紐歟！日本純益云者，即除用浄存意也出入細數有分量奇數難可枚舉，今依算學家四捨五入法，如一圓九角五分八釐，度之爲二圓，即五入法也，如一圓有四分，變之爲一圓，即四捨法也，奇數五以上爲一，小數五以下爲虚數，雖於合計少差，而省篇幅多矣。據光緒十五年二月以前一年之數明治廿二年三月卅一日前一年間述鐵道計入表。

日本鐵道年表小敘

光緒十四年明治廿一年三月，日本鐵道已修十有八年矣。曰大津、長濱間湖東鐵道，其馬場、停車場在大津湖岸，由此東走勢田川，而草津驛，而守山驛，而野州川，而八幡驛，而浄樂寺、能登川諸邨，而愛知、川高、宮川及彦根之右，而沿湖至米原，自馬場至此三十五英里六十鍊，合華里百廿。地勢東南負山，西北臨湖，諸水自東而西入湖，故橋夥。米原者，名古屋鐵路與敦賀鐵路承接要地也，自米原右向，沿天川逕醒井、長岡二驛出春照，東逕材木邨與既成鐵路相聯，約七英里三十五鍊，合華里廿五，又別一道自米原北向渡天川，沿湖岸至長與既成之鐵路接，約英四里三十鍊，合華里十四，故名湖東鐵路，凡長四十七里四十五鍊，合華里百五十。其地面二萬七千七百坪一坪六尺四方，築堤廿六萬八千六百餘坪。其橋百尺者四，又七十尺者三十九，又六十尺者三十七，又五十尺者十一，又四十尺者三十三，又三十尺者十，又二十尺者七，凡七千六百三十六尺，又二十尺以下橋三十二，陸橋五。其隧道，狼川、草津川、屋棟川，皆川流下隧道也，山中隧道一，即腰越山也，隧道凡長九百八十尺。曰横須賀鐵道線路，土工四萬四千餘坪，築堤三萬七千餘坪，石工一千有九坪，橋八，隧道亦八，最長者一千三百二十尺，凡五千三百二十六尺。延長線自大船停車場分歧處至横須賀停車所，凡十里五鍊有半，合華里三十四。中間停車所二，一曰鎌倉，一曰逗子，此近修道也。類此皆在覈計中。

日本所謂度末者，起某年某月某日，訖某年某月某日也，與計年首尾者異，其末即其訖也，如濱松、名古屋間鐵道，其修在光緒十五年前明治廿二年三月前，而通客車則在計數後矣，雖東京、神户往徠無異它道，而是表未克甄撆，非漏也。述鐵道年表。

日本徵兵已未入伍表小敘

日本之兵海陸並徵，表以光緒十二年明治十九爲主：二十歲壯丁爲一科，計徵兵之年也。前年越人員爲一科，謂前一年二十歲人也。現役志願人員，自願入兵者也。此一千一百八十一人，有前一年六百一人在内。述徵兵已未入伍表。

日本徵兵分類表小敘

日本徵兵以二十歲爲率，身材以五尺爲率，所謂先入兵不參人員者，身材未逮定尺且不及歲也。雖及歲而猶有待謂之入營延期不參人員，參之言補入也，雖身材未逮定尺翌年可卜謂之徵集猶豫人員，然或先入兵格，其亦可也。光緒十二年之數較前有異。述徵兵分類表。

日本徵兵志願表小敘

光緒十二年明治十九，海陸兵之現役志願者凡一千一百七十三，前一年一千有一十五，前二年一千五百四十一。以軍地萃之，以年歲限之，以兵職之異同判之，述徵兵志願表。

日本徵兵身格表小敘

徵兵身材之定格厥等有七：一曰五尺五寸以上，二曰五尺四寸以上，三曰五尺三寸以上，四曰五尺二寸以上，五曰五尺一寸以上，六曰五尺以上，七曰四尺九寸以上。光緒十二年明治十九，入徵格者凡十九萬三千一百有七。述徵兵身格表。

日本徵兵本業表小敘

日本所徵之兵，光緒十二年明治十九凡十九萬三千一百有七，若農若工若商，與夫漁人、輿人、雜人、無業人，皆入其中。計歲量體，不問所出也。雖然，素所經營亦必入册。述徵兵本業表。

日本陸軍分管表小敘

陸軍鎮臺有七：東京其一也，所轄武藏、神奈川、山梨、静岡、伊豆、群馬、長野、信濃、埼玉、下總、千葉、茨城、橡木，及伊豆小島、小笠原島，其地面人七百五十一萬二千一百一十七。仙臺其二也，所轄宮城、陸前、磐城、福島、羽前、新潟、山形、岩手、青森、秋田，其地面人五百七十九萬二千一百九十六。名古屋其三也，所轄愛知、尾張、三河、靜岡、遠江、駿河、長野、信濃、三重、伊勢、志摩、紀伊、岐阜、石川、富山、福井、越前，其地面人六百五十二萬二千一百十八。大阪其四也，所轄大阪、奈良、和歌山、西京、山城、滋賀、三重、伊賀、兵庫、福井、若狹、岡山、鳥取，其地面人六百四十一萬九千五百九十三。廣島其五也，所轄廣島、岡山、島根、山口、德島、愛媛、高知，其地面人六百一十萬一千四百六十三。熊本其六也，所轄熊本、鹿兒島、宮崎、福岡、長崎、佐賀、大分及琉球國，其地面人五百九十二萬三千四百五十四。北海道其七也，其地面人二十二萬六千二百三十六。其分轄地與府縣知事地界互有異同。述陸軍分管表。

日本陸軍人屬表小敘

陸軍軍人或分役他國，或留學海邦，其原職繫軍未之去也，故編入屬如初。凡分役職官一、上長官二、士官十、判任二，又留學士官十一、判任二、生徒一。光緒十一年明治十八前，其等外與夫準等外皆入所計，六年以前明治十三則計現在人數，豫備後備者非在其中。茲據光緒十四年册，仍十二年報告也。述陸軍人屬表。

日本陸軍隊表小敘

陸軍之隊，有步、有騎、有礮、有警備、有工、有軍樂，其輜重兵即就小隊區畫者也。不離伍曰營所，戍它地曰分遣，而以近衛隊冠焉。今册仍光緒十一年明治十八數也。述陸軍隊表。

日本陸軍士卒生徒表小敘

陸軍隊有上長官，次曰士官，又次下士，而曰生徒，曰諸卒，曰職，皆有額。光緒十一年明治十八綜數六千有五。述陸軍士卒生徒表。

日本豫備後備士卒合表小敘

豫備云者，備補伍闕也，其員有下士。後備云者，凡徵兵役滿而後年至四十，即備出兵時調用也，其員有上長官，有士官、有下士二，備之兵有步、有騎、有礮、有工、有輜重、有雜日本册亦謂之其他，雜兵之中有軍醫、會計、軍吏、諸工、下長之屬。又有後備軍士官、憲兵士官。光緒十一年明治十八三人、前一年一人亦在其中，光緒十一年明治十八陸軍省曾調覈之。述豫備後備士卒合表。

日本豫備後備兵分數表小敘

豫備後備之兵分繫於七鎮。東京一也，仙臺二也，名古屋三也，大阪四也，廣島五也，熊本六也，北海道七也。光緒十一年明治十八調册覈計凡十三萬九千二百二十一。述豫備後備分數表。

日本憲兵表小敘

憲兵者，非戰陣之隊，亦非警察署之伍，蓋以蹤跡兵邪之兵也，屬陸軍省。就光緒十二年明治十九官若兵之數述憲兵表。

日本軍馬表小敘

軍馬所屬，一騎兵局也，二近衛也，三七鎮也，四士官學校也，五教導團也，六諸縣貸下也，七雜也，雜一云其他，蓋指憲兵部及東京陸軍諸官廨而言也。年以西曆十二月三十一日調覈，然光緒十五年册仍十一年明治十八數。述軍馬表。

日本海軍人屬表小敘

光緒十九年日本海軍募兵，受撿者一萬一千五百七十，而合格者一千六百四十有九，會議官員凡三十有六。自將官以至士與卒與傭，莫不有額可屈指也。述海軍人屬表。

日本海軍士卒生徒表小敘

海軍法取諸英，其廚夫樂生雜人在士卒外。東京大學委託生徒十三：學醫者七，學造艦者六。非日本人亦得與學，而費有額。述海軍士卒生徒表。

日本兵船表小敘

日本無第一等兵船：扶桑二等也，仿英士斐梯布侖德之製爲鐵甲船式，餘若金剛、比叡，木質傅鐵，光緒十二年在法造。畝傍一艦，下艙鋼面一寸四分，長三十二丈一尺，寬四丈三尺一寸，排水三千六百五十頓，馬力六千，速率海里十五，礮廿二，未至日本而失。第一丁卯、第二丁卯兩礮艦近亦非其所有。魚雷船由小野濱海軍造船所定造二十，舊造僅有存者，而難與兵船並論。日本兵船將士謂之乘組，馬力有公稱、有實，今以游歷得實。述兵船表。

日本礮臺表小敘

礮臺不如礮艦，臺偏於守，艦利於戰，不待智者而知。雖然，扼水師、禦陸敵，往往倚之。日本明治以前之臺舊式居多，磚石之製遜於泥沙。佐世保一臺造於光緒十年明治十七，越三年十九修對馬島礮臺，厥費無慮八十三萬五千圓有奇。其他新造勝舊多矣。述礮臺表。

日本職官舊制小敘

《魏志》:『倭對馬國大官曰卑狗,副曰卑奴母離。南渡翰海一大國,官亦曰卑狗,副曰卑奴母離。東南陸行到伊都國,官曰爾支,副曰泄謨觚柄渠。觚奴國官曰兕馬,副曰卑奴母離。不彌國官曰多摸,副曰卑奴母離。投馬國官曰彌彌,副曰彌彌郡利。邪馬壹國官有伊支馬,次曰彌馬升,次曰彌馬獲支,次曰佳『佳』,《南史》作『住』。鞮狗奴國官有狗古制卑狗。女王國使詣中國,皆自稱大夫。』《隋書》:『内官十二等,一曰大德、次小德、次大仁、次小仁、次大義、次小義、次大禮、次小禮、次大智、次小智、次大信、次小信,員無定數。有軍尼百二十人,猶中國牧宰。八十户置一伊尼翼,如今里長也,十伊尼翼屬一軍尼。』此見之正史,然與日本史籍未盡符也,豈傳聞異耶? 據《日本紀》諸書,神武時真手命、道臣命等掌禁軍警衛,二年定功行賞,以可美真手命、天日方命爲申食國政大夫,以珍彦爲大和國造天種子,命天富命侍左右執政,時周惠王十七年也。崇神四年當漢大治三年,以建膽心命爲大禰、田畔命爲宿禰,又置四道將軍。成務五年當陽嘉四年,國郡立造長,縣邑置稻置,然則造長之與郡守、稻置之與縣令名異而職同也。仲哀元年當晉初平三年,以大伴武爲大連。厥後官制漸具,文則大政大臣,左右大政,國俗尚左,故右次之。又有内大臣、大納言、中納言,八省長官、大辨、中辨、奏議、少納言、少辨,八省大輔、少侍從、諸州守介郡吏,武則大將、中將、少將、佐尉、曹録。源賴朝以征夷大將軍兼六十餘州總追捕使，而任陪臣一州或二三州追捕使，其霸府置政所、侍所，別當評定、衆著等官。北條氏自稱執權，世襲其職；足利氏置管領、探題、寄合衆等官，又以陪臣任諸守介，稱之大名。豐臣秀吉開霸府，置五奉行、三奉行等官。德川氏大名、小名改稱州守介，然領雲州輒稱羽州守，領東奥輒稱西肥守，名實之不符類此。預政者曰大老，長官曰奉行，武曰番頭。又大名亦置文武官，掌事曰家老，而京師公卿徒存舊名而已。先是顯官多世禄，任公卿者僅二三百家耳，稱公卿家，士大夫稱北面士，北面士上、中、下有差，得補公卿，然稀甚。武官有之，如阪上田邨麻吕拜大將軍敘三位是也。關白庶政者曰關白，常時相也，而攝政亦官名，則設於幼主、女王時。八省長官及大中納言參議並稱卿，以敘三位或三位任之。公卿家采邑多者二三千户，有寄食者。明治初同爲諸侯，爲華族，十七年始置公、侯、伯、子、男五等爵，賜華族有差，其位階猶中國品級也。位階初制，所謂尊一位、命一位者，二等也，皇族曰尊，公卿大夫曰命。大化三年爲唐貞觀廿一年，始制冠位十三階，越二年改十九階，蓋以冠色分位階，天智三年爲咸亨九年，改廿六階據《冠名略》，後改冠位曰位，自一位至九位，凡三十階，倣唐制也，特以品爲位耳。三位以上有正從，四位以下有正從上下，親王則曰品，一至四，無正從也。武臣擅權，獨位階受自國君而已。然則日本之仿中國官制肇於隋而肖於唐，學唐而後幾於步亦步、趨亦趨，一千餘年之臣職豈苟立異者哉！武臣柄政不無變更，然稽其因革，撮其正副，未始不可與明治變制後參損益也。述職官舊制。

日本官制小敘

日本職官既述光緒十年明治十七前之舊制矣，明治更始而後至今無大差違，惟於十二年明治十九增遞信省大臣、十四年明治廿一增樞密院，十五年增香川縣知事諸官，其著者也。述官制。

日本官禄表小敘

日本中古以課户之數定禄制，延喜式謂諸州守介與漢代均，則禄千石或二千石也，課户三四百或五六百。計米粟曰束、曰把，見《古風土記》。稻一束多寡有差，上田每束得米三升，中田二升五合，下田二升，稻一把約一束稻十之一也。源賴朝漸成封建，將軍臣隸將校皆食大邑。《東鑑》載賴朝入朝，前驅後乘步騎數萬，將校從者二三百人，多者至五百，或一千二千。封建後穀禄以銀錢計，故大名、小名食禄有萬貫、千貫、百貫之稱。銀錢一貫抵米十石，國俗謂千錢爲一貫，百貫乃千石也，千貫乃萬石、萬貫乃十萬石也。豐臣秀吉掌政權，始計食禄以斗石，謂食五萬石以上者爲大名，謂四萬石以下至一萬石爲小名，或曰食萬石以上爲大名，謂九千石以下爲小名。其大名之大者則德川家康也，食阪東八州二百四十萬石，臣隸尚有食十萬石者，食萬石以上者數十家，次之爲毛利輝元，食百六十萬石次爲前田利家，食百二十萬石，次爲島津氏、蒲生氏，然食八十萬石。其他見十萬石以下至萬石者多。德川家康開霸府，大名食邑有沿革，以百萬石爲最，凡食萬石以上者約二百六十家，並爲大名，而稱諸侯者，襲中國古稱耳。凡一萬石之邑，民口約一萬，課户蓋二三千，而藩士之家在外。其他大將麾下將士謂九千石以下至百石者爲麾下士萬餘家，皆世禄，其大名藩士亦皆世禄，然封自霸府，故爵位亦卑。聞藩侯見日本國君必先賂左右公卿，否則[不得見]，故遇途必下車跪道左也。明治改府縣官食公租，四年而後改穀禄爲俸金。

二十一年爲光緒十四年，日本國初設樞密院，其議長、副議長、顧問官、書記官長、書記官歲禄有差，此外與明治初年大略相同。厥任有三：授自君曰敕大臣，言之君而授職曰奏，由奏任，一等之局長請之大臣而授事曰判，然禄之多寡視院與閣與省諸任所，難可以敕奏判一例視也。綜厥官禄區而别之：録内閣各省敕任奏任官禄第一，内閣各省判任官禄第二，各省工長判任官禄第三，内閣賞勳局官禄第四，樞密院官禄第五，宫内省敕任官禄第六，宫内省奏任官禄第七，主殿内寮舍人月俸第八，宫内警部官月俸第九，主獵局官禄第十，内匠寮官禄第十一，御料局官禄第十二，使臣禄第十三，未使官屬禄第十四，元老院官禄第十五，警視廳官禄第十六，裁判官、檢察官、大審院、控訴院禄，皆刑官也，禄第十七，大林區署林務官補禄，掌山林，屬農商務省，第十八，府縣官禄第十九。或以月計，或以歲計，述官禄表。

日本武官禄表小敘

日本國近衛武職有大佐、中佐、少佐、大尉、中尉、少尉，其屬有曹長、軍曹。陸軍、海軍大將有事則置，平時置中將、少將等官，厥禄有差。今録近衛第一、陸軍第二、海軍第三，述武官禄表。

日本爵表小敘

日本公、侯、伯、子、男，其位自從一至從五，或有位，或無位。其員非有定額，就光緒十二年明治十九言述爵表。

日本有位人表小敘

日本官階初十有二，漸改漸增。今自從一至從九階十有七，其正一位不置也。光緒十二年明治十九合華族、士族、平民之有位者計七千七百九十有五。述有位人表。

日本交際文小敘

凡文見之華書與夫雜出之詩，已具往藉交際條目矣。隋前交際文鮮，厥後或爲中國逸文，或爲彼國筆劄，或中東載籍互有異同，或未入成書，墨蹟不絶如線，若此之類，好古者片羽珍之，識時者直龜鑑借之矣。獵之萃之，不其重歟！僞爲者不録，已引者不複録，述日本交際文。

日本與中外訂約通商年表小敘

日本立約自英吉利始，然其互市新羅爲先。據日本史册，神護景雲二年賜錦帛於左右大臣、納言等使，其易買新羅交關之物，殆通商綿蕞歟？時唐大曆三年也。嘉祥二年當唐大中三年，唐舶泊於大宰府，即築前國地，是中國商往之證。延喜三年當唐天復三年，其國禁私買唐物，尋弛禁。天文十年當明嘉靖二十年，葡萄牙人至豐後神宮寺浦與國君互約，是爲泰西通商之權輿。厥後西通者曰朱章船，西京、堺、長崎，三處鉅商於將軍府領朱章航海，故名，船限以九。寬永十四年爲中國明崇禎十年，天草島禁天主教，遂禁國民通商，其許入港者中國及和蘭人耳，而朱章船毀殆盡，歷二百年復開港通商。先是法、俄、英吉利、美利加等相繼要約互市，始拒之力，美利加水師舶兵艦四，俄羅斯礮輪亦相逼而來。咸豐甲寅、戊午間要盟開港，至於今，訂約者之國凡十有八：孛漏生云者即中國所謂普魯士與德意志二而一者也，曰露西亞即俄羅斯也，曰大不列顛即英吉利也，曰獨逸，即德意志也，曰白耳義即比利士也，曰丁抹即丹也，曰白露即秘魯也，曰布哇即檀香山也，餘與中國譯名略同。述日本與中外訂約通商表。

中國駐日本使臣表小敘

堯命和仲宅西，獨不限地，殆命使椎輪歟？嗣是聘問居多。漢張騫，游歷濫觴也，非我朝出使大臣比。同治二年命使無定期，定期三載自光緒二年使英美諸國始，日本出使之命繼之，而許大臣鈐身、許大臣景澄、李大臣興鋭，皆未至國。横濱、神户、長崎設領事凡三，初曰理事，然今公牘亦稱領事，與置之泰西者同。神户往號事簡，鐵道一通非昔例矣。繫地繫時，隨使多寡有差，述中國駐日本使臣表。

别國使日本表小敘

使自别國者日本人謂之在留，猶言其留在此也。使之在東京十有三，又横濱三，總領事、領事、副領事之在東京、横濱、神户、長崎、函館五十有一，此合中國言也。述别國使日本表。

日本使别國表小敘

使於外曰在勤，猶言勤勞也。有特命全權公使，有辦理公使，有臨時辦理，有總領事，有領事，有副領事，有貿易事務官、代理領事，凡十有六。此外，名譽領事云者，就其地之人以理其事也。述日本使别國表。

中國人流寓日本表小敘

日本《姓名録》有漢姓一類，所姓之氏罕一字者，曰山田、宿禰，周靈王太子晉後也，曰松野連，吴王夫差後也。若此之類，皆在徐福以前。其他秦漢三國隋唐人後裔居多，無姓其本氏者，何莫非寓公歟？書缺有間，初至者之名無考，今録所知備忘云爾。述中國人流寓日本表。

别國人在日本表小敘

就雲龍所游及假道之國[言]之，華人僑居之多莫美利加若矣，其他亦復不少。日本僑居，光緒十年計七千一百四十一，較前一年少一千一百八十八，較前二年多二百四十一。述别國人在日本表。

日本人在别國表小敘

光緒十五年春，雲龍游巴西國有日本人六，罹疫者二，同舟至紐約者四，此日本册籍所未逮，類此何可勝數。徵之册籍，爲前三年數明治十九，凡一萬三千五百四十有一，前四年光緒十一、明治十八約一萬一千五百八十，前五年約八千八百九十六，可比較也。述日本人在别國表。

日本互受勳章表小敘

日本人之受中國印綬自漢始，其受官職自唐始，史册彰彰矣。日本勳章云者，即寶星也。就光緒十二年言明治十九，其受別國勳章凡四百七十三人，較前一年增八十三，較前二年增一百八十九，其給別國者凡八百有四，較前一年增七十四，較前二年增一百三十二。述互受勳章表。

日本大事編年表小敘

光緒十五年明治廿二爲日本議立國會之前一年，輒定憲法，以令其下。憲法之大要首立事權，次爲大臣之權，次爲民人之權，以此三者，爲君民共治例也。後事之變不可知，就厥往事撮大要焉。昔宋呂祖謙取司馬遷年表所書編年，系目以記春秋後事，曰《大事記》，兹仿其意，不盡用其例也。述大事編年表。

西二月十一日爲中國正月十二日，頒憲法曰：『朕以頒佈憲法敕語：朕以國家隆昌，臣民慶福，中心欣慰。朕承祖宗之大權，對來兹之臣民宣佈此不磨大典，惟我祖我宗倚我臣民之祖先，協力輔翼，肇造我帝國，以垂於無窮，此固我祖宗之神聖威德，臣民之忠實勇武，愛國殉公，有此光輝以貽國史之成跡也。朕思我臣民即祖宗忠良臣民之子孫，其當奉體朕意，匡朕事，相與和衷協同，益我帝國之光榮、宣揚於中外，深望將祖宗遺業永久鞏固，同分此擔負而無疑也。朕承祖宗之遺烈，踐萬世一繫之帝位，朕所親愛之臣民，即朕祖宗所親愛之臣民也，願增進其康福，發達其懿良，並望其讚翼政務，以扶持國家之隆運。茲履踐明治十四年十月十四日之詔，製定此大憲，示朕所率由，以令朕後世及臣民並臣民之子孫永遠循行之。國家統治之大權，朕承之祖宗而傳於子孫者也，朕及朕子孫將來須照此憲法章程循行之而不衍。朕固重我臣民之利權及財產之安全而欲保護之，此憲法及法律所定皆保護其安享完全。帝國議會以明治廿三年召集開會之時，此憲法須期有效，若將來須改此憲法或例條者，朕及朕繼統之子孫自執發議之權，而使臣工會議。會議者照憲法所定要件定議，此外朕子孫及臣民不得輕議紛更。在廷大臣須爲朕任施行憲法之責，現在及將來之臣民須永遠遵守此憲法也。日本帝國憲法第一章，天皇即皇帝：第一條，大日本帝國萬世一繫之皇帝統治之。第二條，皇位須照皇室典範所定皇男子孫繼承之。第三條，皇帝神聖不可侵犯。第四條，皇帝爲國之元首，總攬治統之權，依此憲法條例行之。第五條，皇帝俟帝國會議之協讚以行立法之權。第六條，皇帝裁定法律公佈執行。第七條，皇帝召集帝國議會，其開會閉會停會及解散衆議院時日悉候敕命。第八條，皇帝爲保持公衆安全及遇災厄有緊要之件，於帝國議會停閉期間發敕令以代法令。此法令於下次議會交帝國議會議之，若議會皆以爲不可，則政府須公佈廢此敕令。第九條，皇帝執行法律而爲公衆保持安甯及臣民增長慧福，有緊要之事則發命令，或令大臣發令，但不得將命令變更法律。第十條，皇帝定行政各部及文武官之薪俸以及文武官之升用降革，但須依此憲法及法律所定條例。第十一條，皇帝統帥海陸軍旅。第十二條皇帝定海陸軍之編制及常備兵額。第十三條，皇帝掌宣戰媾和及訂各項條約。第十四條，皇帝宣告戒嚴等事，戒嚴之效力以法律定之。第十五條，皇帝賜爵位勳章，節一切榮典。第十六條，皇帝掌大赦特赦減刑及復權之命。第十七條，如置攝政，照皇室典範所定攝政以皇帝之名行大權。第二章，臣民之權利。第十八條，日本臣民之要件照法律所定。第十九條，日本臣民照法律所定資格，均得任文武及一切公務。第二十條，日本臣民須照法律所定有就兵役之義［務］。第二十一條，日本臣民須照法律所定義應納租税。第二十二條，日本臣民於法律内居住及轉移均得自由。第二十三條，日本臣民非照法律無受逮捕監禁審問處罰等事。第二十四條，日本臣民不得侵奪裁判官裁判之權。第二十五條，日本臣民除法律所定，此外未經許諾不得侵入家室及搜索等事。第二十六條，日本臣民除法律所定外不得私拆秘密信件。第二十七條，日本臣民不得侵其所有之權，因公處分須照法律所定。第二十八條，日本臣民若不害安甯秩序及不背臣民之義，則其信奉各較準其自由。第二十九條，日本臣民於法律内准其隨意言論言行著作集會及結社等事。第三十條，日本臣民守應分敬禮照另章所定章程而欲禀求事件者許。第三十一條，本章所載條規當有戰事或國家有事變時不得礙皇帝施行大權。第三十二條，本章所載條規不抵觸海陸軍紀律者準行於軍人。第三章，帝國議會：第三十三條，帝國議會立貴族、衆議兩院。第三十四條，貴族院照貴族院令所定，以皇族、華族及敕任爲議院員。第三十五條，衆議院照選舉法所定公選議員。第三十六條，不論何人不得同時爲兩院議員。第三十七條，凡法律須經帝國議會協讚。第三十八條，兩議院決議政府所擬法律及自擬各法律。第三十九條，法律經兩議院之一所批駁者，不得於同會期内再交會議。第四十條，兩議院於法律及一切事件各得將意見條陳政府，但未經採納者不得於同會期内再議。第四十一條，帝國議會每年召集開議。第四十二條，帝國議會以三個月爲期，若有要事以敕命展限。第四十三條，臨時有要事，常會之外開臨時會議，會期限以敕令定之。第四十四條，帝國議會之開會、閉會、會期之延展及停會，兩院同時行之。衆議院有解散之命，則貴族院同時停會。第四十五條，命衆議院解散時以敕命新舉議員，自解散之日起五個月内召集之。第四十六條，兩議院議員非三分之一到院者不得開議事及定議。第四十七條，兩議院之議事決以過半數，如可否同數時，依議長所決。第四十八條，兩議院之會議本繫公開，但政府有事要求或其院決議，間有秘密會議。第四十九條，兩議院各得上奏於皇帝。第五十條，兩議院可以收受臣民禀單。第五十一條，兩議院除此憲法及議院法所載之外，得以定內部整理各規條。第五十二條，兩議院之議員於議院條陳意見及議決等事於院外無得負其責任，但議員自將言論演説筆記刊行及公佈一切方法時，照一般之法律處分。第五十三條，兩議（員）院議員除現犯罪或關係內亂外患之罪外，會期中未經其院許諾不得逮捕。第五十四條，國務大臣及政府委員不論何時得臨各議院會議。第四章，國務大臣及樞密顧問：第五十五條，國務大臣輔弼皇帝是其責任，凡法律敕令及一切國務詔敕須國務大臣連名。第五十六條，樞密顧問照樞密院官制所定聽皇帝之諮詢，議重要之國務。第五章：第五十七條，司法之權依皇帝之名照法律所定令裁判所行之。第五十八條，裁判官具有法律所定之資格者任之。裁判官除宣告刑法及懲戒處分之外不黜其職。懲戒條規另定。第五十九條，裁判之對審判決繫公同開堂，但有時恐害安甯秩序及有害風俗之虞，照法律裁判所定案可以停止公聽。第六十條，凡屬特別裁判所之營轄者另定法律。第六十一條，凡行政官廳犯法處分傷害權利之訴訟繫另定法律歸行政裁判所審理，司法裁判所不得受理。第六章，會計：第六十二條，新課租税及變更税則另定法律，但屬報效行政上之辦公費及一切收納金不在前項之內，除起國債及預算所定者之外，其國庫支發契約須經國會協定。第六十三條，現在所行之租税於法律所不改者照舊徵收。第六十四條，國家之歲入歲出每年預算須經國會協定。第六十五條，若超過預算之欵項或預算外另生支發之欵項，須俟下次國會議準，預算須先交衆議員。第六十六條，皇室經費現在定額每年由國庫支發，除將來要增額外，不必帝國議會協定。第六十七條，據憲法大權，凡既定之歲出及法律所議定並法律上所屬政府之歲出，非經政府同意，帝國議會不得廢除而削減。第六十八條，若因别有要需，政府預定年限集繼續費須得帝國議會協定。第六十九條，有不得已須補預算之不足，又預算外另生要用，須另設預算費。第七十條，爲保護公衆安全有緊要需用，依内外形勢，政府未能將帝國議會召集時，則依敕命爲財政上必要之處置如前項等事，須於下次會期交帝國議會許諾。第七十一條，帝國議會若未議定預算，或預算未成時，政府照前年預算施行。第七十二條，國家歲出歲入之決算由會計檢察院檢查確定，政府將其檢查報告俱付帝國議會會計檢查，權責另定法律。第七章，權責：第七十三條，將來如有必須改正此憲法時則以敕命將此議案交帝國議會會議，彼時兩院非三分［之二］以上議員到場不得開議，非到場議員三分［之二］以上同心者不得定改正之議。第七十四條，皇室典範之改正不必經帝國議會之議，以皇室典範不能變更此憲法條規。第七十五條，置攝政時不得將此憲法及皇室典範更變。第七十六條，現在所行之法律規則命令及無論何項名目，凡與此憲法不矛盾者總須遵行，凡歲出上關政府之事者其現在之契約或命令總照第六十七條。○朕所定議院之法曾諮詢樞密顧問等官而始公佈，其貴族與民議兩院應由設立之日起各遵法律。第一章，帝國召集會議及開會之事：第一條，帝國會議員須先降旨預定集會之期，至遲亦須四十日前公佈。第二條，各議員須遵上諭所定之日各聚集於議院。第三條，民議院議長副議長應於本院之內選舉候選者三人候旨委任，議長副議長未接任之時，書記官應代行議長之事。第四條，各議院須依抽籤之法將總議員分爲數部，應於每部之中互相選一部長。第五條，兩議院設成之後須遵上諭，所定開會之日兩［院］議員均會合於貴族院以行開會之式。第六條，於前項所載之日，貴族院須行議長之事。第二章，議長、書記官及經費：第七條，各議院議長副議長各一員。第八條，各議院議長副議長之任期與議員同。第九條，民議院議長副議長辭職或有他故開缺，其後任者之任期與前任同。第十條，各議院議長應保持議院秩序、整理事務、以及向院外面表揚議院。第十一條，議長於會議停止之時仍指揮議院之事。第十二條，議長對平常委員會及特等委員會可以發言立論，但不能算入議決之數。第十三條，各議院長有礙則副議長代之。第十四條，苟各議院議長及副議長均有礙則暫選議長行議長之事。第十五條，各議院議長副議長任期滿後其後任尚未定之間，仍須各行其是。第十六條，各議院設書記官長一員、書記官數員，書記官長爲敕任，書記官爲委任。第十七條，書記官長須遵議長指揮總理書記官事務、署名於公文；書記官作議事録，掌理文書案件之事。第十八條，兩議院之經費應由國庫支出。第三章，議長副議長及議員之年俸：第十九條，各議院議長年給俸銀四千元，副議長年給俸銀二千元，貴族院被選議院、欽命議員，以及衆議院之議員年給俸銀八百元，至於撥資應條規發給，若不應召者不能給俸銀。議長副議長不得推辭俸銀，官吏充當議員者不得再領年俸，按第二十五條所載第一項年俸之外，依議院所定每日多不得給過五元。第四章，委員：第二十條，各議院委員有三種：一全院委員，一常設委員，一特別委員。全院委員者以議院之全員爲委員也；常任委員者據事務之緊要分爲數科擔任其事，各部應向總議員中按所需之數選舉而用之稽，至於任期以一會期爲限；特别委員者，議院之所選舉特托之以審查一事件也。第二十一條，全院委員長每當會期應於開會之初選舉。第二十二條，全院委員會議員人數須到三分之一以上，常任委員會及特别委員會凡［未］到過半均不得議開，亦不得議結。第二十三條，（當）［常］任委員會及特别委員會除議員外不得聽聞其議，但委員會議決之後須準議員旁聽。第二十四條，各委員長須將委員會之情形以及如何議決之事報諸議院。第二十五條，各議院須依政府意見同心會議，至停止會議之間當會委員審查議案。第二十六條，各議院長定議事日期將報告議院，議事日期須先將政府議案提出，若有緊急會議之議事，其意議政府相同者不在此例。第二十七條，法律議案須會議三次始能定局，若政府有要求或議員中有十人以上之要折，或當會議之時議員三分之中有二分皆曰可者，則不必經三次會議。第二十八條，政府所提出之議案須經委員審查後方能定局，若有緊要之事繫政府所要求者不在此例。第二十九條，凡向議案發議論及向議案發改正之議者，人數不到二十名以上不得作爲議題。第三十條，既出之議案，無論何時政府有改正及撤回之權。第三十一條，凡議案最後議定者由議院長申諸國務大臣、由該大臣轉奏，但一議員所提出之議案若他議案以爲不然者，則照第五十四條第二項章程辦理。第三十二條，兩議院議決之案業已奏明奉旨允者，到第二期會議之時必公佈。第六章，停會閉會：第三十三條，不論何時，政府於十五日内可命議會停止會議。議院停止之後若再開之時須繼續前未議決之事。第三十四條，民議院解散之後貴族院亦命其停止會議，則不必用第三十三條再開會續議之例。第三十五條，有旨命閉會議，兩議院須合會奉行。第七章，機密會議：第三十七條，各議院會議如有如左之事可停止開會：一、議長或議員十人以上建議者議院應允之，二、受政府有要求之時。第三十八條，議長或議員十人以上有機密事相議，議長須速摒退旁所之人，不得許從旁討論，須撰其議之可否行之。第三十九條，機密會議之事不許刊行。第八章，豫算之議案：第四十條，政府向民議院提出之豫算案，豫算委員自領該案之日起十五日以内審查，定時報告議院。第四十一條，在議院會議之時有向預算案建議及改正者，非三十人以上讚成不能久行。第九章，國務大臣及政府委員：第四十二條，國務大臣及政府委員不論何時俱得發議，但不得因此從中禁止議員演説。第四十三條，議院將議案付諸委員之後，不論何時國務大臣及政府委員得入委員會中述其意見。第四十四條，委員會由議長得求説明政府委員之言。第四十五條，國務大臣及政府委員除身爲議員之外不得與議會院會議。第四十六條，常任委員及特别委員凡有開會之事，須由該會長報告國務大臣暨政府委員。第四十七條，議事日期暨有關議事之報告分派與議員之日，即申送國務大臣及政府委員。第十章，質問：第四十八條，兩議院議員有質問政府之時，其讚成者須要三十人以上，質問者須先作一簡明主意書，讚成者聯名署印呈議長。第四十九條，質問主意書由議長申送，國務大臣即行答辯，並定以答辯之期，若不答辯之時須持理由説明。第五十條，得國務大臣之答案或未得答案之時，議員得向質問之事發言建議。第十一章，上奏及建議：第五十一條，各議院有上奏之事及欲進呈表章，或將議長推爲首領陛見躬親進呈，亦許各議院之建議，須將以表章呈諸政府。第五十二條，各議院有上奏或建議之事，然[非]有三十人以上讚成之不能允行。第十二章，兩議院關係：第五十三條，除豫算外，政府所交付兩議院議案須孰先孰後各聽其便。第五十四條，甲議院以政府之意爲然議決而移至乙議院，乙議院以甲議院之議爲然或否之時欲將此入奏，當時須通知甲議院；甲議院提出之議乙議院以爲不然之時，亦須將此通知甲議院。第五十五條，甲議院移送至乙議院之議案，乙議院修正之後須回送甲議院，甲議院以乙議院之修正爲然之時而欲入奏，當時須通知乙議院。若彼此之意不同，兩院當協同會議，甲議院向乙議院請協同會議，乙議院不得拒之。第五十六條，兩院協同開會，每院各選舉委員十人以下會同相議，委員將議案成立以後由政府先交甲議院，後(頻)[再]交乙議院。協同議會之成案不準更改。第五十七條，國務大臣政府委員及各議院長無論何時得入協同會議席述其意見。第五十八條，兩院協同會議不許旁聽。第五十九條，兩院協同會議用無名投票法決其可否。若可否之數相同，則聽議長所決。第六十條，兩院議會議長於協定委員中各選一員，每會輪次代其第一，會時議長以抽籤定之。第六十一條，本章所定之外，兩議院涉交事件章程須協定定之。第十三章，禀請：第六十二條，人民向各議院所呈之禀單，若有議員介紹者議院收之。第六十三條，各議院將禀單交禀請委員審查，若禀請委員以禀單不合章程之時，議長則將原禀命介紹之(教)[委]員退回。第六十四條，禀請委員作禀單文書等件須録其要領，每一禮拜報告議院。第六十五條，各議院有採用禀請之事經議決後時，則將原禀單並自附意見書一封呈諸政府。第六十(二)[六]條，除遵守法律之外名目呈遞禀單者，各議院不得收之。第六十七條，若禀單有變更憲法者，各議院不得收之。第六十八條，禀單總須用哀求之體式，若不遵禀求之名或違背體式者，各議院不得收之。第六十九條，禀單中若對皇室有不敬之語、對政府議院有侮辱之詞，各議院不得收之。第七十條，禀單有關司法及行政裁判之事者，各議院得不收之。第七十一條，各議院各收禀單，不得互相干預。第十四章，議院與人民及官廳地方會議之關係：第七十二條，各議院不得向人民書告示。第七十三條，各議院有審查之事，不得召喚人民，亦不得私將委員派出。第七十四條，各議院有關涉稽查之事向政府禀請緊要報告及文書等類，除有關機密檔外政府須應其請。第七十五條，各議院除國務大臣及政府委員外，不得與各官廳及地方會議所有照會往來之事。第十五章，免職及議員資格：第七十六條，衆議院之議員及貴族院之議員按法律而不能勝任議員之事者免其職。第七十七條，衆議院之議員若與選舉法所載之規定不符者，則免其職。第七十八條，各議院有關議員資格有生質議之時則定期設立委員稽查，俟委員報告之後再行議定。第七十九條，訴訟之案經裁判官者，各議院不得再行稽查。第八十條，議員關涉資格之事未經證明者仍有在議院發議員權，但有關己身資格之事自行辯明者不能作數。第十六章，請假辭職及補缺：第八十一條，各議院議員如請假不過一禮拜者議長當許之，僅過禮拜者亦許之，若無期限者不許。第八十二條，各議院議員非有正當理由禀告議長，凡會議均須親到會議所。第八十三條，衆議院員有辭其職者當許之。第八十四條，無論何等事件，衆議院缺員之時議長須請内務大臣選員以補其缺。第十七章，紀律及警直：第八十五條，各議院開會之際若有保持紀律之事，照法律及各議院所定章程，議長得以施行内部警查之權。第八十六條，各議院所須警查官吏由政府委派，以所議長指揮。第八十七條，會議之際，若議員建法律及議事條規或紊亂會議所秩序，議長可以警戒禁止或阻止議論，不從命令此當日議事中議長須禁止議員開口或逐出議院之外。第八十八條，若會議所騷擾難以整頓之時，當日會議議長須即停止或閉會不議。第八十九條，旁聽人有妨礙會議所之時議長須即將該名逐出，若有關緊要之事可將該名押交警查所，旁聽地方若有騷擾之事，議長須將旁聽之人同行逐出。第九十條，若有紊亂會議所秩序之人，國務大臣政府委員及議員均得告知議長留意。第九十一條，各議院不得對皇室有不敬之言語議論。第九十二條，在各議院不得出無禮之語，亦不得出有關（地）[他]人身上之語。第九十三條，在議院或委員會中被人誹毀侮辱之議員，將此訴訟議院禀請處治，不私行報復。第九十四條，各議院向其議員有懲罰之數。第九十五條，各議院類稽查懲罰事犯須設懲罰委員，若懲罰事犯不時，議長須先度委員稽查後衆議院議定，始行宣告；在委員會或在各部有事犯之時，由委員長或部長告知議長求處治之。第九十六條，懲罰如左：一在公議之地譴責之，二在公議之地令述謝罪之辭，三所定時刻之間不準入，四除名會。第九十七條，除名之議員再被選者，議院不得許之。第九十八條，議員有二十人以上讚成則可後其懲罰，讚成之須在事犯三日以內。第九十九條，議員無正當之理由，於上諭所定之日期一禮拜內不應召者，或無正當理由不入會議不到委員所、或(愈)〔逾〕請(暇)〔假〕期限、或議長寄函邀請一禮拜之内不到者，則不準入貴族院，並將其事奏明遵旨裁奪，衆議院亦除其名。』

日本郵便表小敘

同治八年前明治二年前日本無所謂郵政也，通商開港，郵政乃肇。初費患黜，繼浸贏矣。光緒十二年明治十九置遞信大臣，誠重之也。郵便曰實里數，線路正里也，曰延里數，合歧出之郵路言也。曰郵便切手賣下所，切手之言券也，官賣於民謂之賣下也。曰郵便函，即路側受郵書之函也。曰私書函，凡信多者，自置一函於郵，其信一至，局人代投於中而自取之。曰郵便用車，運信車也。所寄書物之類曰書狀，又曰葉書，無函之信片也。曰新聞紙及雜誌類，皆減税別一格也。曰書籍及見本，凡欲售紙先寄樣子也。曰免税，公言之信往徠也。曰貨幣，封入寄鈔也。曰書留，收信之證據也。合計一萬二千一百二十六萬五千四百五十六，其浮沈者二萬七千三百七十八。所謂振出高者，兑鈔票也，拂渡高者，據票交所兑銀也，拂渡猶言付交也，謂兑銀曰换料，猶言銀之質也，其常語也。其國内兑費凡六萬四千九百三十二圓，兑費之收自外國者五百四十三圓。綜而計之，凡郵便入銀二百二十六萬二千三百一十四圓，皆光緒十二年數也。述郵便表。

日本電信局數線路表小敘

日本電線自同治八年明治二設於橫濱辨天燈臺始，寮本町裁判所東京築地繼之，明年神戶大阪長崎，漸增漸遠。十一年明治五線長二百三十里有奇日本里三十四，十三年長九千里有奇日本里千三百三十三，光緒二年明治九長萬五千里有奇日本里二千二百十四，四年長二萬三千里有奇日本里三千三百八十，六年長三萬一千里有奇日本里四千四百八十四，八年明治十五長三萬八千里有奇日本里五千五百廿三，十年明治十七長四萬七千里有奇日本里六千九十五，十一年明治十八長四萬九千里有奇日本里六千百十六，凡費十六萬四千二百七十四圓。電線所延之地多爲鐵道所逕之路，商民便之。海線在函館、濱名港、淡路、四國、下關、市川、利根川、最上川，約三百里有奇日本里四十六。通信曰技手，曰驅使，凡一千五百有奇，報有官有私，信有發有著，而皆有音信數、通數。發信者發電也，著信者來電也，音信者電信之詞也，通數者發電之數也，售電信票處謂之切手賣下所，光緒十一年入銀五十二萬六千九百九十四圓。述電信局數線路表。

日本刑略小敘

《隋書》云：『倭殺人强盜及姦皆死，盜者計贓酬物，無財者沒身爲奴，自餘輕重，或流或杖。每訊究獄訟不承引者，以木壓膝或張强弓以短鋸頂，或置小石於沸湯中令所競者探之，云理屈者即手爛，或置蛇瓮中令取之，云曲者即螫手。』《南史》云：『犯法輕者没其妻子，重滅宗族。』又云：『文身國犯輕罪者鞭杖，犯死者則置猛獸食之，有枉則獸避而不食，經宿則赦。』此日本刑罰之見於正史者。考之日本史籍，初無所謂律例也。曰解除，以犯而償，殆猶罰歟？曰逐罪，稍重也，曰死刑，謀爲不軌之屬也。若懲役，若没官，若降官，若左遷，若火刑，若梟刑，至推古時，爲隋大業中，略具笞、杖、徒、流、死五等刑，大寶元年爲唐［則天順聖皇后長安元年］，淡海公奉敕撰律令《倭漢三才圖會》，依唐律居多，後增閏刑定贖法，謂之大寶律，數百年來無大更變。然武臣執政，刑趨於酷，明治變之。述刑略。

日本學校合表小敘

日本學校厥類大略有九：曰小，曰高等中，曰尋常中，曰大，曰高等師範，曰尋常師範，曰專門，曰高等女，曰雜學。同治十二年明治六約學校一萬二千五百九十七，至光緒十二年明治十九歷年十有三，增至三萬三百八十八。述學校合表。

日本已未入學表小敘

日本册籍所謂學齡者，指可入學年而言，七歲以上爲率也。光緒四年明治十一其國可入學者三千五百萬二千有二十八，學者二百一十七萬九千二百六十七，越五年明治十六可入學者三千七百五十四萬七千百五十八，學者三百一十五萬七千二百八十九。至十二年明治十九可入學者三千八百八十一萬四千五百三十二，而入學者三百有六萬三千一百八十六，轉減於前，何也且有琉球在内？述已未入學表。

日本小學校師弟子表小敘

日本册籍：教員者師也，授業生云者弟子，爲師轉相授學者也，簡易科云者，七歲以下弟子入此科也。尋常科云者，七歲至十歲四年間學科也，過此入高等科學。今以師爲一類，公立者七萬八千七百九十三，私立者七百六十一，次以生爲一類，公立者二百七十五萬七千七百三十三，次以卒業生爲一類，公立者二十四萬六千有一十九，私立者三千九百八十六。皆光緒十二年數也明治十九，其後册未修入。琉球在外。又以平均每日入學生爲一類。述小學校師弟子表。

日本尋常中學校表小敘

凡小學高等科卒業者入尋常中學校。何以謂之尋常中學校也？曰別高等中學校言也。高等中學校，通國二而已，見學校合表，而此學校以英學、算學爲主，其他則兼習云爾。述尋常中學校表。

日本尋常師範學校表小敘

凡欲爲小學、中學之師者先受業於師範學校，卒業視可爲師，則有書契爲證，延小學、中學師者憑之。述尋常師範學校表。

日本專門學校表小敘

學以兼習而博，學又以專門而精。日本專門學校云者，東京曰法、曰物理、曰農、曰醫、曰藥、曰獸醫、曰職工、曰航海、曰測量、曰數、曰畫、曰獨乙語即德意志語也，西京曰醫、曰商、曰畫，大阪曰醫、曰商，神奈川曰商，兵庫縣曰醫、曰藥、曰商，長崎縣曰醫、曰商、曰農，新潟縣曰醫、曰藥、曰農、曰商，千葉縣、茨城縣並曰醫，三重縣曰航海，愛知縣曰醫、曰商業，滋賀縣曰商，宫城縣與愛知同，福島縣曰醫，岩手縣曰獸醫，青森縣曰文學，山形、福井、岡山、廣島、和歌山、高知、大分、熊本、鹿兒島並曰醫，秋田縣曰醫、曰獸醫，石川縣曰法理文學合一、曰醫、曰農，鳥取縣曰醫、曰農，山口縣曰農、曰商，福岡縣曰醫、曰農、曰外國語，北海道曰航海。綜而言之，則法學、物理學、醫學、農學、商學、工學、測量學、航海學、數學、畫學、語學，凡十一科。或問漢語無專科乎？曰一千三百六十年前蓋有之矣。《續日本紀》云神龜二年，粟田朝臣、馬養播磨、直乙安陽、胡史直身奏：元丈元貞等五人各取弟子五人令習漢語，時唐開元十二年也，其學視此，異乎不異乎！述專門學校表。

日本高等女學校表小敘

雲龍嘗謂婦學之名見《周官》之天官内職，未可以學、德或分，遂謂婦學可廢也。日本七歲入學，男女同之。凡女子既於小學高等科卒業，即入高等女學校，所學不外英學、日本學、縫工、音樂諸科，就光緒十二年明治十九數述高等女學校表。

日本官立學校表小敘

日本官立學校有屬文部省者，有屬宫内省者，有屬陸軍省者，有屬海軍省者，有屬司法省者，有屬農商務省者，有屬遞信省者，有屬北海道者。就光緒十二年數述官立學校表。

日本雜學校表小敘

此猶之中國義學也，或府縣官立，或町邨合資，或家塾自設。光緒六年明治十三凡一千八百六十有九，至十二年明治十九減一百五十有四，何也？述雜學校表。

日本雜學校科表小敘

雜學校不名一科。未開西學之初，自少至長大氐學漢而已，今者其學細大不捐。有所謂哲學者，西學中之性學也，有所謂化理學者，則西學中之化學、物理學也，條目俱在。述雜學校科表。

日本幼穉園表小敘

八歲以前未克入簡易學科，而欲於嬉戲之時導以入學之路，未嘗無樂育之意存其中，此光緒十二年數也。述幼穉園表。

日本書籍館表小敘

未讀西書以前守漢籍如拱璧，千百年物猶有存者，今散佚多矣。然府縣有館，若中國若日本若西，分類庋之，可數也已。此亦光緒十二年數。述書籍館表。

日本人留學別國計費表小敘

光緒十二年，日本學於別國者：文部省二十有一，司法省六，陸軍省十有四，海軍省十有一，其費可附記也。述日本人留學别國表。

日本公學費歲入表小敘

謂舊存曰前年越高，謂束修曰授業保育及觀覽料，謂贈金曰有志寄附金，謂公費利曰積金利子，謂地方出資曰區町邨費，謂出自地賦曰地方税，謂補不足曰雜納金，光緒十二年凡入二萬九千五百七十八圓琉球别詳。述公學費歲入表。

日本公學費歲出表小敘

厥費名目與中國異：師與保姆之費曰校長教員保姆給料，高第爲師費，曰受業生給料，又曰諸給料，曰雜給，不一費也，合之它費，光緒十二年凡八百二十二萬二千三百九十一圓。述公學費歲出表。

日本藝文志小敘　附録

漢班固本劉向《七略》作《藝文志》，後世述者輒以詩文受藝文志之名，其於《漢書》例合耶？否耶？志中國書目已不免言微義乖，遑問别國耶！雖然，誦訓掌方志以詔觀事、以知地俗，周制然矣，今豈有異？中國固然矣，外籍豈或有異？兹分類二：一爲中國人紀録日本事之書，然非專書不録。一爲日本人著述，或刊或寫，按日本索籍目録家學所不廢也。就雲龍所游言之，同文國獨此耳，或道分東魯，或文譯西書，舍短取長，未始不可以見聖王之道之無不貫，而欲通萬方之略或亦有取於斯。班固曰：『安其所習，毁所不見，終以自弊，此大患也。』旨哉是言！欲約先博，庶其免乎？述藝文志。

附録：中國人記録日本事之書

凡十有三書，明前靡有傳述，嗣是寖滋矣。所録以游歷前之著書爲斷，然或已成未見，或略見轉引而卷題未詳，與其譌述，曷如闕如之爲愈也。

日本人著述存序

右經類。日本伊藤維楨治漢魏傳注，有古學之稱，殆彼國漢學椎輪歟？後起如物雙松不數數見，其講程朱學自藤原肅始。嗟嗟，孔孟之學一而已，自未至一貫者爲之，不至派别不止，微獨彼國然也？雖然，末裔亦衣也，既非違離道本，則見仁見知，有足多者。

右史類。日本神代史籍大抵荒邈，難可徵信。其正史以源光圀《日本史》爲大略，而賴襄《外史政記》諸書其彰彰者。近日重野安繹等編年與紀略有告成之説，所未見也。厥類滋多，箸要而已。

右子類。日本儒家之書，唐後頓起，至今寖微矣。以道肇之，以釋乘之，雜家蜂湧，蠏文變習，然舊籍亦弗焚也。

右集類。《漢藝文志》載詩賦家而不名集，《隋經籍志》敘云，别集之名，漢東京所創也。日本以空海、菅原道真爲較早，亦不以集名，後滋多矣。

雲龍按：自來目録家類聚一也，而出入輒殊，矧日本箸述體例又自不同耶？提要之述請俟它日，兹録書目，聊備采覽云爾。

中國逸藝文志小敘

應神十六年，百濟博士王仁傳《論語》十卷、《千字文》一卷，見《日本國史紀事本末》，此中國書入日本之始，時晉太康六年乙巳，與《宋史》應神天皇甲辰歲始於百濟得中國文字亦符，惟求於甲辰得於乙巳耳。其得自中國始唐。《唐書》云開元初，粟田復朝，賞物貿書以歸。《宋史》云雍熙元年，日本僧奝然云國中有五經書及佛經、白居易集七十卷，並得自中國。文武天皇大寶三年當長安元年，遣粟田真人入唐求書籍、律師道慈求經，天平勝寶四年當天寶中，遣使及僧入唐求内外經教傳戒，其國多有中國典籍，奝然之來，復得《孝經》一卷、《越王孝經新義》第十五一卷，皆金縷紅羅褾，水晶爲軸，《孝經》即鄭氏注，越王乃太宗時越王貞新義書，記室參軍任希古等撰也。又求印本大藏經，詔亦許之。《明史》云永樂六年請賜仁孝皇后所製

《勸善》、《内訓》二書，即命各給百本。成化十三年來貢，求《佛祖通記》諸書，詔以《法苑珠林》賜之，此見正史者也。《國史紀事本末》：大寶元年春二月丁巳，釋奠，帝定大學之制，凡經《周易》、《尚書》、《周禮》、《儀禮》、《禮記》、《毛詩》、《春秋》、《左傳》，各爲一經，《孝經》、《論語》令學者兼習之，教授正業：《周易》鄭玄、王弼注，《尚書》孔安國、鄭玄注，三禮、《毛詩》鄭玄注，《左傳》服虔、杜預注，《孝經》孔安國、鄭玄注，《論語》鄭玄、何晏注。天平七年，遣唐學生吉備真備還自唐，獻《唐禮》一百三十卷、《大衍經》一卷、《大衍曆立成》十二卷。景雲三年，大宰府言『本府人子弟但蓄五經，未有三史』，敕賜《史記》、《兩漢書》、《三國志》、《晉書》各一部，類此數見彼籍，難更僕數矣。武臣抑文，豐臣秀吉征韓之役和議尋破，豈戰之罪哉？不通漢文耳。德川鑒之，設學校、重儒書久於豐臣諸氏，其在是乎？其在是乎！西書沓來，視漢文如弁髦，一二漢學老儒硜硜抱殘不置，嗚呼尠矣！自太康六年至於今不下一千六百有九年，彼都人士於書善珍藏，所由野獲不虚求也。出使黎大臣《古佚叢書》之刊，籍彼抱遺資吾訂墜，不其偉哉！誰歟續蒐而盡付手民也？輒徵厥目，著要於篇。述中國逸藝文志。

日本金石志小敘

往無中國人録日本金石專書，翁氏方綱僅跋日本殘碑，即所謂《建多胡郡辨官苻碑》者是，實未之殘，徵信不其難歟！日本人松平氏集古而撫之刊之，然求如狩谷望之之能援古則百不獲一，自詡故實者爲之，又置真面目不一傳。雲龍非好賈餘勇也，同文寖微，而欲救敝於後，舍金石其奚以哉？或久疑而忽信，或求彼而獲此，若法隆寺釋迦銅立像背銘之類，一似待之久，待之又久而急以付託者，而愈不敢不勉也。訪古之助，賴貴陽陳氏矩力居多，生平友益極不能忘，矧其受多聞益於海外歟！昔歐、趙録金石目跋尾成帙，洪適《隸釋》有續，嘗合一編，雲龍既廣益集思，依歐、趙例著跋尾文，復參洪續例續録所見。刀劍自有志，然彼繫於工，此重厥文而草薙劍無文，時尚無文也，彼重神器，以類聚之，難可分見，惟行篋書尠，舟車時促，未克於經學、史學有裨，適滋愧矣。述日本金石志。

日本金石文附録小敘

雲龍既述金石文，復雜採彼籍，若菅原道真，若藤原肅，落落如晨星矣。雖物雙松、服元喬輩，金石之文有足多者，然其生晚，故不入録。中國文之爲彼人作者，壽安鎮國山碑而外，揭傒斯文固難可遺，而朱之瑜所著爲其士夫誦之不置，不獨楠正成墓碑已也。述金石文附録。

日本印志小敘

《史記·世紀》曰黄帝合符於釜山，注『今之印章也』。然則印始黄帝歟？或謂時有璽章《春秋斗樞》：黄帝時黄龍負圖，中有璽章，文曰『天黄符璽河圖』。《周禮》璽節注『印章，如今斗撿封』。

《史記·蘇秦傳》佩六國相印。《通典》:『三代之制,人臣皆以金玉爲印,龍虎鈕。』《漢書·百官表》:『諸侯王黄金印,盭綬。徹侯黄金印,紫綬。凡吏秩比二千石以上,銀印。光禄大夫無秩,比六百石以上。大夫、博士等皆銅印。』師古曰:『刻文某官之印。』此中國漢前印制也。日本印文傳今以漢光武賜委奴國王爲最。《倭漢三才圖會》曰:『文武天皇慶雲元年始印令鑄諸國,時中國唐長安四年也』謂令諸國鑄印,而曰『印令鑄諸國』,其國文之顛倒大半類此今萃厥大要影而印之漢委奴國王及親魏倭王兩印大小如圖,餘皆縮其半。其亦印證見端歟。述印志。

日本金石年表小敘

日本人西田直養《金石年表》所載五百二十有三種,彼人士多之,然如宇治川磨崖即涅槃經摩崖也。刊於寶龜九年而列之七年,此猶可曰拓本不可辨矣,遠江長福寺鐘天寶七年字不一蝕,而列之六年,似此往往而有,以土著之見聞、安閒之歲月,猶難詳且精如此,况迫不及審如雲龍之游歷,而欲無一舛耶? 雖然,畏難恥也,以避指摘爲口實尤恥也。賴同志陳氏矩襄蒐討力,既志厥文矣,餘皆録目入表,有年可紀者得八百九十有餘種,無年可紀者今亦得數十種,合之印文及刀劍款識不下四千八百有奇。其質有金有銀,有銅有石,有瓦有磁如伊勢大神宫正印筥以木爲之,西田入表,類此所不敢沿,其文有篆有隸,有飛白,有行,有正,有梵,有日本文,其年以中國爲宗,非沿西田例也。述日本金石年表。

日本刀劍志小敘

日本草薙劍有鑽燧縱火之功，爲三神器之一，又曰天羽斬，即十握劍也。此外曰大葉刈，曰師靈，曰頭槌，曰裀中，曰川上，此皆漢哀帝以前倭劍之著者也。自時厥後，尚刀而劍寖微，刀以鬼斬、小烏二者爲尤著。其國後鳥羽天皇聚工而躬與之鍛，謂之御所鍛後鳥羽院御番鍛冶之次第：正月則宗，二月貞次，三月延房，四月國安，五月恒次，六月國友，七月宗吉，八月次家，九月助宗，十月行國，十一月助成，十二月助延，閏月番久。國御太刀硎國弘刑清爲貞後鳥羽院御宇二十四人番，鍛冶次第：正月包道，國友二月，師實長助，三月重弘行國，四月近房行平，五月包近真房，六月則次吉房，七月朝助宗隆，八月章實實經，九月包末信房，十月朝忠實經，十一月包助則忠，十二月則真是助。於隱岐國定置給番，鍛冶次第：正月二月則國，三月四月景國，五月六月國綱，七月八月宗吉，九月十月信正，十一月、十二月助則。候鳥羽院御師德參鍛冶，久國貞吉、吉國真利、貞次行吉、次家則房、爲此貞守、忠國信房皆名工。於是鍛冶良工若正宗貞宗出於相模，若義弘則重出於越中，若源左出於築前，若兼氏出於美濃，豈生是使篤歟？抑時尚然也。今競西刀而良工飲泣矣。鍛礪之精難可湮没。原劍第一，原刀第二雜刀附，刀派及款識第三，形略第四，述刀劍志。

日本文徵小敘

往藉交涉條目與夫交涉之文具外交一科矣，明前金石自有專門書籍，敘跋詳《藝文志》。

雖然，有中國人紀日本事之文、有日本人紀事之文、又有别國人論日本事之文，同文既見源流，變本輒關時務，藥石之言未嘗不可對觀也，否則文雖蔚如，難可概録，文徵之異於徵文以此。與《湖南文徵》例同而不同：彼猶爲文計，此專爲徵計也。採自集者較多，非故略史，史易檢也。述文徵。